Krimi Bergisches Land

Bergischer Verlag

Anne Schmitz, geboren 1978 im Bergischen Land, absolvierte eine Ausbildung zur staatlich anerkannten Erzieherin und lebt heute mit ihrer Familie in Wipperfürth. Nachdem sie einige Jahre ihre Geschichten nur mit ihren drei Kindern teilte, veröffentlichte sie ab 2016 die High-Fantasy-Trilogie „Keylam". Mehrere ihrer Kurzgeschichten wurden in Anthologien aufgenommen. Weilertod ist ihr erster veröffentlichter Kriminalroman und es werden sicher noch weitere folgen. Weitere Informationen über die Autorin finden Sie auf www.anne-schmitz.com.

Anne Schmitz

Weilertod

Kriminalroman

Bergischer Verlag

Anne Schmitz - WEILERTOD
Reihe: Krimi Bergisches Land

ISBN 978-3-96847-020-7

1. Auflage 08/2021
© Bergischer Verlag, © by Anne Schmitz

Bergischer Verlag
RS Gesellschaft für Informationstechnik mbH & Co. KG
Verleger: Arndt Halbach, Martin Czialla
Auf dem Knapp 35 | 42855 Remscheid
E-Mail: info@BergischerVerlag.de | www.BergischerVerlag.de

Lektorat: Daniela Schwaner
Gesamtherstellung: Bergischer Verlag

Liebe Leserinnen und Leser,

Sie halten einen Bergischen Krimi in Händen, der zu großen Teilen in Gummersbach und Köln spielt. Viele der Schauplätze dürften Ihnen bekannt vorkommen – jedoch nicht alle, was der dichterischen Freiheit geschuldet ist.

So existiert die Straße nach Eulensiefen, wie im Buch beschrieben, in der Realität, wenn Sie sie jedoch mit dem Auto befahren, werden Sie weder Fachwerkhäuser oder Streuobstwiesen, noch gackernde und im Gras scharrende Hühner vorfinden, sondern in einem ausgedehnten Waldstück landen. Auch können Sie leider keine Panneschieven im „Runkelkeller" genießen oder ein Bier im „Kraut und Rüben" trinken (und glauben Sie mir, wenn es diese Lokale tatsächlich gäbe, würde ich sie ebenfalls gern einmal besuchen ☺).

Selbstverständlich gilt auch für „Weilertod": Die Handlung und alle handelnden Personen sind frei erfunden. Jegliche Ähnlichkeit mit lebenden oder realen Personen wäre rein zufällig.

Ich wünsche Ihnen eine spannende Lesezeit mit Kriminaloberkommissarin Inga Laudenbach und ihren Kollegen.

Ihre Anne Schmitz

Prolog

Er öffnete die Tür der Waschküche und trat ins Freie. Das leise Schmatzen seiner Gummistiefel auf dem taunassen, lehmigen Boden wurde übertönt vom Zwitschern der Blaumeisen und Amseln, die in den Ästen der majestätischen Linden den Morgen begrüßten. Nebel hüllte die Hügel, Wiesen und Wälder des Bergischen Landes ein, wobei die Strahlen der aufgehenden Sonne sich bereits einen Weg durch das trübe Grau bahnten. Es versprach, ein schöner Maitag zu werden.

Franz Grönemann hatte keinen Blick dafür. Geradewegs ging er auf den Hühnerstall zu, wo seine erste Tagesaufgabe wartete. Der frühe Morgen war seine Zeit. Niemand störte ihn, niemand nervte ihn mit dummem Gequatsche oder langweiligem Blabla. Spätestens wenn seine Frau Lore aufstand, war es mit der Ruhe vorbei. Manchmal wünschte er, er könnte einfach seine Koffer packen und alles hinter sich lassen, woanders seine Rente genießen, wie man das im Fernsehen bei den *Senioren*, wie das heute hieß, sah.

Nein! Er schüttelte energisch den Kopf. Er hatte geackert und geschuftet, um den Kredit für das Haus abzubezahlen. Wenn einer den Hof verlassen musste, dann Lore. Aber das war schwierig, denn das Grundstück, auf dem das Haus stand, gehörte zu ihrem Elternhaus, das auf der anderen Straßenseite, verborgen hinter wucherndem Gestrüpp, vor sich hin moderte.

Er blieb stehen, holte ein großes Stofftaschentuch aus der Hosentasche seines Blaumanns und putzte sich röhrend die Nase, einem brunftigen Elch Konkurrenz machend. Nein, er konnte Lore nicht zum Teufel jagen. Was sollten die Leute von ihm denken? Außerdem brauchte er sie. Jemand musste schließlich putzen und kochen und für Ordnung sorgen. Das fiel beim besten Willen nicht in seinen Aufgabenbereich. Ganz im Gegensatz zu dem, was er gleich tun würde. Mit einem Lächeln auf den Lippen, die so schmal und farblos waren, dass sie in den Stoppeln des Dreitagebartes kaum auszumachen waren, öffnete er die Tür des Schuppens und trat ein.

Der Holzverschlag, der Anfang des letzten Jahrhunderts als Schweinestall gedient hatte, hatte schon bessere Tage gesehen. Die Bretterwände sahen aus, als habe ein Tier sie an der unteren Seite angenagt, dabei war das dem bergischen Regen geschuldet, der sie faulen und zerfallen ließ. Franz hatte immer vorgehabt, sie zu erneuern, war jedoch bis jetzt nicht dazu gekommen. Ebenso hatte er sich schon vor vielen Jahren vorgenommen, den festgestampften Lehm durch einen Betonboden zu ersetzen. Mittlerweile war es ihm egal. Der Schuppen stand nun schon so lange, und er würde auch noch hier stehen, wenn er selbst ins Gras gebissen hatte.

Franz Grönemann ertastete den Schalter neben der Tür (das Stromkabel hatte sein Schwiegervater nach dem Krieg hier hereingelegt), drehte an dem länglichen Knebel in der Mitte, und eine einsame Glühbirne flammte auf. Ihr Licht vermochte kaum den Raum zu erhellen, war ihr Glas doch von unzähligen schwarzen Punkten übersät – Hinterlassenschaften der Fliegen, die früher zu Hunderten hier hausten, als Franz noch

8

Schweine gehalten hatte. Manchmal dachte Franz, er müsse Lore mal zum Saubermachen und Spinnweben fegen hierher schicken. Doch dies war sein Reich. Er wollte nicht, dass sie es mit ihrer Anwesenheit zerstörte. Außerdem mochte er es so, wie es war.

Festen Schrittes umrundete Franz den kniehohen Hauklotz, der mitten im Raum stand, während er die Ärmel seines karierten Holzfällerhemdes bis in die Armbeugen hochkrempelte. Die Oberfläche des Hauklotzes war zerfurcht von unzähligen Spalten, rau und schartig. Jahresringe waren nicht mehr zu erkennen. Das viele Blut, das sie in den Jahren trinken mussten, hatte alles gleichmäßig braun verfärbt. Franz erreichte die Werkbank. Fein säuberlich hingen an der Wand Werkzeuge aller Art. Maulschlüssel, Schraubendreher, Rohrzangen, Hämmer, akribisch nach Größe sortiert, wurden abgelöst von Blechdosen, in denen Schrauben, Muttern, Nägel und Ösen ihren Platz fanden. Das ein oder andere Spinnennetz und die Marinade aus Staub, die über allem lag, zeugten davon, dass sie kaum benutzt wurden.

Zwei Gegenstände fielen jedoch sofort ins Auge, glänzten trotz des kaum vorhandenen Lichts. Franz nahm den Wetzstahl in die linke, das Hackmesser in die rechte Hand. Mit schnellen Bewegungen zog er das Messer an dem langen Stab entlang. Das Geräusch von Metall auf Metall und das leise Klappern des Metallrings, der an dem gedrechselten Handstück des Stabs klapperte, kündigten die folgende Tat an. Hinter der Rückwand des Schuppens wurde aufgeregtes Gegacker und Krächzen laut.

Ob die Hühner nebenan ahnen, was ihnen blüht?, fragte sich Franz und zog das Messer noch etwas lauter über den Stahl. Dann hängte er den Stab zurück an seinen Platz und hob das Hackmesser gegen die Glühbirne. Das Licht spiegelte sich in dem Stahl mit seinen dunkelgrauen Wellenlinien. Und das war gut so. Er hatte nicht lange gebraucht, um Lore klarzumachen, dass er keine Blutrückstände auf dem Werkzeug duldete. Jeder hatte seine Aufgaben zu erfüllen, und ihre waren nun mal das Putzen und Spülen. Es hatte nur weniger nachdrücklicher Anweisungen seinerseits bedurft, um es sie zu lehren.

Konzentriert prüfte Franz mit seinem Daumen die Schärfe der Klinge. Perfekt; scharf genug, um ein Haar zu zerteilen – längs, versteht sich. Er grinste zufrieden, doch die Zufriedenheit verflog beinahe schneller, als sie gekommen war, weil ihm ein Gedanke in den Kopf schoss. War es vielleicht Lores Schuld, dass das Messer so schnell stumpf wurde? Scheuerte sie etwa mit Stahlschwämmen darüber oder verwendete zu scharfe Putzmittel? Nach getaner Arbeit würde er der Frage nachgehen. Wehe ihr, wenn er mit seiner Vermutung richtiglag.

Er legte das Hackmesser auf den Hauklotz, ging zur Rückwand und riss wütend den Riegel der Tür zum Hühnerstall zurück, so dass dieser fast aus der Halterung rutschte, und trat die Tür auf. Zehn Hühner und ein Hahn, aufgeschreckt von dem Krach, empfingen ihn mit ohrenbetäubendem Gekreische.

„Ihr könnt so viel schreien, wie ihr wollt, zwei von euch geht es jetzt an den Kragen." Er suchte mit den

Augen nach dem ältesten Huhn seines Bestandes und fügte, nachdem er es entdeckt hatte, hinzu: „Bloß nicht den Kopf verlieren." Er lachte über seinen eigenen Scherz, schloss die Tür, drängte das Huhn in eine Ecke und packte es an den Beinen. Mit der rechten Hand nahm er die Flügelspitzen und schob sie in die linke, die die Beine umklammerte. So trug er das bewegungsunfähige und mit dem Kopf nach unten hängende Huhn hinüber in den Werkraum. Sorgfältig schloss er die Tür hinter sich. *Wenn man weiß, wie es geht, ist es ganz einfach.*

In Gedanken sah er das junge Volk von heute schreien und jammern, die Hände vor den Mund schlagend. Womöglich würden einige sogar kotzen, wenn sie zusehen mussten, wie ein Tier geschlachtet wurde. *Weicheier, allesamt!* Immerhin war es kein sinnloser Tod. Die Hühner würden in der Suppe, die Lore jeden Sonntag zubereitete, köstlich schmecken.

Er ergriff mit der freien Hand den Knüppel, der auf dem Boden neben dem Baumstammabschnitt lag, und schlug dem Huhn auf den Hinterkopf. Augenblicklich versteifte es sich. Die Betäubung wirkte. Er wollte ja nicht, dass das Huhn litt und womöglich Stress hatte, was sich auf die Qualität des Fleisches auswirken würde. Wie gesagt, wenn man wusste, wie es ging, war es ganz einfach.

Franz ließ den Knüppel achtlos fallen und nahm das Hackmesser zur Hand. Die Finger seiner Linken krallten sich um die Flügelgelenke, während er den Hühnerhals lang ausgestreckt auf dem Holzklotz positionierte. Er holte weit aus, wohl wissend, dass so viel

Kraft nicht nötig war, aber er wollte jeden Augenblick dieser unbegrenzten Macht auskosten. Den Moment, in dem er Herrscher über Leben und Tod war.

Sein Arm schoss herab. Mit einem Hieb durchtrennte er den Hals und fügte dem Holz eine weitere Kerbe hinzu. Das Messer kappte Sehnen, Muskeln, die Luft- und Speiseröhre, als wären sie aus Butter – aus weicher, zimmerwarmer Butter. Tatsächlich kam es nicht selten vor, dass bei Schlachtungen von Hühnern der Kopf noch an einer Sehne oder an einem Hautfetzen hing. Aber nicht bei ihm.

„Mist, verdammter", fluchte er unvermittelt. Jetzt war ihm doch ein Fehler unterlaufen. Aus irgendeinem Grund hatte er das Huhn wohl nicht richtig festgehalten. Durch die unkontrollierten Zuckungen entglitt ihm der kopflose Torso und fiel zu Boden. Dort wand er sich, die Beine zuckten, die Flügel schlugen. Dabei floss unablässig der rote Lebenssaft aus dem Hals. Blutstropfen wirbelten durch die Luft, hinterließen dunkle Flecken auf dem Holzklotz, dem Boden und auf Franz' Hose.

Mist, verdammter! Er griff nach dem noch immer zitternden Huhn und hielt es über einen Eimer, um das restliche Blut aufzufangen. Egal. Lore würde die Hose waschen. Und der lehmige Boden war doch nicht so unpraktisch, stellte er fest. Das Blut versickerte und hinterließ nur unbedeutende Flecken. Nachdem das Huhn ausgeblutet war, hängte er es kopfüber an einen Fleischerhaken neben der Tür.

Um den Rest würde sich Lore kümmern. Das Rupfen, das Ausnehmen und das anschließende Kochen fielen selbstverständlich in ihren Aufgabenbereich. Wenn das zweite Huhn ebenfalls an einem Haken baumelte, würde er die beiden Suppenhühner sowie das Hackmesser in die Küche bringen und seine Frau beim Säubern des Messers beaufsichtigen. Und wehe, sie erledigte es nicht zu seiner vollsten Zufriedenheit.

Erstes Kapitel

Meine Güte, das ist hier aber wirklich am A.d.W., dachte Inga Laudenbach, als sie und ihr Kollege Kunze in dem 5er BMW über die von Schlaglöchern zerklüftete Straße rumpelten. Säße Inga am Steuer, wäre sie längst umgekehrt, auch wenn das Navi stur behauptete, sie befänden sich auf dem richtigen Weg.

Kunze hatte ihr bei ihrem ersten gemeinsamen Einsatz vor fünf Jahren gleich unmissverständlich klargemacht, dass er am Steuer sitzen würde. „Hier läuft das nicht wie beim Tatort im Fernsehen", hatte er gesagt. „Du wirst den Wagen nicht holen müssen. Ich fahre." Damals hatte sie gelacht und nicht geahnt, dass dies für ausnahmslos jede Fahrt gelten würde.

Nachdem gegen fünfzehn Uhr der Anruf der Kripo Gummersbach eingegangen war, der ihnen den Fund einer Leiche meldete, waren sie vom Präsidium in Köln Deutz auf die A4 gefahren, hatten Bensberg, Overath und Engelskirchen passiert, um die Autobahn über die Ausfahrt Wiehl/Nümbrecht wieder zu verlassen. Das Eisenbahnmuseum und das Zollamt Gummersbach ließen sie rechts liegen und erreichten eine schmale Straße, die in ein Waldgebiet führte.

Ob das Navi sich irrte? Als waschechte Kölnerin konnte Inga sich kaum vorstellen, dass jemand so abgelegen würde wohnen wollen. Seit etwa zehn Minuten holperten sie durch bewaldetes Gebiet. Laubbäume, deren Blätter in zartem Grün in der Maisonne leuchteten, wechselten sich mit grauen Fichten ab. Tot und vertrocknet, als besäßen sie kaum genügend

Kraft, ihre Nadeln zu halten. Daneben schlossen sich gerodete Waldabschnitte an. Inga wusste, dass dies die Auswirkungen der trockenen Sommer und der Borkenkäfer waren. Es war ein trostloses Bild. Wie um ihren Eindruck zu verstärken, schob sich eine Wolke vor die Sonne und beendete das Farbenspiel der Buchen-, Eichen- und Birkenblätter.

Nach zwei weiteren Fahrminuten lichtete sich der Wald plötzlich und machte zur rechten Seite der Straße einer Streuobstwiese Platz, auf der ein Dutzend Hühner um die vereinzelten Obstbäume herum nach Würmern und Körnern pickten. Zur Linken erstreckte sich ein gepflegter Rasen, dem von Golfplätzen nicht unähnlich.

Während sie an einer Scheune vorbeifuhren, stellte Kunze in seiner gewohnt ‚gesprächigen' Art fest: „Wir sind da." Er lenkte den Wagen von der Straße auf einen Schotterplatz, wo bereits zwei Streifenwagen standen.

Inga stieg aus und roch es sofort – den Geruch nach Tod und Verwesung, der förmlich aus jeder Pore des alten Bauernhauses drang.

Orange und gelb leuchteten Veilchen in den Blumenkästen auf den Fensterbänken und in Steinkübeln und bildeten einen wundervollen Kontrast zur grauen Schieferfassade. Obwohl das Haus recht alt sein musste, wirkte es sehr gepflegt. Keine abblätternde Farbe, kein Unkraut auf dem Hof und keine Spinnweben, weder an den blendend weißen Fensterrahmen noch unter dem Giebel, der zwei Stockwerke über ihnen aufragte. Die wuchtige Eingangstür des Hauses stand offen. Ein uniformierter Polizist trat heraus.

„Sie müssen die Kripobeamten sein", begrüßte der junge Mann sie mit einem Lächeln.

„Kriminalhauptkommissar Kunze und Kriminaloberkommissarin Laudenbach", stellte Kunze sich und Inga vor. Sie wollten gerade ihre Marken hervorholen, da winkte der Polizist ab.

„Schon gut. Ich glaube Ihnen auch so. Außerdem will da bestimmt niemand rein, der nicht muss." Er deutete mit dem Kopf über die Schulter. „Da drin stinkt es schlimmer als im Container eines Abdeckers."

Kunzes linke Augenbraue schob sich bedenklich weit nach oben. Das tat sie immer, wenn ihm etwas missfiel. Um einem Vortrag über korrektes Verhalten am Tatort und womöglich noch über ethische Grundlagen im Umgang mit Verstorbenen entgegenzuwirken, der ihrem Partner bestimmt schon auf der Zunge lag, fragte Inga den Polizisten: „Wer hat ihn gefunden?"

„Die Haushälterin. Sie wollte heute putzen. Wird sich wohl einen neuen Job suchen müssen."

Kunzes Augenbraue wanderte erneut.

„Wir werden uns zuerst den Tatort ansehen", erklärte Inga. „Anschließend würden wir uns gern mit der Frau unterhalten."

„Klar, kein Ding", sagte der Polizist. „Sie hat sich geweigert, das Haus noch einmal zu betreten, deshalb sitzt sie in der Scheune. Meine Kollegin ist bei ihr."

Inga nickte und ging mit Kunze zum Haus. Der Verwesungsgeruch wurde stärker. Sie wappnete sich innerlich vor dem, was jetzt kommen würde. In den Fernsehkrimis schien es den Kommissaren nichts auszumachen, die Leichen in ihrem Blut, mit den gesplitterten Knochen, den Exkrementen oder der Hirnmasse, die sich ringsherum verteilte, zu sehen. Inga konnte sich nicht an einen solchen Anblick gewöhnen und wollte es auch nicht.

Sie atmete einmal tief durch, während sie sich Handschuhe und Plastikschuhüberzieher, die Kunze ihr reichte, anzog. Langsam, bedacht darauf, keine Spuren zu verwischen oder zu hinterlassen, gingen sie über die Bruchsteinplatten, die den Boden des Flures seit mehreren hundert Jahren bedecken mochten. Die schwarzen Fachwerkbalken ließen ein ähnliches Alter vermuten. Als Garderobe dienten vier gebogene Haken, mit Marmorkugeln an den Enden, die neben einer kleinen, aus Brettern gezimmerten und mit rostroter Farbe gestrichenen Tür hingen. Ein grauer Arbeitskittel und ein Tweedjackett mit Ellbogenflicken, ihres Besitzers beraubt, ließen in Inga ein Gefühl der Einsamkeit aufsteigen, das sie sich nicht so recht erklären konnte.

Alle Gefühle zulassen, alle Eindrücke sammeln, hallten die Worte ihres Professors für Kriminaltaktik in ihr. Der nächste Eindruck, der sie wie ein Hammerschlag traf, war der grauenhafte Gestank, der ihr den Atem raubte. Inga öffnete den Mund, was nur bedingt half, denn nun glaubte sie, ihn schmecken zu können.

Sie folgte Kunze durch die Tür. Eine grüne Küchenzeile aus den Achtzigern, sauber, jedoch mit deutlichen Gebrauchsspuren, befand sich zu ihrer Linken. Rechts stand vor einer Eckbank der zum Frühstück gedeckte Küchentisch. Der Käse war mit weißem Flaum bedeckt, die Butter schmierig weich, die Wurst hatte sich an den Rändern nach oben gewölbt und ließ grünliche

Flecken erkennen. Fliegen summten um das geöffnete Marmeladenglas und über der Lache geronnenen Blutes, die sich wie eine verrutschte Tischdecke über den Tisch verteilt hatte und in einer Pfütze auf dem Boden mündete. Vornübergebeugt auf dem Stuhl, so dass sein Kopf auf dem Frühstücksbrettchen ruhte, saß Norbert Wetzlar, der Hausherr. Seine Arme hingen herunter, an seinem rechten Zeigefinger baumelte an ihrem Henkel noch die Kaffeetasse. Ein Fleischermesser steckte so tief in seinem Schädel, dass er wie eine Melone aufgeplatzt war und Hirnmasse herausquoll.

„Männlich, Mitte bis Ende sechzig, graue Haare, Arbeitskleidung, Pantoffeln, kein Ehering." Kunze umrundete den Tisch, darauf achtend, nicht auf Blutspritzer zu treten. „Der Tathergang scheint klar zu sein. Die Haut beginnt sich grün zu verfärben." Er beugte sich zu dem Gesicht des Toten hinunter. „Die Bindehaut der Augen ist braun, noch nicht schwarz. Ich vermute, er ist seit zwei oder drei Tagen tot."

„Dann kann ich ja wieder gehen", erklang es von der Küchentür. Nils Anderson, bekleidet mit Schutzanzug, Handschuhen und Maske, betrat den Raum. „Ich frage mich, warum es den Beruf des Rechtsmediziners überhaupt gibt, wenn jeder mit bloßem Auge, will meinen, ohne wissenschaftliche Belege, zu fundierten Ergebnissen kommen kann." Pikiert würdigte er Kunze keines Blickes und begann mit seiner Arbeit. „Und wagen Sie es ja nicht zu fragen, wann Sie mit ersten Ergebnissen rechnen können. Ich arbeite gewissenhaft, präzise und so schnell wie möglich. Jetzt lassen Sie mich meine Arbeit machen, und Sie machen Ihre."

Inga hatte keine Lust auf die endlosen Diskussionen, die sich die beiden über ihre jeweiligen Zuständigkeitsbereiche lieferten. Natürlich gab es da Überschneidungen. Das war doch klar.

„Wir sind hier fertig", sagte sie deshalb schnell. „Nicht wahr?"

Kunzes Antwort hörte sich an wie ein gemurmeltes Knurren. Aber er setzte sich in Bewegung und hielt grußlos auf den Ausgang zu. Das war noch einmal gut gegangen.

Sie verließen das Haus. Jetzt waren Anderson sowie die Kollegen der Kriminaltechnik, die in diesem Moment auf den Platz vor dem Haus eintrafen, an der Reihe. Wenn sie etwas Besonderes oder Ungewöhnliches fanden, würden sie Inga und Kunze umgehend informieren oder es ihnen bei der Fallbesprechung heute Abend mitteilen.

Ein leichter Wind trug den Duft nach frisch gemähtem Gras zu ihnen herüber, als wolle er den Geruch des Todes vertreiben. Dankbar sog Inga die Luft tief ein, während sie ihre Gedanken sortierte: *keine Kampfspuren, keine Fesseln an Händen oder Füßen, kein Knebel.* „Der Mörder muss unbemerkt hinter Herrn Wetzlar getreten sein, um ihn hinterrücks das Messer in den Kopf zu rammen. Der Tod kam so schnell, dass er nicht mehr in der Lage war, seine Tasse abzustellen." Die letzten Gedanken des Opfers werden sich um das Frühstück gedreht haben oder um die Arbeit, die er für diesen Tag geplant hatte. Dass er seinen letzten Atemzug tat, wird ihm nicht bewusst gewesen sein, mutmaßte Inga und fragte sich, ob das ein Segen oder ein Fluch war.

Kunze setzte zu einer Antwort an, als ein blauer VW Passat auf den Platz fuhr. Ein Mann, Inga schätzte ihn auf Mitte vierzig, stieg aus. Er war groß und sah aus, als würde er regelmäßig Sport treiben. Die Bluejeans, die Nikes und das Sakko über dem T-Shirt verstärkten den Eindruck. Er blickte sich suchend um. Als er Inga und Kunze entdeckte, erschien ein Lächeln auf seinem Gesicht. „Ah, Sie sind bestimmt die Verstärkung aus Köln." Er gab ihnen freudestrahlend die Hand. „Ich freue mich, Sie kennenzulernen. Mein Name ist Tom Hartung, Kriminaloberkommissar beim KK Gummersbach. Ich soll dafür sorgen, dass es Ihnen an nichts fehlt", sagte er gut gelaunt. „Ich bin sogar befugt, Ihnen ein Büro in unserem Kommissariat zur Verfügung zu stellen, und das will schon was heißen."

Inga schmunzelte. Tom Hartung war ihr auf Anhieb sympathisch. Und so ganz anders als der wortkarge und strenge Kunze, der sie gerade mit einem knappen: „Kriminalhauptkommissar Kunze und Kriminaloberkommissarin Laudenbach", vorstellte und Hartung anschließend mit einem „Wir brauchen Ihre Hilfe nicht. Warten Sie hier", abfertigte.

„Aber gern doch", antwortete Tom Hartung. „Im Warten bin ich super."

Inga musste sich ein Lachen verkneifen. Ihr war sofort klar gewesen, dass Kunze mit der fröhlichen und aufgeschlossenen Art Hartungs nicht gut zurechtkommen würde. Sie nickte zum Abschied und folgte ihrem Kollegen, der sich schon auf den Weg zu der Scheune gemacht hatte, an der sie bei ihrer Ankunft vorbeigefahren waren.

Kunze hatte das große Scheunentor erreicht und zog an dem hölzernen Griff. Das rostige Torband quietschte, als die Tür nach außen aufschwang. Nach nur wenigen Zentimetern schrammte sie über den Boden und blieb im Schotter stecken. Er machte einen Schritt zurück.

„Kann ich Ihnen helfen?", rief Tom Hartung und kam mit federndem Gang auf sie zu. Bevor Kunze oder Inga etwas sagen konnten, packte er beherzt die Tür am Griff, hob sie ein wenig an und öffnete sie vollständig. „Bitte sehr. Ich bin in einem kleinen Dorf hier im Bergischen aufgewachsen. Da lernt man so was."

Kunze verschwand ohne ein Wort, dafür mit sauertöpfischer Miene, im Inneren der Scheune.

„Danke", sagte Inga und folgte ihrem Kollegen.

Als sich ihre Augen an das Dämmerlicht gewöhnt hatten, sah sie eine ältere Frau auf einem Strohballen sitzen. Eine Polizistin legte ihr gerade eine Decke um die Schultern. „Vielleicht sollten wir doch einen Rettungswagen rufen", schlug sie vor.

„Nein, ich will nicht ins Krankenhaus", wehrte sich die Frau.

„Guten Tag, mein Name ist Kunze, und das ist Frau Laudenbach. Wir sind von der Kripo Köln. Wir würden Ihnen gern einige Fragen stellen."

Die Frau sah zu ihnen auf. Die Augen verquollen und rotgerändert, nervöse Flecken auf Wangen und Hals sowie ein Zittern, das ihren ganzen Körper durchrüttelte, zeigten deutlich, dass sie dringend ein Beruhigungsmittel brauchte.

„Sie können jetzt gehen", sagte Kunze zu der Polizistin, die sogleich die Scheune verließ.

„Wie heißen Sie?"

„Hannelore Grönemann, geborene Raabe. Aber alle nennen mich Lore."

„Sie haben den Toten gefunden?", erkundigte er sich, was bei der Frau einen Tränenausbruch auslöste. Er wartete, bis sie sich beruhigt und mit einem rosa Stofftaschentuch ausgiebig die Nase geputzt hatte. Sie steckte es in die Tasche ihrer Strickjacke und holte ein frisches hervor, das sie pausenlos in den Fingern drehte.

„Ja", hauchte sie. „Der arme Herr Wetzlar. Wie konnte so etwas nur geschehen? Und das hier bei uns. Wer ist denn zu so etwas imstande?"

„Das wissen wir nicht", sagte Kunze, „Aber wenn Sie unsere Fragen beantworten, können Sie uns bei der Aufklärung des Mordes helfen."

„Mord? Und das bei uns auf dem Weiler?" Sie sah Kunze mit schreckgeweiteten Augen an, als wäre er der Mörder. Dann erfasste sie ein erneuter Weinkrampf.

„Vielleicht sollten wir für Sie erst einmal einen Arzt kommen lassen", schlug Inga vor. „Oder einen Psychologen, der sich um Sie kümmert, oder auch Ihren Pastor, wenn Sie das wünschen."

„Pastor Krämer? Nein. Auf keinen Fall! Mein Mann würde …" Sie ließ den Satz unvollendet, wischte sich energisch die Tränen aus den Augen und setzte sich kerzengerade auf, wobei ihr die Decke von den Schultern rutschte. „Ich schaffe das. Fragen Sie."

Falls Kunze diese Reaktion genauso eigenartig fand wie Inga, ließ er es sich nicht anmerken. „Erzählen Sie uns doch, was sich heute Morgen zugetragen hat."

„Ich komme jeden Donnerstag zum Putzen zu Herrn Wetzlar." Sie schluckte schwer. „Ich meine, ich kam jede Woche zum Putzen, immer donnerstags aber auch mal zwischendurch, wenn es nötig war. Herr Wetzlar legte großen Wert auf Sauberkeit und Ordnung." Sie schnäuzte sich. „Der arme Herr Wetzlar."

„Haben Sie einen Hausschlüssel?"

„Nein, das hätte Herr Wetzlar nicht gewollt. Nein, er hat mir immer geöffnet."

Sie verstummte. Kunze wartete. Als Frau Grönemann nur auf ihr Taschentuch in den Händen starrte, hakte er nach. „Und wie sind Sie dann heute ins Haus gekommen?"

Ertappt zuckte sie zusammen. „Heute? Ach ja, das war schon merkwürdig. Heute stand die Tür offen. Nicht sperrangelweit, nur angelehnt. Ich hab mich gewundert und bin vorsichtig reingegangen, als hätte ich es geahnt" Sie seufzte.

„Was haben Sie gemacht, als Sie im Haus waren?"

„Gar nichts! Ich hab gar nichts gemacht. Ich bin in die Küche gegangen, und da saß er … der Herr Wetzlar … und in seinem Kopf … sein …" Sie schüttelte sich, als ließe sich so die Erinnerung vertreiben. Nach einer kurzen Pause blickte sie Inga tief in die Augen. „Werde ich dieses Bild jemals wieder aus dem Kopf bekommen?"

„Eine Traumatherapie könnte helfen", schlug Inga vor, obwohl sie sich nicht wirklich sicher war. Das Gesicht der Kindergartenfreundin zum Beispiel verblasst nach einigen Jahren, obwohl man sich gern an sie erinnern würde. Andere Bilder hingegen brennen sich regelrecht ins Gedächtnis ein, obwohl man sie am liebsten vergessen würde. Der Anblick des toten und sich bereits zersetzenden Körpers von Herrn Wetzlar würde Frau Grönemann gewiss bis an ihr Lebensende verfolgen. Vielleicht könnte eine Therapie ihr wenigstens helfen, keine Albträume zu bekommen.

Das „Nein!" kam wie ein Pistolenschuss, und Lore Grönemanns Blick verdüsterte sich. „Keine Therapie!"

„War es Herrn Wetzlars Messer? Wollten Sie das gerade sagen?", ergriff Kunze wieder das Wort.

Sie nickte. „Selbstverständlich war es sein Messer. Er nahm es immer zum Fleischzerlegen, wenn er sich ein halbes Schwein gekauft hatte. Und zum Hühnerschlachten natürlich auch." Nach einer Pause fügte sie, mehr zu sich selbst, hinzu: „Dass er nun damit ermordet wurde ..." Ihre Fassung brach in sich zusammen, und sie fing wieder hemmungslos zu weinen an.

„Frau Grönemann, Sie sollten sich erst einmal etwas erholen. Wir können das Gespräch auch morgen weiterführen. Sollen wir Sie nach Hause bringen?"

Sie schüttelte den Kopf. „Ich wohne nur zwei Häuser weiter. Es sind keine fünfhundert Meter. Das schaffe ich allein."

„Also gut, dann bis morgen."

„Bis morgen?" Das war eine Frage.

„Ja, ich sagte doch gerade, dass wir morgen zu Ihnen kommen möchten. Bis dahin haben Sie sich etwas erholt, und wir können uns unterhalten."

„Muss das denn wirklich sein?"

Was für eine eigenartige Reaktion, fand Inga. Natürlich konnte es ihr unangenehm sein, die Polizei im

Haus zu haben, das gab es ab und an. Aber Frau Grönemann war nur eine Zeugin und keine Verdächtige. Warum also diese ablehnende Haltung? „Sie können auch zu uns aufs Kommissariat kommen", bot sie an.

„Um Gottes willen, auf keinen Fall." Frau Grönemann schien regelrecht entsetzt. „Dann doch lieber bei mir. Wann kann ich mit Ihnen rechnen?"

Inga schob das eigenartige Verhalten auf den Schockzustand, in dem die Frau immer noch schwebte und kündigte ihr Kommen für den nächsten Vormittag an.

Diesmal nickte Frau Grönemann ergeben und verließ mit hängendem Kopf die Scheune. Inga konnte nicht verhindern, dass ihr dazu der Ausdruck ‚wie ein geprügelter Hund' einfiel.

„Wir sollten ins Büro zurückfahren", stellte Kunze fest.

Typisch für ihn, dachte Inga. Das Mantra einer jeden Ermittlung, *keine voreiligen Schlüsse ziehen*, bedeuteten für ihn auch keine Gespräche über den Fall, ehe nicht genügend Fakten auf dem Tisch lagen. Schade eigentlich. Schweigend machten sie sich auf den Weg zurück zum Auto.

„Und? Wie ist es gelaufen?" Tom Hartung tauchte auf dem Hof auf. „Fall abgeschlossen, Mörder gefasst?"

Kunze hatte für diesen Kommentar lediglich ein Augenbrauenzucken übrig. Geradewegs ging er zum BMW.

Inga hob entschuldigend die Achseln. „Wir fahren erst einmal nach Köln zurück", erklärte sie. „Spätestens morgen Vormittag sind wir aber wieder hier, um uns noch mal mit Frau Grönemann zu unterhalten."

„Kein Problem. Dann werde ich mal meinen Bericht

schreiben. Hier ist meine Karte." Er reichte Inga eine Visitenkarte, auf der sämtliche Telefonnummern des KK Gummersbach aufgelistet waren. „Sie erreichen mich unter der Durchwahl 09. Wenn ich helfen kann, sagen Sie Bescheid."

„Gern, vielen Dank. Dann vielleicht bis morgen." Inga nahm die Karte und stieg in den Wagen, den Kunze bereits gestartet hatte.

Während sie losfuhren, gab sie die Telefonnummern in ihr Handy ein. Sie hatte das unbestimmte Gefühl, dass sie sie noch einmal brauchen würde.

Kaum hatte sie die zweite Nummer eingetippt, flog ihr das Handy aus der Hand. Die Bremsen des Wagens quietschten. Der Sicherheitsgurt verhinderte, dass Inga gegen das Armaturenbrett prallte, schnitt ihr jedoch schmerzhaft in den Hals.

Kunze hatte den Wagen zum Stillstand gebracht. Inga sah auf und erkannte den Grund für die Vollbremsung. Über die Straße ging eine alte Frau, tief über ihren Rollator gebeugt, ohne das Auto auch nur eines Blickes zu würdigen.

Kunze erholte sich schnell von dem Schreck. „Ist die lebensmüde? Hinter einer Kurve gemütlich über die Straße zu spazieren? Wäre ich nur ein wenig schneller gefahren ..." Er ließ den Satz unvollendet und sprang aus dem Auto. Inga stieg ebenfalls aus.

„Was machen Sie denn hier?", fragte er überflüssigerweise. „Wollen Sie sich umbringen?"

Die Frau hob den Kopf und sah Kunze an. In ihrem Gesicht reihte sich eine Falte an die andere. Das graue Haar war in dauergewellte Locken gelegt, ein Versuch, die spärliche Haarpracht fülliger aussehen zu lassen. Zu der geblümten Bluse und dem wadenlangen braunen Baumwollrock trug sie Filzpantoffeln.

„Nicht so hastig, Jungchen", sagte die Alte, ohne in ihrem Marsch innezuhalten. „Du kannst direkt mitkommen. Beim Erpelsrummel wird jede Hand benötigt."

Kunze warf Inga einen verständnislosen Blick zu. Ob es daran lag, dass jemand zu ihm, der die Sechzig schon überschritten hatte, Jungchen sagte, oder wegen der Einladung zur Kartoffelernte, vermochte Inga nicht zu sagen. Sie beobachtete die Situation, verstohlen in sich hinein lächelnd.

„Gute Frau …", versuchte Kunze es erneut.

Doch sie ließ ihn nicht ausreden. „Holst im Oktober die Kartoffeln nicht rein, wird der Hunger im Winter dein Begleiter sein. Also mach schon und komm. Am Mittag bekommst du auch 'n Teller Kartoffelsuppe und 'n Kanten Brot. Ich geh voran und zeig dir den Weg."

Kunze rührte sich nicht vom Fleck, sondern blickte der Frau nur hinterher, die mittlerweile fast die andere Straßenseite erreicht hatte.

„Diese jungen Leute heute, wissen nicht, was Arbeit ist … Als ich jung war …", knütterte die Alte vor sich hin.

Kunze hob verzweifelt die Arme und kam zum Auto zurück.

„Ob wir sie allein gehen lassen können?", fragte Inga. „Augenscheinlich ist sie verwirrt und möglicherweise von zu Hause weggelaufen."

„Das ist nicht unsere Aufgabe", gab Kunze zurück. „Wir können eine Streife rufen."

„Nicht nötig!" Eine Frau Mitte fünfzig kam aus dem

Wald gelaufen und blieb völlig außer Atem und abgehetzt vor ihnen stehen. „Mein Name ist Annette Mausbach. Das ist meine Mutter, Mechthild. Sie hat Demenz. Ich pflege sie. Ich war nur kurz hinterm Haus, um die Wäsche aufzuhängen, da ist sie mir ausgebüxt. Das macht sie öfters. Aber ich will sie nicht einsperren. Entschuldigen Sie."

„Ist schon in Ordnung", sagte Kunze und wirkte erleichtert, „es ist ja noch mal gut gegangen."

Die Frau lächelte dankbar und folgte ihrer Mutter. „Was machst du denn hier, Mutter?"

„Was für eine Frage? Ich geh zum Erpelsrummel."

„Aber Mutter, heute lesen wir doch die Kartoffeln auf dem Feld am Haus, hast du das vergessen?"

„Ach, wirklich?", erkundigte sich die Alte und hielt zum ersten Mal inne.

Die Tochter nickte bestätigend.

„Hat dein Vater das gesagt? Ständig trifft er irgendwelche Entscheidungen, und wir müssen springen. Ich sollte mal ein ernstes Wörtchen mit ihm reden." Mit vereinten Kräften drehten sie den Rollator, überquerten die Straße erneut und gingen in die Richtung davon, aus der sie gekommen waren.

Als Inga und Kunze im Auto saßen, sagte er: „Wer weiß, wie wir mal werden, wenn wir alt sind."

Damit war der Vorfall abgehakt.

Zweites Kapitel

Pling!

„Scheiße", fluchte Achim Kronenbecher und trat reflexartig auf die Bremse. Dieser Blitzer auf der B 56 hatte ihn wieder erwischt. Genervt sah er auf den Tacho. Wie viel war er zu schnell gewesen? 20 oder 30 km/h? Und das zum zweiten Mal in dieser Woche. An dem beschissenen Montag, an dem alles angefangen hatte, war er schon einmal geblitzt worden, und zwar an der gleichen Stelle. Hieß es nicht, aus Fehlern lernt man? Er war anscheinend nicht dazu in der Lage. Was soll's. Jetzt war es ohnehin zu spät. Er stieg wieder aufs Gas. Das Knöllchen, das er unzweifelhaft bekommen würde, musste sich schließlich lohnen. War sowieso alles Abzocke. Außerdem ging ihm diese ständige Fahrerei gehörig auf die Nerven.

Die Scheidung von seiner Frau lag nun bereits zwei Jahre zurück. Was war das für ein Kampf gewesen, um Geld, Haus, die Autos und den Hund, der glücklicherweise seiner Ex zugesprochen wurde. Ihm war die Töle herzlich egal. Aber weil er wusste, wie sehr sie an dem Tier hing, hatte er einen regelrechten Sorgerechtsstreit vom Zaun gebrochen. Nur um sie zu ärgern. Die blöde Kuh bekam sowieso viel zu viel Kohle von ihm. Es hatte ihn Nerven gekostet und graue Strähnen in sein ansonsten fülliges blondes Haar gezogen, die er sich selbstverständlich überfärben ließ. Nachdem die Scheidung durch war, hatte er mit Freunden im Diamonds Club in Köln richtig abgefeiert. Ein Lächeln stahl sich auf seine Lippen, als er an jene Nacht zurückdachte.

Damals war ihm die Idee gekommen, sich ein Haus auf dem Land zu kaufen. Das Apartment war wider Erwarten seiner Ex zugesprochen worden, und er stand quasi auf der Straße. Alle seine Freunde besaßen neben ihren Wohnungen in der Stadt ein Wochenendhaus auf dem Land, in Deutschland oder Spanien.

„Handy aus, Computer aus, keinen hören oder sehen", schwärmte Niko, der Investmentbanker.

„Ich habe ein Objekt, das dir gefallen könnte", mischte sich Oliver, seines Zeichens Immobilienmakler, ein. „Es ist eine alte Bruchbude ..."

„Ich habe zwar gerade mein halbes Vermögen an meine Frau verloren", mokierte Achim sich, „deshalb muss ich mir noch lange keine Bruchbude kaufen." Er war wirklich entsetzt, dass Oliver so etwas auch nur in Erwägung zog.

„Eben", antwortete er. „Die Substanz ist tipptopp in Schuss. Du kannst sie entkernen und so herrichten lassen, wie du es gerne hättest."

Als Achim am nächsten Tag wieder nüchtern war, hatte er sich das Ganze durch den Kopf gehen lassen und wenige Tage später den Kaufvertrag unterschrieben.

„Ey, du Arsch! Kannst du nicht aufpassen?"

Ein Kleintransporter hatte unvermittelt von der rechten Fahrbahn auf die linke gewechselt, und Achims Geschwindigkeit, die immerhin stolze 150 km/h betrug, unterschätzt. Achim stieg auf die Bremse.

„So ein Idiot! Dem sollten sie den Führerschein abnehmen." Er unterstrich seine Meinung damit, dass er so nah wie eben möglich auffuhr und permanent die Lichthupe betätigte.

„Mach, dass du auf die Kriechspur kommst", brüllte er. Was natürlich sinnlos war, seine Anspannung jedoch etwas abbaute. Er musste zur Firma und zwar schnell. Die Situation war komplett aus dem Ruder gelaufen. Eigentlich hatte er heute im Homeoffice arbeiten wollen, doch der Anruf seines vor Wut schnaubenden Chefs sollte seine Pläne für den Tag über den Haufen werfen. In Windeseile hatte er sich umgezogen, war in die Garage gestürmt und hatte sich ins Auto gesetzt. Sein Navi behauptete, die Fahrzeit der Strecke von Eulensiefen zum Kölner Rheinhafen, betrüge neunundvierzig Minuten, doch er würde es in weniger als einer halben Stunde schaffen. Das wusste er. Das hatte am Montag auch funktioniert.

Der Trottel vor ihm hatte kaum die Spur freigemacht, da stieg Achim auch schon wieder aufs Gas. Diese dämliche Fahrerei nervte echt.

Er hatte sich das Leben auf dem Land angenehmer vorgestellt. Es lag nicht an der Ausstattung seines Hauses, dort hatte er allen Komfort, den man sich wünschen konnte, inklusive Sauna im Gewölbekeller und Whirlpool auf der Terrasse, aber es war doch um einiges umständlicher und einsamer.

Wie seine Freunde geschwärmt hatten, von abends nach Hause kommen, im Garten die Füße hochlegen, die Ruhe genießen. Mal ehrlich, zum einen kam er abends meist so spät aus dem Büro, dass er duschte, vielleicht noch ein Glas Wein vor der Glotze trank und dann ins Bett fiel. Zum anderen machte ihn diese Ruhe nervös. Er war eben ein Stadtmensch. Vielleicht sollte er Oliver beauftragen, eine Stadtwohnung für ihn aufzutreiben. Er musste einfach weg aus diesem Kaff. Aus mehreren Gründen.

Einer dieser Gründe waren seine Nachbarn. Diese alte Frau, die ständig mit ihrem Rollator durch die Gegend lief und von der Tochter wieder eingefangen werden musste, zwang ihm fast jedes Wochenende ein Gespräch auf. Zum Kotzen. Noch schlimmer war nur Wetzlar, dieser Spießer und Korinthenkacker. Mit ihm war Achim schon einige Male aneinandergeraten. Beim letzten Mal hatte der Spinner ihm vorgeworfen, er würde mit dem rechten Vorderreifen immer über sein Grundstück fahren, um die Schlaglöcher auf der Straße zu vermeiden. Ja, verdammt, das tat er. Sollte er sich etwa das Auto versauen?

Er kam nicht dazu, sich die weiteren Gründe vor Augen zu führen, die einen Umzug in die Stadt sinnvoll erscheinen ließen, denn er erreichte die Stadtautobahn und musste sich stärker auf den Verkehr konzentrieren. Schließlich wollte er sich möglichst schnell durchschlängeln, ohne erneut geblitzt zu werden.

Nur zehn Minuten später parkte Achim in der Tiefgarage. Der Aufzug brachte ihn direkt in die fünfte Etage des Kranhauses Eins. Er riss die Tür auf, hatte keinen Blick für das wundervolle Panorama Kölns, das ihm durch die Fensterfront entgegen strahlte. Während er hastig den Schlips und das Jackett richtete, trat er vor den Konferenzraum. Natürlich sind schon alle da, entnahm er den Stimmen hinter der Tür.

Schon während er den Raum betrat, sagte er: „Entschuldigen Sie die Verspätung, aber der Verkehr in Köln war heute mörderisch."

Drittes Kapitel

Die Fallbesprechung hatte nicht viel ergeben. Kunze hatte einen Tatortbericht abgeliefert. Alle weiteren Ergebnisse von der Kriminaltechnik und auch von Nils Anderson, dem Rechtsmediziner, waren noch nicht ausgewertet und würden frühestens am morgigen Freitag neue Erkenntnisse bringen.

Warum muss so etwas immer kurz vor dem Wochenende passieren?, fragte sich Inga, die die freien Tage im Geiste strich. Aber wie es aussah, kam sie wenigstens heute relativ früh nach Hause. Karla Berger, Kriminalrätin und Leiterin des Kriminalkommissariats für Delikte am Menschen, ergriff zum Schluss das Wort.

„Nach bisherigem Erkenntnisstand wurde die Tat vor zirka drei Tagen verübt. Das bedeutet, der Mörder hat zweiundsiebzig Stunden Vorsprung. Wir wissen alle, dass dies keine gute Ausgangslage ist. Deshalb können Sie sich auf ein langes Wochenende einstellen, ein langes arbeitsreiches Wochenende, versteht sich." Sie klatschte geschäftig in die Hände, als stände sie vor einem Haufen Schotter, den es galt, in einen Weg zu verwandeln.

Obwohl die Worte, die Karla Berger von sich gab, Inga nicht wirklich gefielen, musste sie dennoch schmunzeln. Diese Frau war unglaublich. Sie lebte ausschließlich für ihren Beruf. War als Erste im Büro und als Letzte raus. Inga konnte sich nicht vorstellen, dass sie die Wochenenden genoss, so ganz ohne Arbeit. Sie hätte sich bestimmt gut mit M, der Leiterin des britischen Geheimdienstes der James-Bond-Filme verstanden, deren

Darstellerin sie sogar in Statur, Frisur und Alter ähnlich war. Einzig die braunen Haare und braunen Augen unterschieden sie von der fiktiven Filmfigur und ließen sie jünger, aber auch strenger wirken.

„Nichtsdestotrotz können wir für heute nichts mehr tun. Wenn alle Berichte geschrieben sind, können Sie Feierabend machen." Sie nickte, und alle standen auf.

Inga hatte noch schnell eingekauft, sie wollte für Ole und sich Spaghetti ai Funghi kochen, mit frischen Champignons, Salbei und Parmesan. Hm, lecker. Schon beim Gedanken daran lief ihr das Wasser im Mund zusammen. Sie freute sich auf den Abend mit ihrem Sohn und betrat ihre Wohnung in Köln-Sülz an der Luxemburger Straße, bepackt und erschöpft von dem Tag, aber gut gelaunt und voller Vorfreude.

Sie stellte die Einkaufstüten auf der Kücheninsel ab. „Ole, ich bin zu Hause."

Ihr fünfzehnjähriger Sohn kam in Jogginghose und Schlabbershirt in die Küche geschlurft. Er war mittlerweile einen halben Kopf größer als sie, und sie musste zu ihm aufsehen. Mein Gott, wo war die Zeit geblieben?

„Hi, du brauchst für mich nicht mitkochen", informierte er sie.

„Warum nicht?", fragte Inga, bemüht, sich die Enttäuschung nicht anmerken zu lassen. „Hast du schon gegessen?"

„Nö, ich esse gleich bei Mark", sagte Ole, als wäre es das Normalste der Welt. Das war es aber nicht, bei Weitem nicht.

„Warum solltest du bei Mark essen?" Inga versuchte, ruhig zu bleiben, sie wollte sich den Abend nicht mit Streit verderben. Andererseits war abzusehen, dass Oles Abendplanung gegen mehrere Regeln verstoßen würde, und das konnte sie ihm nicht durchgehen lassen.

„Blöde Frage", blaffte Ole und blickte sie an, als hätte sie den Verstand eines Kieselsteins. „Weil ich gleich zu ihm fahre und bei ihm übernachte."

„Ole." Ingas Tonfall klang, als müsse sie einem Kleinkind etwas zum hundertsten Mal erklären. Was zutraf, nur war Ole kein Kleinkind mehr, sondern fünfzehn Jahre. „Du weißt genau, dass du nicht bei einem Freund übernachten darfst, wenn am nächsten Tag Schule ist." Sie packte die Einkäufe aus, als wäre damit alles gesagt.

„Wer sagt das?"

„Ich sage das." *Och, bitte nicht*, dachte Inga, die merkte, wie ihre Geduld abnahm und sich der Streit zuspitzte. Sie wollte nicht streiten. Aber Ole musste sich an die Regeln halten, und wenn Schule war, würde er bestimmt nicht bei einem Freund bleiben, bis tief in die Nacht zocken und am nächsten Morgen unausgeschlafen, wenn überhaupt, zur Schule gehen.

„Es ist mir egal, was du sagst. Ich packe jetzt meine Sachen und gehe."

„Das wirst du schön bleiben lassen. Wenn du erwachsen bist und eine eigene Wohnung hast, kannst du machen, was du willst. Aber noch ist es nicht so weit. Und deshalb wirst du dich an die Regeln halten müssen, die ich aufstelle. Und jetzt deck den Tisch."

„Verdammt, warum bist du ausgerechnet heute früher zu Hause? Ich wäre sonst schon weg gewesen."

Inga sah auf die runde Küchenuhr. Es war halb sieben. Das konnte man für einen Feierabend nicht gerade früh nennen. Kam sie normalerweise noch später nach Hause? Manchmal schon, musste sie sich eingestehen.

Sie versuchte es mit einer Erklärung. „Ole, ich will dich nicht ärgern, oder über deinen Kopf hinweg bestimmen. Du weißt selbst, wie wichtig Schule und gute Noten sind."

„Scheiß auf Schule! Ich hab da keinen Bock mehr drauf. Mich kotzt das an – die Lehrer, die anderen. Alles nur Flachpfeifen und Nervensägen", brüllte er. „Und ich hab keinen Bock mehr auf diesen Spießermist hier. Ich fahre jetzt zu Mark."

„Das wirst du nicht."

„Sagst du, die sowieso nie da ist? Wenn du arbeiten musst, darf ich für mich allein sorgen, aber wehe, wenn du zu Hause bist, dann soll ich gefälligst parieren. Ich bin das so leid!" Wütend rauschte er in sein Zimmer und schlug die Tür hinter sich zu.

Mist, dachte sie, *so hatte ich mir den Abend nicht vorgestellt.* Sie wusste, dass Pubertierende schwierig sein konnten, aber wenn man es am eigenen Leib erfuhr, war es etwas anderes. Irgendwie entglitt Ole ihr. Sie fand nie die richtigen Worte, und ständig kam es zum Streit, manchmal wegen Kleinigkeiten, manchmal wegen Grundsätzlichem. War es wirklich so schlimm, zu Hause zu schlafen? Er konnte doch morgen bei Mark übernachten. Sie atmete tief durch, rief sich ins Gedächtnis, dass die Hormone an allem Schuld hatten und nicht Ole, und unternahm einen Versöhnungsversuch. Vor seiner Zimmertür angekommen klopfte sie, öffnete jedoch aus Rücksicht auf seine Privatsphäre nicht. Sie sagte zum Türblatt: „Ole, hör mal. Heute ist doch schon Donnerstag. Sag Mark Bescheid, dass du morgen bei ihm übernachtest, ja? Für heute vergessen wir das Ganze und kochen was zusammen, okay?"

„Nix ist okay!" Wutschnaubend riss Ole die Tür auf. Vollständig bekleidet und mit einem großen, prallgefühlten Rucksack in der Hand stand er vor ihr. „Wenn ich nicht zu Mark darf, dann geh ich eben zu Papa. Der ist viel lockerer drauf als du!"

„Aber ..."

„Er hat mir letztens schon angeboten, bei ihm zu wohnen", fauchte Ole, „Und das mache ich auch." Er drängte Inga zur Seite und stürmte aus der Wohnung. Die Tür krachte hinter ihm ins Schloss.

Seit wann hat er Kontakt zu seinem Vater?, fragte sich Inga perplex. *Ist ja typisch für Paul. Erst lässt er sich nicht blicken, und dann taucht er auf und mischt sich in mein Leben ein.* Sie wusste, dass Paul, ihr Ex-Mann, in Köln-Ehrenfeld wohnte. Dort hatte er vor Jahren eine schicke Eigentumswohnung erworben – Altbau, aber komplett saniert. Nachdem sie sich vor zwölf Jahren getrennt hatten, hatte er bei weitem nicht jedes Jahr ein Geburtstagsgeschenk für Ole vorbeigebracht. Manchmal gab es nur eine Karte, manchmal gar nichts. Seine Besuche in all den Jahren konnte Inga an zwei Händen abzählen. Und jetzt hatte er plötzlich Kontakt zu Ole aufgenommen? Oder war es umgekehrt gewesen? Und wenn das nur eine Ausrede war, um doch zu Mark zu fahren? Sie musste Paul wohl oder übel anrufen. Seine Nummer stand irgendwo in den Unterlagen. Aber was sollte sie sagen, wenn Ole tatsächlich auf dem Weg zu ihm war? Sollte sie Paul bitten, ihn nach Hause zu schicken? Oder sollte sie ihren Sohn bei ihm abholen, wenn er dort auftauchte? Oder, und das tat ihr in der Seele weh, sollte sie Ole den Freiraum geben, den er anscheinend brauchte?

Verdammt, fluchte sie innerlich. In einem Punkt hatte ihr Sohn recht. Sie war zu selten zu Hause, und im Moment befand sie sich mitten in einer Mordermittlung, was erfahrungsgemäß viele Überstunden bedeutete. Vielleicht war es gut, wenn Ole die Zeit bei seinem Vater verbrachte, so schwer ihr der Gedanke auch fiel, und obwohl es ihr einen Stich ins Herz versetzte.

Inga suchte die Nummer von Paul heraus und rief ihn an. Sie erzählte ihm von dem Streit und bat ihn, ihr eine WhatsApp zu schreiben, sobald Ole bei ihm auftauchte. Paul war erfreut zu hören, dass sein Sohn auf dem Weg zu ihm war, und versprach, sich zu melden.

Als sie mit einem Glas Kölsch auf der Couch im Wohnzimmer saß, kam die erhoffte Nachricht. Ole war tatsächlich zu seinem Vater gegangen. Paul würde ihn morgen zur Schule fahren, und Ole würde übers Wochenende bei ihm bleiben. Inga nahm einen großen Schluck kühles Bier und redete sich ein, dass es das Beste sei. Wie ein Kurzurlaub vielleicht. Zwei Bierflaschen waren leer, als sie ins Bett ging. Die frischen Champignons lagen vergessen neben dem Salbei auf der Anrichte und dunkelten vor sich hin.

Viertes Kapitel

Übernächtigt schlurfte Inga am Freitagmorgen ins Bad. Ihre Geheimwaffe, das Bier, von dem normalerweise zwei Flaschen genügten, um ihr Gedankenkarussell zuverlässig zum Stillstand zu bringen, hatte keine Wirkung gezeigt. Hätte sie Ole doch aufhalten sollen? Oder schon früher gegensteuern müssen? Hatte sie sich zu wenig um ihn gekümmert, oder waren solche Auseinandersetzungen normal und gehörten zum Erwachsenwerden dazu? Ihr Radiowecker, der sie seit ihrem Studium zuverlässig jeden Morgen weckte, hatte ihr in diesem Moment die Ziffern 02:58 entgegen gestrahlt, mahnend und vorwurfsvoll. Inga beschloss, Ole am nächsten Tag eine WhatsApp zu schreiben. Vielleicht hatten sich die Wogen bis dahin geglättet, und sie konnten am Sonntagabend zusammen essen gehen. Das dringend notwendige Gespräch würde sie auf nächste Woche verschieben. Dieser Plan, oder das Gefühl, überhaupt einen Plan zu haben, schien sie zu beruhigen, denn kurz darauf war sie erschöpft in einen tiefen, wenn auch zu kurzen Schlaf gefallen.

Eine Wechseldusche spülte die Müdigkeit sowie die Sorgen um Ole von ihr ab. Er war kein kleines Kind mehr und hatte die Nacht bei seinem Vater verbracht und nicht bei einem Kumpel oder auf der Straße. Sie sollte sich jetzt ausschließlich auf ihren Fall konzentrieren. Ob sie Ole eben schnell eine WhatsApp schicken sollte? *Nein*! Sie drehte den Wasserhahn aus, als wolle sie nicht nur den Wasser-, sondern auch ihren Gedankenfluss stoppen. Ole würde denken, sie spioniere hinter ihm her. Lieber bis morgen warten – oder bis heute Abend.

Nach einem starken Kaffee fühlte Inga sich für den Tag gerüstet, schnappte sich ihre Umhängetasche und verließ die Wohnung.

„Es gibt noch keine neuen Erkenntnisse", begrüßte Kunze sie, als sie ihr gemeinsames Büro im Präsidium betrat. „Ich habe bei den Grönemanns angerufen und den Termin für zehn Uhr bestätigt."

„Ich wünsche dir auch einen guten Morgen", sagte Inga und lächelte ihn an. Zu Beginn ihrer Zusammenarbeit hatte sie sich geärgert, dass Kunze nur wenig bis gar kein Interesse an höflichen Umgangsformen hatte. Mittlerweile nahm sie es mit Humor. Er würde sich nicht ändern, und sie fühlte sich nicht berufen, ihn zu erziehen.

„Hmph!", lautete Kunzes Antwort. Er tippte einige Befehle in die Tastatur seines PCs. Der Bildschirm wurde schwarz. „Dann los. Fahren wir ins Bergische."

„Nichts lieber als das", sagte Inga und folgte ihm nach draußen.

„Eigentlich ganz schön hier", bemerkte sie, als sie an der Obstwiese von Herrn Wetzlar vorbeifuhren. Inga war in Köln geboren und aufgewachsen. Sie hatten immer einen großen Garten mit viel Platz zum Spielen gehabt. Natürlich wusste sie, dass nicht jeder in Köln es so gut hatte. Ihre Freundin Karla zum Beispiel wohnte mit ihren Eltern und zwei Geschwistern in einer kleinen Wohnung im fünften Stock eines Hochhauses mit winzigem Balkon und einer gemeinschaftlich genutzten Grünanlage. Inga störte das nicht. Karla war lustig und immer fröhlich, sie machten viel Quatsch zusammen und waren beste Freundinnen. Meist spielten sie aber bei Inga zu Hause. Obwohl ihre Eltern ihr den Umgang mit Karla niemals verboten hätten, wusste Inga, dass es ihnen so lieber war.

Sie musste Karla mal wieder anrufen. Zwar war der Kontakt nach der Schule abgebrochen, aber ab und an telefonierten sie miteinander und quatschten und scherzten wie früher. *Nach dem Fall*, verschob Inga ihr Vorhaben gleich wieder.

Sie fuhren an der Wetzlarschen Scheune und dem Bauernhaus vorbei. „Wer erbt eigentlich den Hof?"

„Keine Ahnung. Soviel ich weiß, war er nie verheiratet", sagte Kunze. „Vielleicht kann Frau Grönemann etwas dazu sagen."

Er deutete mit dem Kopf nach vorn in Richtung eines quadratischen, vermutlich in den Siebzigern erbauten Fertighauses. Tulpen, Narzissen und Primeln ließen die Beete farbenfroh erstrahlen. In den Blumenkästen vor den Fenstern blühten Stiefmütterchen in blau und violett. Das Grundstück war von einem Jägerzaun eingefasst, der auch eine kleine Scheune einschloss. Alles wirkte sauber und gepflegt.

Das Krähen eines Hahns begrüßte sie, als sie aus dem Wagen stiegen. Inga sah neben dem Haus auf der Wiese einige Hühner im Gras nach Würmern und Engerlingen picken. Wenn sie einmal einen Garten hätte, würde sie auch Hühner halten, dachte Inga. Bestimmt praktisch, jeden Morgen ein Ei der eigenen Hühner auf dem

Frühstückstisch zu haben. Aber das würde so schnell nicht geschehen. Sie war eine Großstadtpflanze und wollte es auch bleiben.

„Wir werden bereits erwartet", sagte Kunze und deutete auf das Fenster neben der Haustür. Inga sah, wie sich die weiße Spitzengardine bewegte, dann wurde die Haustür aufgerissen. Im Türrahmen stand Lore Grönemann. Die Ringe unter den Augen und ihre blasse Gesichtsfarbe ließen erahnen, wie sehr ihr die gestrigen Ereignisse zu schaffen machten.

„Guten Tag." Kunze reichte ihr die Hand. „Wir hatten vorhin telefoniert."

„Ich hab am Telefon ganz vergessen zu fragen, ob das Gespräch unbedingt sein muss", sagte Frau Grönemann und nestelte an einem geblümten Taschentuch, als wäre sie ein Schulkind, das dem Lehrer gestehen muss, die Hausaufgaben nicht gemacht zu haben.

„Frau Grönemann, wir haben nur ein paar Fragen", sagte Inga. „Es wird nicht lange dauern." Sie lächelte und fragte sich, warum es Frau Grönemann so unangenehm war, mit ihnen zu sprechen.

„Lore mach die Tür zu, es zieht", ertönte eine barsche Männerstimme aus dem Inneren des Hauses.

Frau Grönemann ließ sie eintreten und schloss hastig die Tür hinter ihnen. „Kommen Sie mit ins Esszimmer, dort können wir uns unterhalten."

Sie folgten der Frau durch den Flur. Eine Kommode mit weißem Häkeldeckchen, auf dem Hummelfiguren angeordnet waren, dominierte den Raum. Es roch nach Ako Pads. Zudem kratzte der Geruch nach gestärkter Wäsche beinahe in der Nase, als sie das geräumige,

Eiche-rustikale Wohn-Esszimmer betraten. Mit der gestärkten weißen Tischdecke und den Spitzenkopf-schützern auf den Sofalehnen wirkte es wie den fünf-ziger Jahren entsprungen.

„Lore, wie siehst du wieder aus, begrüßt man so hohen Besuch?" Der ironische Unterton blieb weder Inga noch Kunze verborgen, dessen Augenbraue zu zucken begann. Am Esstisch saß ein feister Mann in Blaumann und kariertem Hemd und stopfte eine Pfei-fe. „Zieh gefälligst die Schürze aus, wenn wir Besuch haben", blaffte er seine Frau an, die der Aufforderung sofort nachkam. Ohne von seiner Tätigkeit aufzusehen, knurrte Herr Grönemann: „Also, wenn ich ein fremdes Haus betrete, stelle ich mich erst einmal vor."

Kunze sah zu Inga hinüber, und sie wusste, dass er das Gleiche dachte wie sie.

„Kriminalhauptkommissar Bruno Kunze und Krimi-naloberkommissarin Inga Laudenbach von der Kripo Köln." Sie hielten ihm ihre Dienstmarken hin. „Wir möchten mit Ihrer Frau über Herrn Wetzlar sprechen."

Ein abfälliges Schnaufen war Grönemanns einziger Kommentar.

Inga wollte schon sagen, dass sie, wenn sie Besuch hatte, ihren Gästen in die Augen sah und sich vernünf-tig mit ihnen unterhielt. Doch sie begnügte sich mit einem vielsagenden Blickkontakt mit ihrem Partner und wandte sich dann an Lore Grönemann, als wäre ihr Mann nicht anwesend. So langsam dämmerte ihr, warum die Frau ein Gespräch lieber vermieden hätte.

„Wir setzen uns am besten ins Wohnzimmer", schlug ihre Gastgeberin vor.

Inga nickte zustimmend. „Gern."

Während sie sich setzten, knurrte Herr Grönemann leise, jedoch vernehmbar: „Natürlich setzen die sich in die Polster. Alle verweichlicht heute."

Was für ein netter Zeitgenosse, dachte Inga und versuchte, diesen unangenehmen Menschen auszublenden und sich auf die Befragung zu konzentrieren.

Kunze machte den Anfang. „Frau Grönemann, haben Sie gestern etwas Besonderes oder Ungewöhnliches gesehen, bevor Sie ins Haus von Herrn Wetzlar gegangen sind?"

„Nein, es war alles wie immer. Nur, dass die Haustür eben offen war, das war eigenartig, aber das habe ich ihnen ja schon gesagt." Sie holte aus der Tasche ihres Rocks das geblümte Taschentuch und drehte es in den Fingern.

„Sie sagten, Sie hätten ein- oder zweimal in der Woche bei Herrn Wetzlar geputzt ..."

„Viel zu oft, wenn Sie mich fragen", tönte es vom Esstisch her. „Außerdem hat der Geizhals viel zu wenig bezahlt. Lore arbeitet sich für den krumm, und der zahlt nur ein paar Pfennige. Ausbeuter!"

Als habe er den Einwurf nicht gehört, stellte Kunze die nächste Frage. „Ist Ihnen in letzter Zeit etwas aufgefallen? Hat sich Herr Wetzlar komisch verhalten, war er nervös oder hatte er mit jemandem Streit?"

„Der hatte mit allen Streit, schon immer", antwortete Herr Grönemann anstelle seiner Frau. „Kein Wunder, wenn man so ein unausstehlicher Halsabschneider ist. Es war nur eine Frage der Zeit, dass dem mal einer zeigt, wo's langgeht."

„Sie waren wohl keine Freunde, was?", provozierte Kunze.

Grönemann sprang sofort darauf an. „Freunde, wir? Verdroschen hab ich den nach Strich und Faden. Verdient hatte er's. Eine Woche hat er im Krankenhaus gelegen."

„Ach, Franz, lass doch die ollen Kamellen", versuchte seine Frau, ihn zu beruhigen.

„Wenn's doch wahr ist." Mit hochrotem Kopf und vor Wut schnaubend, kaute er auf dem Pfeifenmundstück herum.

Inga schaute zu Frau Grönemann, der die ganze Situation hochnotpeinlich war. Unablässig wanderte das Taschentuch zwischen ihren Fingern hin und her. Sie musste bemerkt haben, dass Inga sie musterte. Als sie aufsah, blitzte für den Bruchteil einer Sekunde tiefe Verzweiflung in ihren Augen auf. Dann hatte sie sich wieder im Griff. Der Ausdruck verschwand, hinterließ nur nichtssagende Leere.

„Worum ging es bei dem Streit?", fragte Inga.

„Er ist ein Idiot, darum ging es. Er ist ein Halsabschneider und Ausbeuter, darum ging es", knurrte Grönemann.

Zurück im Kommissariat würden sie prüfen, ob der Vorfall aktenkundig geworden war. Inga vermutete, dass sie hier und jetzt nichts Genaueres aus Grönemann oder seiner Frau herausbekommen würden.

Kunze war anscheinend der gleichen Meinung. „Herr Grönemann", ergriff er das Wort, „wo waren Sie am Montag, den 13. März?"

Die Augen des Mannes verengten sich zu schmalen

Schlitzen, lauernd wie ein Raubtier vor dem Sprung.

„Verdächtigen Sie mich etwa?"

„Beantworten Sie einfach meine Frage."

„Wir waren beide zu Hause", kam ihm seine Frau zu Hilfe. „Am Montag hast du doch Hühner geschlachtet, weißt du noch?"

„Das geht keinen was an", fuhr er seine Frau an. Aber Inga hörte, dass sich unter den Zorn auch ein wenig Verunsicherung geschlichen hatte, die er zu verbergen suchte.

Aus heiterem Himmel rief Lore Grönemann: „Ach, wo bin ich bloß mit den Gedanken? Ich hab Ihnen ja noch keinen Kaffee angeboten." Sie sprang auf. „Wollen Sie vielleicht ein Stückchen Kuchen dazu? Ich hab Nusskuchen gebacken, heute Morgen in der Früh."

Kunze wollte schon abwehren, doch Inga war schneller. Das war eine gute Gelegenheit, die beiden getrennt zu befragen. Hoffentlich verstand Kunze den Wink mit dem Zaunpfahl. „Gern, Frau Grönemann. Ich helfe Ihnen in der Küche."

„Das ist auch besser so. Frauen gehören in die Küche", kommentierte Herr Grönemann.

Als Inga die Küche betrat, sah sie aus den Augenwinkeln, wie Kunze aufstand und zu Herrn Grönemann an den Tisch ging. „Dann erzählen Sie doch mal, was Sie über Herrn Wetzlar wissen."

Inga schloss die Küchentür. Kunze hatte verstanden. Frau Grönemann stand an der Spüle und ließ Wasser in die Kaffeekanne laufen. Dabei schaute sie aus dem Fenster in den Garten hinter dem Haus.

Inga stellte sich neben sie. „Schön haben Sie es hier."

Zumindest von der Wohnlage, fügte sie in Gedanken hinzu.

„Ja, nicht wahr?", nickte ihre Gastgeberin. „Der Garten ist mein ganzer Stolz. Sie sollten ihn mal im Sommer sehen. Dann blüht er wundervoll. Schmetterlinge fliegen überall, und dort hinten wächst das Gemüse. Ich brauche kaum welches einzukaufen. Ich ziehe alles selber."

Sie gab Kaffeepulver in den Filter, schaltete die Kaffeemaschine ein, holte aus dem Schrank einen Gugelhupf und schnitt ihn an. „Es ist noch zu früh im Jahr für die neue Ernte. Aber die Eier hier im Kuchen sind von unseren Hühnern." Sie kramte Papiertaschentücher aus einer Schublade und schnäuzte sich die Nase. „Was passiert eigentlich mit den Hühnern von Herrn Wetzlar?"

Inga zuckte die Achseln. „Das kommt darauf an. Hat er denn Familie, die den Hof erben könnten?"

Lore Grönemann runzelte nachdenklich die Stirn. „Soviel ich weiß, hat er einen Neffen und einige Nichten. Aber die kommen nur alle Jubeljahre mal zu Besuch, wenn überhaupt."

„Können Sie mir sagen, wie die heißen?"

„Nein, tut mir leid. Ich weiß nur, dass Norberts Vater Albert Wetzlar hieß. Vielleicht hilft Ihnen das weiter." Sie seufzte. Ihr Blick glitt in die Ferne, als könne sie längst vergangene glücklichere Tage sehen. „Was wir früher für Spaß hatten. Sie müssen wissen, ich stamme von hier und Norbert auch. Franz ist aus dem Nachbarort."

Frau Grönemann holte Teller aus dem Küchenschrank. „Wir haben viel im Wald gespielt, der Norbert

Wetzlar, Nele Beck und ich. Und Franz natürlich, der vom Nachbarhof dazukam. Selbstverständlich mussten wir auch bei der Arbeit helfen, mit den Kühen, auf dem Feld, bei der Heuernte oder beim Kartoffellesen. Es war eine harte Zeit, für alle, aber auch schön." Ihr Gesicht verdüsterte sich. Ob es an Erinnerungen aus der Kindheit lag, oder weil sie sich an den Mord an Norbert Wetzlar erinnerte, vermochte Inga nicht zu sagen.

„Ach, was schwätze ich. Mein Mann sagt immer, Weiber schwätzen zu viel. Und irgendwie hat er ja auch recht nicht wahr?" Sie reichte Inga eine Tasse Kaffee. „Milch und Zucker?"

„Nein danke, schwarz", sagte Inga und dachte, dass sie die Weisheiten des Herrn Grönemann schon bis in die Küche verfolgten. Ob sie Frau Grönemann auf das unmögliche Verhalten ihres Mannes ansprechen sollte? Sie konnte sich nicht erklären, warum sich diese liebenswerte Frau von ihrem Mann behandeln ließ, als wäre sie ein Putzlappen. Vielleicht war er nicht immer so gewesen … trotzdem, so würde mit ihr kein Mann umspringen. Aber es war nicht ihre Aufgabe, die Eheprobleme der Grönemanns zu hinterfragen oder gar zu lösen. Frau Grönemann war eine Zeugin und sie eine Kriminalbeamtin und keine Paartherapeutin. So gern sie der Frau geholfen hätte, besann sie sich auf den eigentlichen Grund ihres Besuchs.

„Frau Grönemann, haben Sie eine Idee, wer Herrn Wetzlar den Tod wünschen würde?"

Lore Grönemann schüttelte den Kopf. „Auch wenn mein Mann etwas anderes behauptet." Sie trat näher an Inga heran. „Norbert war ein sehr netter Mann. Er war zuvorkommend und bei allen beliebt. Er war im Schützenverein und im Kirchenchor."

Anscheinend war damit alles gesagt, denn Frau Grönemann wandte sich ab und goss den restlichen Kaffee in die Thermoskanne.

Hatte Inga da ein Funkeln in Frau Grönemanns Augen gesehen? Wenn, dann war es in Sekundenbruchteilen verschwunden. „Er hatte also nie Streit mit jemandem?", hakte sie nach.

Lore Grönemann wiegte den Kopf hin und her. „Nie Streit ... wer hat denn nie Streit? Es gibt immer mal das ein oder andere, was einen aufregt."

„Und bei Herrn Wetzlar war das was?"

„Der Kölner."

„Wer ist denn der Kölner?"

„Er ist erst vor kurzem hierhin gezogen, hat das Haus der Offermanns gekauft. Er ist immer in Eile und rast hier mit seinen dicken Autos den Weiler rauf und runter. Das wurde Norbert zu bunt, und da hat er ihn sich mal tüchtig zur Brust genommen. Und gut."

Ob das wirklich gut war, würde sich herausstellen, dachte Inga und stellte ihre Tasse auf der Anrichte ab.

„Wenn Sie mich fragen, ich kann mir nur vorstellen, dass ein Fremder hier durchgefahren ist und Norbert getötet hat." Ängstlich sah sie Inga an. „Hier ist es recht einsam. Niemand würde bemerken, wenn ein Fremder ..." Sie schluckte. „Franz hat schon Riegel für die Fenster und Türen besorgt. Damit wir hier wieder sicher leben können."

Inga konnte die Sorge der Frau nachempfinden. Aber eine solche Tat geschah nicht ohne Motiv. Warum sollte ein Fremder am helllichten Tag in ein Haus einsteigen und den Hausherrn töten? Zumal der am Frühstückstisch saß und keine Gefahr darstellte.

„Hatte Herr Wetzlar viel Bargeld im Haus?"

Frau Grönemann zuckte die Schultern. „Das weiß ich nicht."

„Danke Frau Grönemann, für den Kaffee und dafür, dass Sie mir die Fragen beantwortet haben. Es kann sein, dass wir weitere Fragen haben. Dürfen wir Sie dann anrufen?"

„Anrufen wäre mir recht", sagte sie und fügte enttäuscht hinzu: „Aber Sie haben ja noch gar kein Stück Kuchen gegessen, und Ihr Kollege hatte noch keinen Kaffee." Unglücklicherweise hatte Inga bereits die Küchentür einen Spalt geöffnet, so dass die letzten Worte von Frau Grönemann auch im Esszimmer zu hören gewesen waren. Prompt kam der Kommentar ihres Mannes: „Typisch Weiber, können nur quatschen und Maulaffen feilhalten. Kriegen es noch nicht mal auf die Reihe, ihre Gäste zu bewirten."

„Dieser Mann kommt auf meiner Liste der unausstehlichsten Typen in die oberen Ränge", sagte Kunze, als sie wieder im Wagen saßen. „Der hat nicht ein nettes Wort gesagt. Nur gemotzt. Alles ist schlecht und alle Menschen sind faul, hinterhältig, brutal, und was weiß ich nicht noch alles. Ich begreife nicht, warum seine Frau sich das gefallen lässt."

Inga verstand zu gut, was er meinte. Nach Grönemanns letztem Kommentar wäre sie dem Mann am liebsten an die Gurgel gegangen. Doch Kunze hatte sich schnell verabschiedet und so Schlimmeres verhindert.

Als sie im Wagen saßen, fasste Inga kurz zusammen, was Lore Grönemann ihr erzählt hatte. „Meinst du, wir haben unseren ersten Verdächtigen?", fragte sie und malte sich aus, wie sie den feinen Herrn Grönemann in Handschellen abführten. Erschrocken über sich selbst, schüttelte sie den Kopf und streifte den Gedanken ab. *So etwas ist unprofessionell*, sagte ihr eine mahnende Stimme. Eine ganz leise, kaum vernehmbare flüsterte hinterher: *Aber menschlich.*

„Ich denke schon", antwortete Kunze. „Er hat kein gutes Haar an Herrn Wetzlar gelassen. Ihn als Geizhals, als Ehebrecher und Korinthenkacker beschimpft. Gut möglich, dass es ihm zu bunt wurde, und er sich ins Haus geschlichen hat, um seinen Nachbarn hinterrücks zu ermorden."

„Würde irgendwie zu ihm passen", bestätigte Inga, obwohl sie sich den Tathergang nicht so richtig vorstellen konnte. „Wir sollten uns mal mit diesem Kölner unterhalten, wer auch immer das sein mag. Der hatte anscheinend auch Probleme mit Herrn Wetzlar."

Sie fuhren zwei Häuser zurück und hielten vor einem restaurierten Bauernhaus. Man roch förmlich die frische Farbe und das viele Geld, das hineingesteckt worden war. Allein der schmiedeeiserne Zaun, der das Grundstück umgab, war ein halbes Vermögen wert, zumindest, wenn man in Kriminalbeamtengehältern rechnete. Auf der Klingel stand der Name Achim Kronenbecher. Kunze rief im Präsidium an und gab den Namen durch. Die Kollegen sollten Erkundigungen über ihn einholen. Inga klingelte, doch niemand öffnete. Außer der Überwachungskamera, die sich auf dem Zaunpfahl oberhalb ihrer Köpfe befand und ihre Linse leise summend auf sie zubewegte, rührte sich nichts.

„Da können Sie lange warten", sagte eine heisere Frauenstimme hinter ihnen. Inga und Kunze wandten sich um. Mit schlurfenden Schritten und auf den Rollator gestützt kam Mechthild Mausbach, die alte Frau, die ihnen gestern auf dem Weg zu Kartoffelernte begegnet war, auf sie zu. „Der ist nicht da."

„Wissen Sie zufällig, wann er wiederkommt?", fragte Inga. Sie fing einen Blick von Kunze auf, der sich wohl fragte, wie viel Wahrheitsgehalt in der Aussage einer demenzkranken Frau stecken mochte. Inga ignorierte ihn und richtete ihre Aufmerksamkeit wieder auf Mechthild.

„Der fährt morgens ganz früh und kommt erst im Dunkeln wieder zurück", informierte die Alte, ohne anzuhalten. Mittlerweile hatte sie die beiden Beamten passiert, und Inga folgte ihr.

„Und wo wollen Sie jetzt hin?", erkundigte sie sich. *Wenn die so schnell weitergeht*, dachte sie, erstaunt darüber, wie zügig die alte Frau mit ihrem Rollator vorankam, *dann ist die bald in Gummersbach.*

„Ich muss zu Offermanns. Dort wird heute Weißkohl gestampft."

Inga sah, wie Kunze in übertriebener Verzweiflung die Arme hob und fallen ließ. „Hol doch bitte die Tochter", bat sie ihn. Mit einem Seufzer drehte er sich um und schritt auf ein kleines Haus links der Straße zu.

„Erst wird der Kohl gesäubert, der Strunk entfernt. Er wird geschnitten und kommt in ein großes Fass. Dann

noch Salz dazu. Wenn ich Sie mir so ansehe …" Mechthild blieb zum ersten Mal stehen und musterte Ingas
Beine. „… könnten wir Sie gut gebrauchen. Sie müssen
nur ins Fass steigen und auf dem Kohl herumstampfen.
Das schaffen Sie doch?"

Inga wusste nicht, wie sie auf die Einladung reagie-
ren sollte. Tatsächlich musste sie sich um ihren Fall
kümmern und hatte weder Zeit, bei einer imaginären
Sauerkrautproduktion zu helfen noch, sich um Mechthild zu kümmern. Glücklicherweise kamen Kunze und
die Tochter in diesem Moment angelaufen.

„Es tut mir ja so leid." Entschuldigend lächelte Annette Mausbach. „Sie glauben gar nicht, wie schnell
meine Mutter sein kann."

„Alles gut", sagte Inga. „Sie ist auf dem Weg zum
Weißkohlstampfen."

Annette lächelte wissend. „Mutter, wo willst du
hin?"

„Na, zu den Offermanns", kam die bestimmte Antwort.

„Mutter, die Offermanns wollen heute doch bei uns
zu Hause Weißkohl stampfen."

„Wirklich? Wer hat das gesagt?"

„Na, der Offermanns Hein." Annette nahm ihre Mutter beim Arm, wendete den Rollator und führte sie zurück zum Haus.

Inga lief hinter den beiden her. „Ich hätte da noch
eine Frage."

„Ja, bitte?" Annette blieb stehen. Ihre Mutter ging geradewegs weiter.

„Wissen Sie, wann wir Herrn Kronenbecher antreffen können?"

„Das ist schwierig. Er fährt morgens ganz früh los und ist abends meist erst nach Sonnenuntergang wieder zu Hause."

„Danke", sagte Inga und ging zum Wagen. Also stimmte Mechthilds Aussage.

„Ich habe für heute genug vom Landleben", sagte Kunze. „Wir sollten zum Präsidium fahren. Dort warten der Großstadtduft und die Berichte der KT auf uns."

Kunze behielt recht. Die Stadt empfing sie gebührend – mit einer eineinhalbstündigen Vollsperrung der A4. Nachdem sie schlecht gelaunt (sie hatten nicht einmal eine Thermoskanne Kaffee dabeigehabt) zurück im Präsidium waren und sich dem Aktenberg widmen wollten, der sich in ihrer Abwesenheit angehäuft hatte, stürmte Kriminalkommissar Jens Maltrum, ein Blatt Papier schwenkend, in ihr Büro.

„Seid ihr auch endlich hier?", fragte er übertrieben vorwurfsvoll.

Kunze brummte etwas Unverständliches und zog sich hinter seinen Computermonitor zurück.

„Wir fanden, es sei eine gute Idee, unsere Mittagspause auf die A4 zu verlegen", sagte Inga. „Solltest du auch versuchen. Ist mal was anderes."

„Lieber nicht", lachte Jens, „da lobe ich mir doch unsere Kantine."

„Hast du etwas für uns?"

„Ich habe mich über Achim Kronenbecher informiert." Er reichte ihr ein Blatt Papier. „Er arbeitet als Projektmanager bei Johnson und Partner, die ihre Büros in einem der Kranhäuser haben. Er lebt seit seiner

Scheidung allein, hat das Haus in Eulensiefen vor etwa zwei Jahren gekauft. Finanziell scheint er keine Probleme zu haben. Keine Vorstrafen. Keine Anzeigen wegen aggressivem Verhalten, oder sonst etwas in der Art."

„Danke", sagte Inga.

„Das war noch nicht alles. Herr Kronenbecher wurde geblitzt. Zweimal in dieser Woche." Jens grinste verschwörerisch. „Beide Male auf der B56, auf dem Weg nach Köln. Das eine Mal gestern um siebzehn Uhr zwölf und das andere Mal am Montagnachmittag um vierzehn Uhr sechsundzwanzig. Übrigens in zwei verschiedenen Autos. Wer es braucht."

„Na, seinen Führerschein scheint er nicht sonderlich dringend zu brauchen", warf Kunze ein. „Ansonsten hat es für unsere Ermittlungen keine Bedeutung, dass er offensichtlich einen Bleifuß hat."

„Vielleicht doch." Inga verstand, worauf Jens hinauswollte. „Sollte Wetzlar am Montag getötet worden sein, was wir ja vermuten, und sein Mörder wollte den Tatort möglichst schnell verlassen, um sich ein Alibi zu verschaffen, und ist dabei geblitzt worden ..." Sie vollendete den Satz nicht.

„Wir sollten die Obduktion abwarten. Das sind nur haltlose Spekulationen." Kunze wandte sich von ihnen ab und seinem PC zu.

Inga konnte nur schwer ein Augenrollen unterdrücken. Natürlich waren das nur Spekulationen. Sie wollte damit auch nicht zum Staatsanwalt rennen und einen Haftbefehl gegen Kronenbecher erwirken. Dies war nur ein Puzzleteilchen von vielen. Sie blickte Jens, der dastand wie ein begossener Pudel, entschuldigend an. „Vielen Dank. Hast du noch etwas?" Sie deutete auf einen weiteren Computerausdruck in seiner Hand.

„Ich habe auch den Grönemann überprüft. Er ist der Polizei durchaus bekannt. Meist wegen leichter Körperverletzung. Kneipenschlägereien, Handgemenge auf der Kirmes, so was eben. Zu einer Anzeige ist es aber nie gekommen. Außer einmal, da hat er wohl seinen Nachbarn krankenhausreif geprügelt. Ist schon ein paar Jahre her." Er schaute auf das Blatt. „Vier, um genau zu sein. Es kam aber auch hier nicht zu einem Verfahren gegen ihn. Der Nachbar hat zwar Anzeige erstattet, behauptete aber später, den Täter doch nicht erkannt zu haben, und hat die Anzeige zurückgezogen."

„Wie hieß denn dieser Nachbar?", fragte Inga, die schon ahnte, um wen es sich handelte.

„Norbert Wetzlar", sagte Jens.

Diese beiden Wörter ließen Kunze aufhorchen: „Dann war das nicht nur Angeberei vom Grönemann."

„Anscheinend nicht.", sagte Inga. „Danke, Jens"

„Gern", lächelte er und verließ das Büro, ohne Kunze zu beachten. Jens hatte gleichzeitig mit ihr bei der Kripo Köln angefangen, war jedoch zehn Jahre jünger als sie. Er war ein guter Kerl. Mit Kunzes schroffer Art kam er jedoch nicht zurecht. Aber wer tat das schon?

Mit einem Seitenblick auf die Akten, die durchgesehen, bearbeitet und in Berichte verpackt werden wollten, fragte Inga sich, ob es nicht eine Möglichkeit gab, der Aufgabe zu entkommen. Doch ihr fiel nichts ein, außer vielleicht wieder nach Gummersbach zu fahren und auf den Kölner zu warten, um ihn zu befragen. Aber die Fahrerei ... Vielleicht wäre es tatsächlich sinnvoll, Kommissar Hartungs Angebot, ein Büro im Gebäude der Kripo Gummersbach zu beziehen, anzunehmen. An ihr sollte es nicht liegen, aber bevor Kunze dem zustimmte, wären die Gerüste vom Dom abgebaut.

Inga fand den vorläufigen Bericht von Nils Anderson, dem Rechtsmediziner, ganz oben auf dem Stapel. Er enthielt jedoch keine neuen Erkenntnisse, außer der Mitteilung, dass die Obduktion am Samstag um neun Uhr dreißig stattfinden würde.

Es gibt doch nichts Schöneres, als einen Samstagmorgen mit einer Leichenöffnung zu beginnen, stöhnte Inga. Vielleicht war es tatsächlich nicht so schlecht, dass Ole das Wochenende bei seinem Vater verbringen würde. Sie wäre bestimmt nicht viel zu Hause. Ein Druckgefühl breitete sich in ihrem Magen aus und drohte, bis zum Herz hinaufzuwandern. Hatte sie ihren Sohn vernachlässigt? War er deshalb so aufmüpfig und bockig? Konnte sie deshalb kaum ein vernünftiges Wort mit ihm reden? Aber was hätte sie tun sollen? Sie war alleinerziehend und musste für den Lebensunterhalt sorgen. Ihr Ex-Mann Paul hatte sich nicht blicken lassen. Nach der Scheidung kümmerte er sich um seine Karriere und um seine Liebschaften. Ein Kleinkind störte da nur. Er begnügte sich damit, den monatlichen Unterhalt für seinen Sohn zu überweisen. Damals hatte Inga noch als Rechtsanwaltsgehilfin gearbeitet. Da gab es keine Überstunden oder Wochenendarbeit. Was wäre gewesen, wenn sie bei dem Job geblieben wäre? Wäre ihr Verhältnis zu Ole dann besser?

Sie schüttelte den Kopf. Auf diese Fragen gab es keine Antwort. Sie hatte damals entschieden, umzusatteln und bei der Kriminalpolizei zu starten. Die Arbeit machte ihr Spaß, meistens jedenfalls. Natürlich war es nicht immer leicht, Beruf und Familienleben unter einen Hut zu bringen. Aber alles in allem hatte sie ihre Sache gut gemacht, fand sie. Ob Ole das genauso sah? Inga verscheuchte die düsteren Gedanken. Sie würde sich jetzt um ihre Arbeit kümmern und anschließend Ole eine WhatsApp schreiben ... oder ihn anrufen. Es würde sich schon wieder einrenken.

Fünftes Kapitel

Siebzehn Uhr war ihre liebste Tageszeit. Jetzt zeigte die alte Standuhr im Salon sechzehn Uhr zweiundvierzig. Zeit, mit den Vorbereitungen für den Afternoon Tea zu beginnen. Abigail Berleburg, geborene Montgomery-Godwin, erhob sich schwerfällig aus ihrem Lesesessel und verließ den Salon. Langsam schritt sie durch die Lobby, begleitet von dem leisen Tocktock, das ihr Gehstock den weißen Marmorfliesen entlockte. Im Vorbeigehen strich sie mit den Fingerspitzen über die wundervollen Intarsien und Schnitzereien der Balustrade, die an der geschwungenen Freitreppe bis in den ersten Stock und dort an der Galerie entlangführte. Ihr Blick fiel auf das Ölgemälde einer jungen hübschen Frau und eines adrett gekleideten Mannes.

Lang, lang ist's her, dachte Abigail und lächelte. Heinrich, Gott hab ihn selig, war damals vor dem Dritten Reich nach England geflohen. Sein Vater war ein hochdotierter Wissenschaftler gewesen, der sich weigerte, für die SS zu arbeiten. In einer Nacht-und-Nebel-Aktion musste Heinrich, der damals dreizehn Jahre alt gewesen war, mit seinen Eltern nach England flüchten. Glücklicherweise hatte die Familie dort gute Kontakte zu Akademikern, und so fand sein Vater eine Anstellung an der Universität von Durham. Dort hatte Abigail ihren Heinrich einige Jahre später kennen und lieben gelernt. In den 1960er-Jahren zogen sie nach Deutschland. Abigail war es schwergefallen, ihr geliebtes England zu verlassen, doch sie wollte Heinrich, dem an der Universität zu Köln eine Professur angeboten worden war, nicht im Wege stehen. So hatte sie sich mit Deutschland arrangiert. Allerdings waren ihr liebgewordene Rituale und britische Eigenheiten geblieben. So wie der Fünf-Uhr-Tee.

Abigail erreichte die Küche. Heute hatte Marie, ihre Haushälterin, frei, deshalb roch es hier eher nach Reiniger und Bohnerwachs als nach den Köstlichkeiten, die sie immer zauberte. Aber Abigail wusste, dass sie im Brotschrank die für die Teezeremonie unabdingbaren Scones finden würde. Frisch gebacken, mit Marmelade bestrichen, waren sie ein Gedicht. Aber auch vom Vortag schmeckten sie köstlich.

Sie legte einige Teeblätter des aromatischen Assam-Tees in die Kanne aus weißem Porzellan und goss Wasser in den ausschließlich zur Teewasserzubereitung verwendeten kleinen Kochtopf. Er war eines ihrer Besitztümer, die sie aus England mit nach Deutschland gebracht hatte. Als sie vor einigen Jahren die Küche renoviert hatten, musste eigens für diesen Topf eine zusätzliche Herdplatte eingebaut werden, da er für die Induktionskochfelder nicht geeignet war. Als sie noch Lehrerin an der Volksschule Dieringhausen gewesen war, war dieser Topf ein fester Bestandteil ihrer Schultasche gewesen. In der Frühstückspause brauchte sie schließlich auch ihren Tee. Selbstverständlich keinen Assam Tee, der war dem Nachmittag vorbehalten. Zum Frühstück gehörte der English Breakfast Tea. Das Wasser hierfür hatte sie auf einem Holzofen gekocht, der auch den Klassenraum heizte.

Während langsam der Wasserdampf aufstieg, holte sie ein kleines Tablett und belud es mit einem Schälchen

Marmelade, der Teetasse und dem Milchkännchen sowie der Teekanne. Sie öffnete den Brotschrank und dankte, wie so oft, ihrem Heinrich in Gedanken, dass er damals ihrer Bitte nachgekommen war und diesen vollklimatisierten Schrank, in dem Brot und Gebäck viel länger frisch blieben, in die Küche integrieren ließ.

Sie nahm den Topf vom Herd. Dabei war es ihr völlig egal, dass das Wasser nicht sprudelnd kochte, so wie es das Deutsche Bundesinstitut für Risikobewertung für eine gesunde Teezubereitung empfahl. Ihren Tee bereitete sie seit jeher mit siedendem Wasser zu, und so würde es bis zu ihrem Tod bleiben.

Abigail trug das Tablett in den Salon, stellte es auf dem kleinen Beistelltisch ab, und machte es sich in ihrem Sessel gemütlich. Der Tea musste sechs Minuten ziehen, ehe er seinen Geschmack richtig entfaltete. Also blieb genug Zeit, um noch einmal in das Buch zu schauen, das sie gerade las. Robert Seethalers „Der letzte Satz" hatte sie von Beginn an gefesselt. Kaum hatte sie sich die Lesebrille auf der Nase zurechtgerückt und das Buch aufgeschlagen, donnerte ein dumpfer Knall durchs Haus. Erschrocken zuckte Abigail zusammen. Ihr Herz raste ebenso schnell, wie ihre Gedanken, die nach der Ursache dieses Lärms suchten.

Da war es wieder, jetzt eher polternd. Es kam von der Gartenseite des Hauses. Versuchte jemand, die Gartentür einzutreten? Zitternd, jedoch entschlossen, stand Abigail auf, verließ den Salon und ging erneut durch die Lobby. Diesmal hielt sie ihren Gehstock in beiden Händen vor sich erhoben, als wäre er ein Schwert. Das Krachen wurde lauter, je näher sie der Rückseite des Hauses kam.

Vor der Tür zum Wintergarten hielt sie inne. Sie musste ihren geliebten Kakteengarten mit den gemütlichen Sesseln aus Korbgeflecht durchqueren, um zur Hintertür und damit zur Quelle des Lärms zu gelangen. Sie spürte ihren Herzschlag bis zum Hals hinauf. Als sie die Hand ausstreckte, um nach der Klinke zu greifen, bemerkte sie, dass ihre Finger zitterten. Sie schloss die andere Hand fester um ihren Gehstock und riss die Tür auf.

Der vertraute Geruch nach Blumenerde und Aloe Vera in der feuchtwarmen Luft schlug ihr entgegen. Was sie normalerweise beruhigte, ließ nun ihren Puls noch schneller schlagen. Sie hatte das Gefühl, dass das Krachen hier sogar den Boden erbeben ließ. Keine Sekunde ließ sie die Hintertür aus dem Auge, während sie zögernd einen Fuß vor den anderen setzte. Sie konnte nicht erkennen, ob die Tür unter Tritten oder Schlägen erzitterte. Obwohl Abigail kaum in der Lage war, ihre Gehstockwaffe ruhig zu halten, wollte sie sich in ihrem Haus und schon gar nicht zur Teezeit in die Enge treiben lassen. Sie ergriff mit einer Hand die Klinke. Zweimal atmete sie tief ein, dann riss sie die Tür auf.

Vor der Tür war – nichts. Nichts außer ihrem Garten mit dem englischen Rasen, der dringend gemäht werden musste, den Hecken und Blumenrabatten. Abigail wagte nicht, auf die Terrasse hinauszutreten, schließlich dröhnte der Lärm immer noch durchs Haus, und ein Angreifer konnte auch von der Seite auf sie zustürmen. Sie stellte sich mit dem Rücken in den Türrahmen, so wie sie es viele Male in den Fernsehkrimis gesehen hatte, und lugte nach draußen. Ein Gefährt kam in ihr Blickfeld. Mit einem Mal dämmerte ihr, was den Lärm verursachte. Sie blieb noch einen Moment stehen, schließlich sollte ihr niemand ansehen, dass sie gerade um ihr Leben gefürchtet hatte, bevor sie nach draußen ging.

Vor der Terrasse parkte der Rasenmähertraktor mit dem kleinen Anhänger dahinter, der beladen war mit etwa zehn Holzscheiten.

„Till, was machst du denn hier? Es ist Teatime", sprach Abigail ihren Gärtner an.

Walter wäre das nicht passiert, dachte sie wehmütig. Er war über zwanzig Jahre lang ihr Gärtner gewesen und seit einem Monat im Ruhestand. Sie hatte lange nach einem Nachfolger gesucht und dann Till, einen jungen Burschen, aus mangelnder Konkurrenz und nicht aufgrund seines Könnens eingestellt. Verdattert schaute er aus, in seiner Arbeitshose mit dem flugunfähigen Vogel auf dem Latz, und stotterte: „Ach, Frau Madam … tut mir leid, das habe ich total vergessen. Soll ich lieber aufhören?"

Er nannte sie immer Frau Madam. Warum wusste nur er allein. *Früher hätte ich diesem Burschen die Leviten gelesen*, dachte Abigail. Sie war nie eine dieser mütterlichen Lehrerinnen gewesen. Das war nicht ihr Auftrag. Sie sollte den Kindern Wissen vermitteln. Es war nur natürlich, dass man bei dem einen oder anderen etwas härter durchgreifen musste. Sie vermutete, dass Till ein solcher gewesen wäre.

„Die Karre laden Sie noch ab, dann suchen Sie sich eine andere Beschäftigung. Morgen früh habe ich einen Termin in der Stadt, dann können Sie hier weitermachen."

„Ja, gerne, Frau Madam", strahlte er, beugte sich zum Anhänger hinunter, ergriff zwei Holzklötze und warf sie mit Wucht unter die Treppe, die zur Terrasse hinaufführte.

Ob sie ihm sagen sollte, dass er die Holzscheite ordentlich stapeln musste? Sehr wahrscheinlich schon, aber nicht jetzt. Jetzt war Teatime. Wann Walter derlei Arbeiten wohl verrichtet hatte? In all den Jahren hatte sie nie mitbekommen, wenn das Holz für den Kaminofen eingelagert wurde. Sie seufzte und ging in den Salon zurück. Sie hatte sich ihre Tasse Tee redlich verdient. Der Scone würde ihr jetzt besonders gut schmecken.

Sechstes Kapitel

Nachdem Inga die Ergebnisse der KT durchgesehen und ihren Bericht geschrieben hatte, war es bereits zwanzig Uhr. Sie fuhr mit ihrem Fiat Panda zum Antalya-Grill und nahm sich einen Döner zum Abendessen mit. Gefühlte hundert Mal hatte sie ihr Handy schon in der Hand gehalten, um eine Nachricht an Ole zu schreiben, doch sie wollte sich Zeit dafür nehmen und es nicht zwischen Tür und Angel tun. Deshalb geduldete sie sich, bis sie frisch geduscht, mit dem Döner und einem Kölsch vor sich auf dem Wohnzimmertisch, gemütlich auf der Couch saß. Sie hatte sich entschieden, Ole keine Nachricht zu schreiben, sondern ihn anzurufen. So konnte sie seine Stimme hören und erkennen, ob es ihm gut ging. Sie wählte seine Handynummer. „The person you have called …", erklang die Bandansage. Warum ging er nicht ans Telefon, um die Uhrzeit? Es war bald halb zehn. Sie drückte auf Wahlwiederholung. Mit dem gleichen Ergebnis. Sie entschied sich, Paul anzurufen. Doch auch dort ging keiner ans Telefon. Komisch. Na ja, Ole war fünfzehn, da musste er nicht um zehn im Bett sein, das wusste sie selbstverständlich. Dennoch konnte sie nicht verhindern, dass sie sich Sorgen machte. Was, wenn Paul nicht auf ihn aufpasste? Was, wenn er ihm erlaubte, auf dubiose Partys zu gehen, obwohl sie es verboten hatte? Wenn sie ehrlich sein wollte, traute sie Paul sogar zu, mit Ole auf solche Partys zu gehen, und wie das enden würde, konnte sie sich nur allzu lebhaft ausmalen. Sie griff zum Handy und schrieb Ole eine WhatsApp: „Wo bist du? Ruf mich an." Klang das zu bestimmend? Sie löschte die Nachricht und schrieb stattdessen: „Hoffe, du hattest einen schönen Tag. Wenn du Zeit hast, kannst du dich ja mal bei mir melden." Besser. Was war besser? Die WhatsApp vielleicht, aber ihre Sorgen kochten weiter.

Inga goss sich ein Kölsch ins Glas und nahm einen Schluck. Die kühle Flüssigkeit, die ihre Kehle hinunterrann, kühlte ihr Gemüt ein wenig und ließ ihren Magen knurren. Obwohl Inga keinen Appetit hatte, aß sie den Döner bis auf den letzten Salatblattschnipsel auf. Während sie sich eine zweite Flasche Bier holte, ertönte Mr. Bombastic von Shaggy. Ole hatte ihr den Klingelton irgendwann einmal für seine Anrufe eingestellt. Sie hastete zurück ins Wohnzimmer und nahm den Anruf an.

„Hallo Ole. Alles klar bei dir?"

„Natürlich ist alles klar." Inga sah förmlich, wie er die Augen verdrehte.

„Ich freu mich, dass du zurückrufst."

„Ich ruf nur zurück, weil Papa das gesagt hat."

Inga schluckte. Nur nicht unterkriegen lassen. „Was habt ihr denn heute so gemacht?"

„Wir waren erst im Phantasialand und danach im Kino. Genug ausgefragt?"

„Ole, ich wollte nur hören, wie es dir geht und nicht …"

„Ja, schon gut. Das weißt du ja jetzt. Damit ist gut. Ich leg jetzt auf."

„Okay, ich ruf dich morgen noch …"

Das Tuten im Hörer gab Inga unmissverständlich zu

verstehen, dass ihr Sohn aufgelegt hatte. Mist. Das war nicht gut gelaufen. Im Freizeitpark und im Kino waren er und sein Vater gewesen. Inga versetzte es einen Stich der Eifersucht. Wann hatte sie das letzte Mal etwas mit Ole unternommen, abgesehen von Klamotten kaufen oder essen gehen? Es war ziemlich lange her, musste sie sich eingestehen. *Jetzt hör endlich auf mit dem Rumgenöle*, schalt sie sich in Gedanken. *Ole verbringt eine gute Zeit mit seinem Vater. Es ist wichtig für einen pubertierenden Jungen, auch eine männliche Bezugsperson zu haben. Freu dich für ihn.* Inga verdrängte die Sorgen um ihren Sohn. Sie sollte sich lieber erholen und morgen in die Arbeit stürzen. Schließlich hatte sie einen Fall zu klären, und der verlangte ihre ganze Aufmerksamkeit. Inga stand auf und löschte das Licht im Wohnzimmer.

Morgen Abend rufst du Ole wieder an. Nein, du schreibst ihm. Schreiben ist besser.

Siebtes Kapitel

Mit einem doppelten Espresso to go bewaffnet, betrat Inga am nächsten Morgen ausgeschlafen und motiviert ihr Büro und wäre beinahe mit Karla Berger zusammengestoßen. Nur mit Mühe brachte Inga den Kaffeebecher wieder unter Kontrolle, dessen Inhalt das graue Kostüm der Chefin beinahe ruiniert hätte.

„Na, Sie haben es ja eilig", kommentierte Berger schmunzelnd. „Lieber einen Beinahezusammenstoß und ein Kaffeebad als demotivierte Kollegen."

„'tschuldigung", murmelte Inga, und sah zu Kunze hinüber, der missbilligend die Augen verdrehte. Na, das versprach ja, ein wirklich guter Morgen zu werden.

„Ich habe mir Ihre Berichte gestern Abend noch angeschaut", sagte Berger. „Diese Fahrerei ist nicht ressourcenorientiert, wie das heute so schön heißt. Ich denke, es wäre sinnvoller, ein Büro in Gummersbach zu beziehen." Auf das missmutige Grunzen von Kunze erwiderte sie: „Ich weiß ja, wie sehr Sie an Köln hängen. Aber für diesen Fall erscheint es mir notwendig, dass Sie vor Ort sind. Zumal uns allmählich die Zeit davonläuft. Laut Ihren Berichten gibt es mindestens zwei Verdächtige, jedoch keine heiße Spur. Sie werden einige Gespräche führen müssen, und da sind Fahrtzeiten von über zwei Stunden äußerst hinderlich. Stimmen Sie mir zu, Herr Kunze?"

Wieder ein Knurren, diesmal etwas versöhnlicher. Inga nickte.

„Fein, dann sind wir uns ja einig." Berger strahlte. „Inga, vielleicht kümmern Sie sich um den Umzug nach Gummersbach. Sie scheinen mir heute etwas kommunikativer als Ihr Kollege." Sie zwinkerte Inga zu. „Und Sie, Kunze, fahren zur Rechtsmedizin und anschließend nach Gummersbach."

Als Kunze ein verdrießliches Gesicht machte und zum Widerspruch ansetzte, hob Berger die Hand. „Die Alternative ist, Sie gehen mit mir und dem Staatsanwalt zur Pressekonferenz. Die Medienmeute wartet auf Futter."

„Nee, danke", brummte Kunze.

Meine Güte, der hat heute wieder eine Laune. Inga gefiel Bergers Idee. Zum einen war es tatsächlich effektiver, sich in Gummersbach einzuquartieren, zum anderen bescherten die Anweisungen der Chefin ihr einen kunzefreien Morgen. Was wollte man mehr? Während Kunze zur Rechtsmedizin aufbrach, telefonierte sie mit Kriminaloberkommissar Tom Hartung und bat ihn, ein Büro für sie herzurichten. Der Gummersbacher Kollege war hocherfreut und versprach, alles Nötige in die Wege zu leiten. Inga packte ihre Sachen, inklusive aller Akten, ging zu ihrem Panda, drehte Radio Köln laut auf und fuhr los.

Kein Stau, kein Stress, kein Gemurre. Die Fahrt ins Bergische fühlte sich fast wie ein Wochenendausflug an. Sogar die Sonne brach aus der Wolkendecke hervor, als wollte sie Inga im Bergischen begrüßen. Nachdem sie die Autobahn verlassen hatte, kurbelte sie das Fenster herunter. Die frische Frühlingsluft wehte ihr um die Nase. Aus dem Radio, das auf halber Strecke von Radio Köln auf Radio Berg gewechselt hatte, drang ‚Aquarius' von Fifth Dimension. Inga war drauf und dran, ‚Let the Sunshine in' lauthals mitzugrölen, doch das offene Fenster hielt sie davon ab. Außerdem erreichte sie in diesem Moment die Hubert-Sülzer-Straße.

Sie parkte den Panda hinter dem Gebäude der Polizeiwache Gummersbach, dessen Fassade Inga an das Computerspiel Tetris erinnerte.

„Hallo, Frau Kollegin." Tom Hartung kam mit federnden Schritten auf sie zu, kaum dass sie ihr Auto abgeschlossen hatte. Er grinste von einem Ohr zum anderen.

Wie am Tatort vor zwei Tagen, dachte Inga. Ob er immer so gute Laune hatte? Anscheinend trug er immer Bluejeans, ein T-Shirt unter dem Sakko und Sportschuhe.

„Guten Morgen. Nicht so förmlich, *Herr Kollege*." Inga schmunzelte und musste ihren Kopf leicht in den Nacken legen, um ihm in die Augen zu schauen. Der Kerl war bestimmt eineinhalb Köpfe größer als sie. Sie streckte ihm die Hand entgegen. „Ich heiße Inga."

„Prima. Ich bin Tom." Er ergriff ihre Hand und drückte sie so fest, als müsse er Inga vor dem Fall in einen Abgrund retten. „Ich habe dich vom Fenster deines neuen Büros aus gesehen." Er deutete nach oben. Inga konnte unter den vielen Fenstern kein bestimmtes ausmachen, sagte aber nichts. Dafür fuhr Tom fort: „Ich habe eine gute und eine schlechte Nachricht."

„Immer zuerst die schlechte", forderte sie.

„Nun gut." Seine Gesichtszüge zeigten ehrliches Bedauern, als er sagte: „Das Büro ist nicht fertig. Die Techniker sind noch damit beschäftigt, die Computer zu verkabeln."

„Und die gute?"

„Wir hätten Zeit für einen Kaffee in der Mensa. Die liegt gleich gegenüber. Der Kaffee schmeckt nicht schlecht und ist stark genug, dass man damit jede Nachtschicht übersteht. Na, wie wär's?"

Die Idee war super. Aber erst heute Morgen hatte ihre Chefin sie zur Eile im Fall Wetzlar gemahnt, und da ging sie als Erstes gemütlich einen Kaffee trinken? Als habe Tom ihre Gedanken gelesen, sagte er: „Wir könnten uns auch einen Kaffee to go holen und uns an die Arbeit machen."

„Kaffee ist immer gut, und arbeiten sollten wir tatsächlich."

„Wie Ihr befehlt, Mylady", lächelte er. „Ich habe Anweisung, Euch bei Euren Ermittlungen zu unterstützen. Womit wollen wir beginnen?"

„Wir sollten zum Weiler fahren und nach Hinweisen für ein mögliches Tatmotiv suchen", schlug Inga vor.

„Prima. Wir nehmen einen von unseren Dienstwagen. Ich befürchte, ich müsste mich doppelt falten, um in dein Auto zu passen." Während Tom den Kaffee organisierte, verstaute Inga ihre Sachen inklusive der Akten im Kofferraum eines VW Passat, der ihnen für heute zur Verfügung stand. Zehn Minuten später machten sie sich auf den Weg nach Eulensiefen.

Der Hof von Norbert Wetzlar lag verlassen da. Nur auf der Wiese neben dem Haus kratzten die Hühner im Gras. Inga fiel auf, wie laut die Vögel am heutigen Morgen zwitscherten. Sie freuten sich bestimmt auch über die ersten wärmenden Sonnenstrahlen nach dem kalten Winter und dem nassen Frühjahr. Unter dem Giebel entdeckte sie ein Meisenpärchen, das ein Nest baute. Ein malerischer Ort. Kaum vorstellbar, dass hier ein brutaler Mord verübt worden war.

Sie ging zur Haustür. Mit dem Haustürschlüssel, der den Unterlagen der Kriminaltechnik beigefügt gewesen war, durchschnitt Inga das Türsiegel der Kripo und schloss auf. Als sie die Tür öffnete, schlug ihr Verwesungsgeruch entgegen, so durchdringend und penetrant, dass Tom, der dicht hinter ihr stand, einen Schritt zurückwich.

Ob Inga den Flur deshalb so langsam und zögerlich betrat, um sich an den Gestank zu gewöhnen, oder weil sie die frische Morgenluft nicht verlassen wollte, vermochte sie nicht zu sagen. Sie fragte sich, ob sie nicht besser einen Job gewählt hätte, bei dem sie auf den schönen Seiten des Lebens agieren konnte. Würde sie auf Dauer das Wühlen in Gestank und Unrat, in den Abgründen der menschlichen Seele, in Verbrechen und Leid ertragen können? Sie wusste es nicht. Aber sie wusste, dass sie es ihrem Vater schuldig war.

„Was wollen wir hier genau?", unterbrach Tom ihre düsteren Gedanken.

„Wie gesagt, wir suchen Anhaltspunkte für ein Tatmotiv. Vielleicht entdecken wir Hinweise auf einen Verwandten, einen möglichen Erben? Es gab keine Einbruchsspuren, aber vielleicht finden wir etwas. Wertpapiere oder Geld oder einen Schuldschein, wer weiß?" Inga schaute in die Küche, die gesäubert worden war. Der Tisch stand genauso da wie vorher, nur der Stuhl, auf dem der tote Wetzlar gesessen hatte, fehlte. „Magst du hier anfangen? Ich sehe mich im oberen Stockwerk um."

Die Holztreppe knarzte bei jedem Schritt. Die Stufen waren ausgetreten und von vielen Schuhen glatt geschliffen. Der hölzerne Handlauf fühlte sich kalt und fettig an. Hier und da sah sie schwarzes Pulver, das die Kriminaltechniker genutzt hatten, um Fingerabdrücke zu sichern. Selbstverständlich hatten sie nur Stichproben genommen, da es bislang keine Hinweise darauf gab, dass sich der Täter in den oberen Stockwerken aufgehalten hatte. Im ersten Stock angekommen, knipste Inga das Licht an. Obwohl es helllichter Tag war, lag der Flur in schummriger Dunkelheit. Der unangenehme Leichengeruch war hier oben nicht so stark. Inga konnte deutlich das Holz der unebenen Dielenbretter riechen sowie die Mottenkugeln, die vermutlich die Kleiderschränke belagerten.

Hinter der linken Tür befand sich das Schlafzimmer. Es nahm die ganze Hausfront ein. Neben einem Bett, Inga schätzte es auf einen Meter sechzig mal zwei Meter, einem Nachttisch und einem viertürigen Kleiderschrank rechts von der Tür befand sich im hinteren Bereich eine schartige, ausgetretene und in dunklem Rot gestrichene Treppe. *Vermutlich führt sie hinauf zum Speicher*, dachte Inga und öffnete den Kleiderschrank. Wow, so sollte ihrer mal aussehen. Die Hemden, Pullover und Jeans waren so akkurat gefaltet, dass sie eher wie aufeinandergestapelte Buchrücken aussahen. Bundfaltenhosen, Anzüge und Sakkos hingen in gleichen Abständen an der Stange. Vorsichtig berührte

Inga einen Janker, nur um sicherzugehen, dass es sich hierbei nicht um ein Bild handelte. Unglaublich. Dieser Kleiderschrank spiegelte den Gesamteindruck wider, den sie vom Haus und seinem Besitzer hatte. Selbst Frau Grönemann hatte gesagt, er hätte es immer gern sauber und ordentlich gehabt.

Wie viel Zeit er wohl mit Aufräumen verbracht hat?, fragte sich Inga und gab sich selbst die Antwort. *Vermutlich den ganzen Tag.*

Ansonsten enthielt der Schrank nichts Interessantes. Der Inhalt des Nachtschränkchens erwies sich als ebenso unspektakulär.

Als nächstes inspizierte sie das Badezimmer des Hauses. Der hohe Schrank barg nur die üblichen Utensilien und Hygieneartikel. Hier gab es nichts Spannendes zu entdecken.

Das dritte und letzte Zimmer war weitaus interessanter. Hier hatte sich Wetzlar sein Büro eingerichtet. Ein Regal war von oben bis unten vollgepackt mit Aktenordnern. Der Beschriftung der Rücken nach zu urteilen, handelte es sich um die Steuer-, Versicherungs- und Lohnunterlagen von 1978 bis heute.

Sehr ordentlich, der Mann. Überhaupt war alles sehr akkurat und sauber. Einzig der Boden hätte gewischt werden können. Vielleicht wäre das Frau Grönemanns Aufgabe gewesen, die sie gestern nicht mehr erledigen konnte.

Neben dem Fenster stand ein Sekretär aus Eichenholz. Inga setzte sich auf den Schreibtischstuhl und schaute aus dem Fenster, das höchstens einen Meter mal einen Meter maß. Sofort wurde ihr klar, warum es im Obergeschoss so dunkel war. Die noch hellgrünen Blätter der großen Linden, die das Haus umgaben, ließen kaum Tageslicht herein. Inga streckte sich, um an den Schalter der roten Schreibtischlampe zu gelangen, der auf der Glühbirnenfassung montiert war. Sie schwenkte die Lampe über die Arbeitsfläche, um mehr Licht zu haben.

Gleich die erste Schublade entpuppte sich als Volltreffer. Das Stammbuch der Familie Wetzlar. Sie schlug es auf. Akribisch war der Stammbaum auf dem Einband des Büchleins ausgefüllt. In einer klaren und sauberen Handschrift waren dort sämtliche Verwandte von Norbert Wetzlar notiert.

Er hatte einen Bruder gehabt … und der hatte einen Sohn … Inga beschloss, das Buch den Kollegen zu übergeben. Sie würden einen möglichen Erben bestimmt ausfindig machen.

Die restlichen Schubladen und das Schrankfach unter der Tischplatte waren schnell durchsucht und enthielten weder eine Geldkassette, noch Schmuck oder ähnliches.

Inga wollte eben nach unten gehen, um mit Tom zu sprechen, da bewegten sich die Äste der Linden draußen vorm Haus im Wind. Die Blätter ließen einige wenige Sonnenstrahlen ins Büro. Doch das genügte. Inga entdeckte neben dem Schreibtisch verwischte Spuren auf den staubigen Holzdielen nahe der Wand.

Echt jetzt? Ein Geheimversteck? Sie kniete sich auf den Boden, griff mit Zeige- und Mittelfinger in den Spalt zwischen Fußleiste und Diele und zog. Mit einem schabenden Geräusch löste sich die raue Planke. Sie war nur etwa einen halben Meter lang und ließ sich problemlos hochheben und zur Seite legen. Hatte Inga beim Stammbuch gedacht, sie hätte einen Volltreffer gelandet, war dies hier wohl der Jackpot.

Unter der Diele befand sich ein Hohlraum von etwa zwei Handbreit Tiefe.

Ein mittelalterlicher Tresor, schmunzelte sie und betrachtete die Geldkassette, das Schmuckkästchen, und einen ... *oh, wow.* Dort lag ein Revolver. Inga war nicht allzu bewandert in Sachen Waffen. Im Gegensatz zu Kunze, der ihr vermutlich genau hätte sagen können, um welches Fabrikat und Modell es sich hierbei handelte und aus welchem Jahrgang die Waffe stammte. Inga schätzte, dass bestimmt schon im Ersten Weltkrieg damit geschossen worden war. Die Techniker würden ihre helle Freude daran haben. Als Letztes lag ein mit einer Jutekordel verschnürtes Päckchen Briefe in dem Geheimversteck. Das Papier war vergilbt und fleckig.

Möglicherweise Briefe, die ein Vater oder ein Sohn von der Front in die Heimat geschickt hatte. Obwohl sie sich albern vorkam, kribbelte es Inga vor Neugier und Aufregung am ganzen Körper. Hielt sie hier ein Stück Geschichte in der Hand?

Sie löste den Knoten und betrachtete den ersten Umschlag. Er war weder frankiert noch adressiert. Mit Daumen und Zeigefinger zog sie sacht den Brief aus dem Umschlag und faltete ihn auseinander.

Geliebter Norbert, las sie. Der Schreiber, oder vermutlich die Schreiberin, hatte eine geschwungene Handschrift mit schmückenden Bögen und Kringeln und beschrieb im folgenden Text ausführlich und wortreich ihre Liebe. Inga war ein wenig enttäuscht. Nur Liebesbriefe. Für den Adressaten von Bedeutung, aber historisch oder für ihren Fall nicht von Belang. Sie wollte ihn schon wegpacken, da sah sie die Unterschrift: *Deine Dich auf ewig liebende Lore.*

Echt jetzt? War das die *Lore?* Lore Grönemann? Hastig suchte sie nach einem Datum. Der Brief war am 29. Mai 1974 geschrieben worden. Lore Grönemann war mit Norbert Wetzlar offenbar nicht nur befreundet gewesen, sondern hatte als junge Frau anscheinend eine Beziehung mit ihm gehabt. Und er hatte ihre Liebesbriefe all die Jahre aufbewahrt.

Ingas Gedanken überschlugen sich. Wie sagte man so schön? Alte Liebe rostet nicht. Hatten die beiden immer noch ein Verhältnis und Herr Grönemann hatte es herausgefunden? Und dann ... reagiert?

Das wäre auf jeden Fall ein Tatmotiv. Sie sollten den Grönemanns umgehend einen weiteren Besuch abstatten. Inga legte die Briefe zurück in das Geheimversteck. Darum würde sich die Kriminaltechnik kümmern.

Sie ging nach unten und berichtete Tom von ihrem Fund. Anschließend benachrichtigte sie die KT und rief Kunze an, der immer noch bei der Obduktion war.

„Hat Anderson etwas herausgefunden?", fragte Inga, nachdem sie Kunze über ihre Ergebnisse in Kenntnis gesetzt hatte.

„Wetzlar wurde am Montag zwischen zwölf und fünfzehn Uhr ermordet. Ansonsten alles wie gehabt. Es war total überflüssig."

Aus dem Hintergrund hörte Inga Henning Lohmar, den Staatsanwalt, dozieren: „Während einer Leichenöffnung muss immer ein ermittelnder Beamter …"

„Jaja, ich weiß." Kunze stöhnte. „Ich bin hier in zehn Minuten fertig. Dann komme ich nach Gummersbach. Ich will bei den Grönemanns dabei sein."

„Okay", stimmte Inga zu, war aber enttäuscht, dass sie nicht sofort mit Tom die Vernehmung durchführen konnte. Aber Kunze war ihr Vorgesetzter, da gab es keine Widerrede. „Ich warte auf der Wache." Sie legte auf und steckte das Handy in die Hosentasche.

„So wie es aussieht, habe ich jetzt eine Stunde Zeit, um das Büro zu beziehen und …"

„… und um mit mir in der Mensa etwas zu essen. Schließlich haben auch Polizeibeamte mal Mittagspause."

Inga lachte. „Bei laufenden Mordermittlungen ist das mit dem Essen meist zweitrangig. Aber gut. Essen wäre super."

Ihr Smartphone klingelte. Noch bevor sie es aus der Hosentasche nahm, bevor sie auf das Display schaute, bevor sie die Nummer des Anrufers erkannte, ahnte sie, dass aus dem Essen nichts werden würde.

Achtes Kapitel

So eine verdammte Scheiße! Achim Kronenbecher hetzte die futuristisch anmutende Hammerschlagtreppe in den ersten Stock hinauf. Wenn es nach ihm ginge, könnte man diese ganze beschissene Woche aus dem Kalender streichen. Angefangen mit Montag. Wäre er nur nicht so durchgedreht. Wenn er sich ein wenig mehr unter Kontrolle gehabt hätte, würde er jetzt nicht so in der Klemme stecken. Jedes Mal, wenn er daran dachte, was an diesem Tag geschehen war, bekam er eine Gänsehaut, und kalter Schweiß trat ihm aus den Poren.

Nicht dran denken. Du kannst es wieder hinbiegen, versuchte er, sich zu beruhigen. Natürlich nicht alles, das war klar. Aber wie sollte man auf ihn kommen? Wenn die Polizei sich bis jetzt nicht bei ihm gemeldet hatte, würde es auch nicht mehr geschehen. Redete er sich ein. *Genug davon! Du musst dich um deinen Job kümmern. Das hat Vorrang.*

Und wie das Vorrang hatte. Nach dem ... Zwischenfall am Montag war er so durch den Wind gewesen, dass er ziellos herumgefahren war. Eigentlich hatte er sich für abgebrühter gehalten. Er konnte es sich nur so erklären, dass er nicht er selbst gewesen war. Hatte vielleicht unter Schock gestanden oder so etwas. Jedenfalls war er nicht zur Arbeit gefahren, sondern hatte sich für zwei Tage krankgemeldet und um eine Verschiebung des Meetings gebeten.

Wütend zog er den Trekkingrucksack vom Kleiderschrank. Wollmäuse segelten zu Boden. Achim schüttelte den Staub vom Rucksack. Dann warf er ihn aufs Bett. Mit zwei Schritten stand er wieder vor dem Schrank und suchte seine Trekkingkleidung heraus. Zu behaupten, er mochte kein Wandern, wäre untertrieben. Er hasste es, hatte es nur seiner Ex zuliebe getan. Und das auch nur einmal. Danach hatte er sich mit findigen Ausreden davor gedrückt. Dieses sinnfreie Rumgerenne in der Natur. Vogelgezwitscher nervte ihn eher, als dass es ihn beruhigte, Insekten und anderes Getier waren ihm zuwider. Mittlerweile fragte er sich, ob er seit der Trennung von seiner Frau irgendeine psychische Störung hatte. Wäre ihm seine Abneigung gegen das Wandern und die Natur bewusst gewesen, hätte er niemals dieses Haus im Bergischen gekauft. Er würde Oliver anrufen und ihn beauftragen, das Haus wieder zu verkaufen. Aber nicht jetzt. Jetzt musste er sich um andere Dinge kümmern.

Achim stopfte Wechselwäsche in den Rucksack, holte aus dem Bad seine Kulturtasche, die er immer fertig gepackt im Hochschrank aufbewahrte, falls er kurzfristig ins Ausland reisen musste. Zurück im Schlafzimmer zog er sich seinen maßgeschneiderten graublauen Anzug aus und Trekkinghose, Shirt und Wanderschuhe an. Alles aus teuren Synthetikstoffen, wasserabweisend und atmungsaktiv. Was ihm dieses Zeug nicht angenehmer machte. Er hatte das Gefühl, als wäre er verkleidet. Wie er das hasste.

Dieses ganze Theater war nur notwendig, weil er am Montag nicht im Büro erschienen war. An jedem anderen Tag wäre sein Fehlen nicht tragisch gewesen, aber ausgerechnet an diesem Montag hätte die Abnahme des

Projekts durch Falk stattfinden sollen. Ein halbes Jahr hatte er für Falk gearbeitet. Er war der Seniorchef der Firma F & L Technik, ansässig in Wuppertal. Sein Sohn hatte die florierende Firma schon vor Jahren übernommen. Ihre Produkte vom Handstaubsauger bis hin zur elektrischen Zahnbürste waren weltweit bekannt und verkauften sich gut.

Schon eigenartig, dass sich jemand mit über siebzig noch so ein Projekt ans Bein bindet, wunderte sich Achim nicht zum ersten Mal. Vielleicht wollte Falk senior zeigen, was noch in ihm steckt oder sich ein Denkmal setzen oder einfach nur den langweiligen Ruhestand etwas interessanter gestalten. Verrückt war es allemal. Aber da Geld keine Rolle zu spielen schien, konnte es Achim egal sein, welche Beweggründe sein Kunde hatte. Und das Produkt, das Falk entwickelt hatte, klang durchaus erfolgversprechend.

„Dröppelminna 2.0", murmelte Achim vor sich hin. Als er den Begriff zum ersten Mal gehört hatte, musste er Google zurate ziehen. Eine Dröppelminna war eine zinnerne Kaffeekanne aus dem 18. Jahrhundert. Sie sah den heutigen Thermoskannen ähnlich, war unten bauchiger und besaß anstelle des Ausgießers einen zweiten großzügig gebogenen Griff. Glockenförmig, mit einer Kugel zum leichteren Anheben, verschloss ein Deckel das Gefäß. Die Dröppelminna stand auf drei Füßen, die zumeist in Holzkugeln ausliefen. Noch heute wurde der Kaffee bei einer bergischen Kaffeetafel gern in diesen Kannen serviert. Jedoch füllte man heute den fertigen Kaffee nur hinein und ließ ihn durch den kleinen Zapfhahn in die Tassen laufen. Früher hingegen gab man das Kaffeepulver direkt in die Kanne und goss heißes Wasser darüber. Da es keinen Filter gab, schwappte bei jedem Abfüllen Kaffeemehl in den Hahn. Was dazu führte, dass dieser verstopfte und der Kaffee nur noch herauströpfelte, also dröppelte, wie es im Bergischen hieß.

Falk senior hatte es sich in den Kopf gesetzt, der Nachwelt etwas ganz Besonderes zu hinterlassen. Er wollte die Dröppelminna neu erfinden. Daher hatte er eine Kaffeemaschine entwickelt, die der historischen Dröppelminna zum Verwechseln ähnlich sah. Wahlweise gab es sie mit Kabel oder mit Akku, damit man sie auf die gedeckte Kaffeetafel stellen konnte, oder für unterwegs. Damit nicht genug. Er wollte mit seiner Kreation das Kaffeetrinken revolutionieren. Die Menschen sollten sich Zeit nehmen, allein oder am besten mit anderen ihren Kaffee zu trinken, und so dem Alltagsstress entkommen. Sein Ziel war es, dass die Dröppelminna 2.0 die Thermoskannen ablöste und bei keiner Kaffeegesellschaft fehlen durfte. Er wünschte sich, dass seine Dröppelminna 2.0 der Inbegriff von Kaffeegenuss und Gemütlichkeit werden würde.

Und hier kam Johnson und Partner, die Werbeagentur für die Achim arbeitete, ins Spiel. Es sollten Werbespots fürs Fernsehen und Internet gedreht werden. Bundesweite Plakatwerbung sollte gleichzeitig mit Anzeigen in den großen Tages- und Boulevardzeitungen geschaltet werden. Hinzu kamen Präsentationen auf Märkten, in Supermärkten und selbstverständlich auf Messen wie der *Intergastra* in Deutschland, aber auch im Ausland, wie Singapur, New York und Dubai. Das alles würde Falk eine hohe Summe kosten – Achim vermutete einen siebenstelligen Betrag – und Johnson und Partner eine dicke Stange Geld einbringen.

Ein halbes Jahr hatte er mit der Planung zugebracht, hatte unzählige Gespräche mit Falk geführt, um auszuloten, was ihm wichtig war, welche Inhalte er vermitteln wollte, ja sogar, welche Farben er bevorzugte. Achim hatte seine Sache gut gemacht, sehr gut sogar. Er bekam positives Feedback und war guter Dinge, dass das Projekt so anlaufen konnte, wie er es sich vorstellte. Wäre dieser beschissene Montag nicht gewesen.

Achim schulterte den Rucksack und ging in die Küche. Eilig kramte er im Kühlschrank nach Brot und Aufschnitt. Er spürte, wie sein Gesicht vor Wut rot anlief, als er sich den letzten Donnerstag in Erinnerung rief. Sein Chef hatte ihn wutschnaubend angerufen und schnellstmöglich in die Firma beordert. Herr Falk habe sich gemeldet und um ein sofortiges Gespräch gebeten. Achim solle seinen Arsch aus dem Homeoffice und umgehend in die Firma bewegen. Das klang nicht gut. Die Vermutung lag nahe, dass Falk einen Rückzieher machen wollte. Zu allem Überfluss war Achim auf der Hinfahrt geblitzt worden. Gleich zwei beschissene Tage in einer Woche.

Das Gespräch mit Falk lief leider so schlecht wie befürchtet. Durch das Verschieben der Projektabnahme am Montag wäre das Vertrauensverhältnis zu Johnson und Partner und insbesondere zu Achim gestört, erklärte der alte Herr ruhig und bestimmt und erbat sich Bedenkzeit. Das müssten sie verstehen. Ein solch langwieriges und kostspieliges Projekt sollte man schließlich nicht leichtfertig vergeben und so weiter und so weiter.

Achim wäre ihm am liebsten an die Gurgel gegangen. Ein einziges Mal war ein Termin verschoben worden und der Alte tat, als ginge die Welt unter. Zum Kotzen. Aber es half nichts. Nachdem Falk gegangen war, hatte sein Chef ihm deutlich und vor allem laut zu verstehen gegeben, dass er das wieder geradebiegen solle. Dass, wenn Falk absprang, Achim hinterherfliegen würde. Zum zweiten Mal an diesem Tag hätte er jemanden umbringen können. Getan hatte er es natürlich nicht. Er wäre nicht so weit gekommen, wenn er bei jeder Niederlage sofort aufgegeben hätte. Also fasste er einen Plan.

Seine erste Station war Altenberg, wo er auf die Ankunft von Herrn Falk und seiner Gattin warten würde. Ein Zufall hatte ihn auf die Idee gebracht, wie er das Dröppelminna-Projekt zurückgewinnen konnte. Ein Zufall oder, besser gesagt, eine geschwätzige Sekretärin hatte ihm den entscheidenden Hinweis gegeben. Sie hatte Achim, der telefonisch mit Herrn Falk sprechen wollte, verraten, dass Chef und Chefin dieses Wochenende nicht zu erreichen wären. Sie würden pilgern. Mit geschickten Nachfragen hatte Achim erfahren, dass der Seniorchef von Samstag auf Sonntag im Hotel beim Märchenwald in Altenberg übernachten würde. Sie selbst habe die Zimmer gebucht. Am morgigen Sonntag würden sie bis nach Köln zum Dom pilgern. Sie hatte mit Bewunderung vom Vorhaben ihrer Chefs gesprochen. Achim konnte nur den Kopf schütteln. Pilgern!

Die Brote und eine Flasche Wasser verstaute er im Trekkingrucksack, ebenso sein Handy. Die Mappe mit den Verträgen, die Falk unterzeichnen sollte, steckte er in das vordere Fach. Achim war zuversichtlich, dass er schon morgen seinem Chef die Unterschriften präsentieren konnte. Beschwingten Schrittes ging er in die Garage, wobei er den Porsche 718 Roadster geflissentlich übersah. Mit diesem Problem konnte er sich später befassen. Zuerst musste er seinen Job retten.

Bevor er in seinen Mercedes einstieg, hielt er inne. Ihm kam ein kleiner Gegenstand in den Sinn, der in der Schublade des Badezimmerschrankes, ganz hinten, gut versteckt lag. Sollte er wirklich …? Ein paar Tropfen in einem Getränk würden ausreichen, um alles von Falk zu bekommen, alles. Würde er tatsächlich so weit gehen? Er wusste es nicht. Aber er wusste, dass er sich eine Option entgehen ließ, wenn er das Fläschchen nicht mitnahm. Er konnte vor Ort immer noch entscheiden, ob der Gebrauch der GHB-Tropfen, im Volksmund auch K.-o.-Tropfen genannt, erforderlich sein würde.

Achim warf seinen Rucksack auf den Beifahrersitz des Mercedes-AMG und ging zurück ins Haus. Wusste man, wie man die Tropfen richtig dosierte, verhalfen sie einem zu den fantastischsten Partynächten überhaupt, mehrfach erprobt. Er lächelte in sich hinein, als er an die durchzechten Nächte und manchmal sogar Tage dachte, die er während des Studiums mit seinen Kumpels verbracht hatte. Gut, dass er noch etwas von dem Zeug aufgehoben hatte. Man wusste nie, wofür man es mal brauchen konnte.

Neuntes Kapitel

Etwa eine halbe Stunde nach dem Telefonanruf, der, wie befürchtet, wichtiger war als das Mittagessen, trafen Inga und Tom am Tatort ein. Auf der Fahrt zum Hexenbusch, dem Villenviertel Gummersbachs, hatte Inga ihren Kollegen Kunze darüber informiert, dass eine weitere Leiche gefunden worden war. Sie würde gemeinsam mit Tom Hartung mit den Ermittlungen beginnen. Kunze hatte nur gefragt, ob es sicher wäre, dass es sich um Mord handelte. Schließlich geschähen in Gummersbach nie Morde, schon gar nicht zwei auf einmal. Als Inga ihm die Todesursache mitteilte, hatte er keine Zweifel mehr und sagte, er würde sich sofort ins Auto setzen. Er wollte nur noch einige Sachen zusammenpacken. Inga nannte ihm die Adresse des Tatorts und beendete das Gespräch.

Sie standen vor einer Stadtvilla aus dem frühen 20. Jahrhundert. Ein runder Erker, auf dem im zweiten Stock ein Balkon mit einem schmiedeeisernen Geländer prangte, dominierte die Hausfront. Rundbögen oberhalb der Fenster, Simse, die sich in hellen Brauntönen von dem ansonsten weißen Anstrich abhoben, verspielte Stuckarbeiten und nicht zu vergessen das kleine Türmchen auf der Hinterseite des Daches verliehen dem Haus ein märchenhaftes Aussehen – wären da nicht die vielen Polizeibeamten, die Kriminaltechniker in ihren weißen Schutzanzügen und das rotweiße Polizeiabsperrband gewesen.

Inga zeigte einem der Polizisten ihre Marke. Tom grüßte den Kollegen. Als sie die Villa betraten, waberte ihnen ein süßlicher Geruch entgegen. Er erfüllte das ganze Foyer und würde sich so schnell nicht wieder vertreiben lassen. Der Geruch von Blut.

Auf der Sitzbank einer Jugendstilgarderobe lagen Schuhschoner und Handschuhe bereit. Inga und Tom zogen sie an. Dann wandten sie sich dem Salon zu. Hier musste der Tatort sein. Der Weg dorthin war gespickt mit den Nummernkarten der Kriminaltechnik, die Spuren markierten. Vorsichtig, ohne sie zu beschädigen, bahnten sich Inga und Tom ihren Weg in den Salon. Sofort wurde klar, warum der Geruch nach Blut alles einhüllte.

Auf einem Ledersessel saß eine alte Frau, Inga schätzte sie auf über neunzig. Ihr Kopf war zur linken Seite gekippt. Die Muskeln, die ihn ein Leben lang gehalten hatten, waren durchtrennt worden. Faserenden traten deutlich aus der Masse roten Fleisches hervor. In der klaffenden Wunde steckte ein Fleischermesser, fast vollständig mit Blut überzogen. Nur an wenigen Stellen blitzte der blanke Stahl stolz und schadenfroh im Licht der grellen Scheinwerfer der Kriminaltechnik.

„Uff, das ist kein Anblick, den ich täglich brauche", sagte Tom, der seinen Blick von der Toten abwandte und sich im Zimmer umsah. Zur Rechten des Opfers trieften die Möbel, der Teppich und die schweren Brokatvorhänge vor Blut.

„Der Tathergang scheint klar." Michael Kaiser von der KT kam auf sie zu. „Der Täter muss vor oder hinter ihr gestanden haben und hat ihr mit voller Wucht das Fleischerbeil in den Hals gerammt. Und zwar so tief, dass die Schlagader durchtrennt wurde. Das Herz pumpte das Blut aus dem Körper, so dass es bis zum Fenster spritzte. Sie war schnell tot."

„Der Täter muss vor ihr gestanden haben", mutmaßte Tom. „Der Sessel hat eine zu hohe Lehne, als dass der Angriff von hinten hätte erfolgen können. Das Messer hätte das Polster getroffen und nicht den Hals der Frau."

„Guten Tag meine Herren und Damen." Eine schlanke Frau, in einem Businesskostüm betrat den Tatort. Die Plastiküberschuhe verhinderten nicht, dass ihre Highheels auf dem Parkett klackerten. An der Hand trug sie einen Arztkoffer.

„Wer ist hier verantwortlich?"

„Ich", sagte Inga und streckte der Frau die Hand entgegen. „Inga Laudenbach, Kripo Köln."

„Freut mich, Manuela Schimmelpfennig, den Doktor können wir uns sparen." Sie strahlte übers ganze Gesicht. „Ich vertrete Dr. Anderson. Haben Sie auch einen so schicken weißen Overall für mich?"

„Selbstverständlich", sagte Michael Kaiser eifrig und wies ihr den Weg in den Flur.

Tom nickte bewundernd, als wolle er sagen: *Wat für'n Schuss.* Schelmisch grinste er Inga an. Sie verdrehte die Augen, musste aber schmunzeln. Männer! Sie folgten Frau Schimmelpfennig und Michael in den Flur.

„Würden Sie das mal halten?", fragte sie und drückte Michael ihren Blazer in die Hand. Er stand da wie ein lebendiger Kleiderständer. Beherzt zog die Ärztin ihren Rock bis unters Gesäß und stieg in den Overall. Michael drehte schüchtern den Kopf weg.

„Sind Sie neu in der Rechtsmedizin?", erkundigte sich Inga.

„Jawohl, ich komme geradewegs aus München. Ich bin meiner großen Liebe nach Köln gefolgt. Was tut man nicht alles. Aber es gefällt mir gut hier, außer diese kleinen Biergläser, an die muss ich mich noch gewöhnen."

Inga mochte die Frau auf Anhieb. Sie machte den Eindruck, als würde sie ihre Arbeit gern tun und sich auf die neue Aufgabe freuen.

„Dann herzlich willkommen in Köln", sagte Inga und reichte ihr erneut die Hand. „Das ist mein Kollege, Tom Hartung, von der hiesigen Kripo."

„Herzlich willkommen auch in Gummersbach", sagte Tom und reichte ihr die Hand.

„Und wer sind Sie, mein junger Freund?", wandte sie sich an Michael Kaiser.

„Ich, ähm, Michael, von der KT."

„Dann, Michael von der KT, auf zum Tatort."

Sie lächelte ihn an und Inga bemerkte, wie eine leichte Röte seine Wangen färbte. Manuela Schimmelpfennig schob Michael voraus, dicht gefolgt von Inga und Tom. Die Frau gefiel ihr weitaus besser als der knurrige Anderson.

Während die Rechtsmedizinerin mit der Leichenschau begann, erkundigte Inga sich bei Michael: „Wer hat die Tote gefunden?"

„Der Gärtner, Till Wummert", antwortete Michael. Hinter vorgehaltener Hand flüsterte er ihr zu: „Es ist immer der Gärtner." Er zwinkerte.

„Dann sind wir hier ja schnell fertig", schmunzelte Inga.

„Er wartet hinterm Haus", sagte Michael und machte sich wieder an die Arbeit.

Zusammengesunken hockte ein junger Mann auf der Gartenbank. Er zog an einer selbstgedrehten Zigarette.

„Sie sind Herr Wummert?", erkundigte sich Inga.

Er sah auf und nickte.

„Mein Name ist Laudenbach und das ist mein Kollege …", beinahe hätte sie aus lauter Gewohnheit Kunze gesagt, „… Hartung. Wir ermitteln in dem Fall."

Der junge Mann nickte wieder, das Entsetzen war ihm ins Gesicht geschrieben. In seiner Latzhose, mit den Turnschuhen, den muskulösen Oberarmen, die unter dem T-Shirt hervorlugten, wirkte er, als könne ihn nichts umhauen, aber der Anblick seiner schreckgeweiteten Augen verriet etwas anderes.

„Das war ganz schön heftig", sagte er und inhalierte den Rauch der Zigarette. „Wie im Horrorfilm. Nur in echt."

„Herr Wummert …"

„Sagen Sie Till zu mir, das passt schon."

„Okay, Till, wie kam es, dass Sie Frau Berleburg gefunden haben?"

„Ich hab heute Morgen meinen Dienst angetreten. Wie immer. Ich bin pünktlich, müssen Sie wissen. Ich war der Frau Madam so dankbar, dass Sie mich eingestellt hat. Ich hab keinen Berufsabschluss, wissen Sie? Aber ich kann arbeiten, ich bin ein guter Arbeiter", versicherte er und setzte sich auf, um seinen Worten mehr Ausdruck zu verleihen. „Frau Madam war sehr zufrieden mit mir."

„Der Garten ist ja auch wirklich sehr gepflegt", bestätigte Tom.

Till Wummert schien einige Zentimeter zu wachsen.

„Ja, nicht wahr?" Dann sackte er unversehens in sich zusammen, als hätte er alle Kraft verloren. „Und jetzt ist die Frau Madam tot, und ich hab keinen Job mehr."

„Erzählen Sie uns doch bitte, wie Sie Frau Berleburg gefunden haben", forderte Inga ihn erneut auf.

„Ich wollte das Kaminholz aufstapeln. Gestern durfte ich nicht, weil es der Frau Madam zu laut war. Aber sie hat gesagt, dass sie heute einen Termin in der Stadt hat, dann könnte ich das machen." Er schnipste den Zigarettenstummel in ein Rosenbeet, holte einen Tabakbeutel aus der Latzhose und drehte sich eine weitere Zigarette. „Sehen Sie, ich bin also mit dem Jonny ...", er deutete auf den grünen Rasenmähertraktor, dessen Hänger mit Holzscheiten beladen war, „hier hingefahren und hab geparkt. Als ich die ersten Scheite dahin ...", er zeigte unter die Treppe der Terrasse, „geworfen habe, klapperte die Hintertür. Das war komisch, denn die ist normalerweise zu, wenn die Frau Madam nicht da ist." Er leckte mit der Zunge das Zigarettenpapier an und rollte die Zigarette in den Fingern. „Also dachte ich, ich frage die Frau Madam mal, was das soll. Dann bin ich rein." Er steckte die Zigarette in den Mund und zündete sie an. „Mal ganz ehrlich, haben Sie gewusst, das Blut so riecht? Ich nicht. Dachte erst, sie hat vielleicht was Besonderes gekocht, so reiche Leute essen ja schon mal eigenartiges Zeug, so Meeresfrüchte und Schnecken und so 'n Kram. Aber dann bin ich ins Wohnzimmer gegangen, und da lag sie." Er schluckte. „Eigentlich saß sie. Aber ihr Kopf war auf die Seite gefallen. Überall war Blut. Ich hätte fast gekotzt. Darum bin ich schnell wieder in den Garten gelaufen und hab die Bullen … oh, 'tschuldigung, die Polizei mein ich, angerufen. Im Fernsehen ist so was ja cool, aber in echt ist das 'n übler Scheiß, Mann." Er schüttelte den Kopf.

„Wann haben Sie Frau Berleburg denn zuletzt gesehen?"

„Na gestern. Sie hat gesagt, ich soll keinen Lärm machen, weil sie Tee trinken will. Da hab ich aufgehört und die Hecke dort drüben geschnitten, sehen Sie? Ist gut geworden, oder?"

„Ja, sehr gut", lobte Inga und sagte ihm nicht, dass ab dem ersten Mai eigentlich kein Grünschnitt mehr vorgenommen werden durfte. Das war nicht ihre Aufgabe.

„Frau Laudenbach, kommst du bitte mal?", rief Michael von der Balkontür.

„Wir kommen." Sie sah Tom an. „Hast du noch Fragen?" Er schüttelte den Kopf. „Gut, vielen Dank Till. Dürfen wir Sie anrufen, wenn wir weitere Fragen haben?"

„Klar", sagte der Gärtner, rührte sich nicht und zog an der Zigarette.

„Was macht er hier?" Charmant wie immer betrat Kunze das Foyer, während Inga und Tom den Wintergarten verließen.

„Tom unterstützt uns bei den Ermittlungen", sagte Inga bestimmt. „Wir können jede helfende Hand gebrauchen." Ehe Kunze Einspruch erheben konnte, fügte sie hinzu: „Befehl von Berger."

„Keine Sorge", sagte Tom ernst, „ich erledige nur die Sachen, die Sie nicht gern machen." Ein kaum wahrnehmbares Zucken seiner Mundwinkel verriet, dass ihn die Situation mehr amüsierte, als ärgerte.

Dem seine Nerven möchte ich haben, dachte Inga.

„Gut, dann beginnen Sie damit, die Nachbarn von Norbert Wetzlar zu befragen. Morgen kümmern Sie sich dann um die Nachbarschaft von Frau Berleburg. Fragen Sie, ob sie etwas Ungewöhnliches gesehen haben, einen Fremden in der Gegend oder ein auffälliges Auto. Sie wissen schon. Oder muss ich Ihnen das noch erklären?"

„Nein, das bekomme ich hin." Tom machte auf dem Absatz kehrt, nicht ohne Inga, die entschuldigend lächelte, zuzuzwinkern, und verschwand aus dem Haus. Im selben Augenblick klingelte Kunzes Handy.

„Kunze", meldete er sich kurz angebunden. „Ja. ... Muss das sein? ... Na dann. ... Machen wir." Er beendete das Gespräch.

„Berger", sagte er auf Ingas fragenden Blick hin. „Wir sollen in das neue Büro fahren. Sie will die Dienstbesprechung per Videochat abhalten." Er warf einen flüchtigen Blick in den Salon, dann gingen sie zum Auto. „Videochat, pah", schnaufte er, als er losfuhr.

In der Hubert-Sülzer-Straße angekommen, wurden sie von einem Herrn Hufnagel freundlich empfangen. Zumindest empfand Inga das so. Kunze grummelte vor sich hin, und als Hufnagel, der bei der Kripo Gummersbach für die EDV zuständig war, zu einem langatmigen Vortrag über den Umgang mit der Hardware ansetzte, verfiel Kunze in eine Art Tagschlaf mit offenen Augen.

Eine sinnvolle, wenngleich absolut unhöfliche Eigenschaft, fand Inga. Er bekam einige Minuten Pause, was während der kräftezehrenden Ermittlungen von Mordfällen durchaus willkommen war, stieß damit aber jeden Gesprächspartner vor den Kopf. Allerdings schien Hufnagel es gar nicht zu bemerken. Er dozierte weiter, ohne sich von Ingas höflichen Ahas und Ach-jas oder Kunzes starrem Blick beeinflussen zu lassen. Ein paar Mal hatte sie versucht, ihn zum Abschluss seines Vortrags zu verleiten, jedoch ohne Erfolg. Sie würde sich alles, was er zu sagen hatte, anhören müssen, selbst wenn das Präsidium über ihnen einstürzte.

Vielleicht sollte sie auch kurzes Nickerchen halten, Höflichkeit hin oder her. Was Hufnagel ihr gerade erklärte, kannte sie schon aus dem Studium und selbstverständlich auch aus ihrem Büro in Köln.

„Frau Laudenbach."

Upps. Hufnagel hatte sich ihr zugewandt und blickte sie fragend an. Typisch, da hatte sie mal einen Moment nicht hingehört, prompt wurde sie erwischt. Das war in der Schule früher auch immer so gewesen, erinnerte sie sich. Wie damals schien es ihr die beste Taktik zu sein, Hufnagel anzusehen und zu schweigen.

Wie damals ihr Lehrer rollte ihr jetziges Gegenüber mit den Augen und wiederholte den letzten Satz: „Die Zugangsdaten inklusive der Passwörter für das Intranet finden Sie in dem Umschlag unter der Tastatur."

„Danke", sagte Inga, froh, sich endlich an die Arbeit machen zu können.

„Auf Wiedersehen", sagte Hufnagel und ging zur Tür. „Die Nummer meines Diensthandys und meine E-Mailadresse sind in den Kontakten in Ihrem PC gespeichert. Wenn Sie noch Fragen haben, wenden Sie sich ruhig an mich."

Das werde ich mir zweimal überlegen, dachte Inga. Es war verschenkte Zeit gewesen. Zeit, in der ein oder auch zwei Mörder auf freiem Fuß waren.

„Ist er weg?", erkundigte sich Kunze.

„Ja, er will aber gern wiederkommen, wenn du Fragen hast."

„Gott bewahre", sagte er und verschwand hinter seinem Computermonitor.

Jetzt galt es, die E-Mails mit den Berichten der Kollegen zu checken. Inga dachte an Tom. Gern hätte sie jetzt mit ihm getauscht. Klinkenputzen war ihr weitaus lieber, als vor dem Rechner zu sitzen und sich durch Aktenberge zu wühlen. Was soll's, es gehörte nun mal dazu.

Einige Zeit später wurde sie durch ein leises ‚Pling' unterbrochen, das einen eingehenden Videoanruf ankündigte. Sie klickte auf den entsprechenden Button und nahm das Gespräch an.

„Guten Tag Frau Laudenbach. Ist Kunze auch bei Ihnen?" Das Gesicht ihrer Vorgesetzten, das Inga vom Bildschirm entgegenblickte, wirkte runder als in natura. Ansonsten sah sie fit und erholt aus. Das schaffte auch nur sie. Aus den stressigsten Situationen Kraft schöpfen. Unglaublich.

„Ja, Kunze ist hier." Inga gab ihrem Kollegen ein Zeichen, zu ihr zu kommen.

„Bestens, ach ja, da sind Sie ja. Auch Ihnen einen guten Tag."

Kunze grunzte.

„Sind Sie gut in Gummersbach angekommen?"

„Ja, Hartung hat alles arrangiert."

„Wo ist denn der Herr Hartung? Kann ich ihn sprechen?", fragte Berger und reckte sich, als wollte sie den Kopf aus dem Monitor hinausstrecken.

„Er befragt heute die Nachbarschaft von Wetzlar und morgen die von Berleburg", informierte Kunze.

„Gut, gut, fleißig der Mann, das gefällt mir. Jetzt aber zu uns. Wir werden heute diesen Weg für die Fallbesprechung nutzen. Wir sind schließlich nicht von gestern." Sie lachte über ihren eigenen Witz, der bei Inga nur ein gequältes Lächeln hervorrief. Kunze entlockte er ein undefinierbares Schnauben.

„Also gut. Wir haben einen weiteren Mord. Gibt es bereits Erkenntnisse? Wie ist Ihre Einschätzung?"

„Frau Berleburg wurde wie Herr Wetzlar mit einem Hieb von einem Fleischermesser getötet. Der Gärtner hat sie gefunden. Die Untersuchungen von Manuela Schimmelpfennig …"

„Das ist die Neue in der Rechtsmedizin, nicht?"

„Ja, also ihre Untersuchungen sowie die der Kriminaltechnik sind noch nicht abgeschlossen", berichtete Inga.

„Gut, die werden wir abwarten. Und im Fall Wetzlar?"

„Die Autopsie hat keine Hinweise erbracht", sagte Kunze. „Kein Betäubungsmittel, keine inneren Verletzungen oder sonst irgendwas Auffälliges. Der Tatzeitpunkt liegt zwischen zwölf und fünfzehn Uhr am Montag."

„Ich habe mit Hartung das Haus von Wetzlar durchsucht", fügte Inga hinzu. „Wir fanden Liebesbriefe von Lore Grönemann, die anscheinend als Jugendliche eine

Beziehung mit Wetzlar hatte. Vielleicht haben sie die wieder aufleben lassen."

„Das ist doch mal was", Berger strahlte. „Eine Tat aus Eifersucht. Kommt nicht so selten vor. Sie prüfen das?"

Inga nickte.

„Gut. Die Frage, die sich einem aufdrängt, ist: Haben wir es hier mit einem oder zwei Tätern zu tun? Der Modus Operandi scheint der Gleiche zu sein."

„Ja, nur wo ist die Verbindung? Wenn es derselbe Täter war, muss er beide Opfer gekannt und sie so gehasst haben, dass er sie umgebracht hat."

„Wenn es eine Verbindung gibt, sollten Sie die finden."

„Möglich wäre auch ein Nachahmungstäter", gab Inga zu bedenken.

„Meinen Sie?" Berger war skeptisch.

„Wir können es nicht ausschließen", pflichtete Kunze seiner Kollegin bei.

„Ein Nachahmungstäter müsste vom Hergang des ersten Mordes gewusst haben. Die Pressekonferenz mit den Einzelheiten hat aber erst heute Morgen stattgefunden, wobei der zweite Mord bereits gestern geschah", erinnerte Berger.

„Das ist kein Hindernis. Der Buschfunk hier ist schneller als jede Zeitung und sogar jede WhatsApp."

„Mag sein", meinte Berger. „Aber ist es nicht etwas unwahrscheinlich, dass jemand von dem Mord an Herrn Wetzlar hört, sich daraufhin ein Messer schnappt und Frau Berleburg ermordet?"

„Unwahrscheinlich ja, aber nicht unmöglich. Was ist, wenn dieser Jemand schon seit vielen Jahren darauf wartet, sie zu töten und jetzt seine Chance wittert, es jemand anderem in die Schuhe zu schieben?", entwickelte Inga ihr Tatmotiv weiter.

„Das sind alles Spekulationen", unterbrach Berger. „Wir brauchen Beweise. Ich habe vier Kollegen darauf angesetzt, in den Datenbanken nach ähnlichen Morden und Raubmorden zu suchen. Möglicherweise hat diese Frau Grönemann ja recht, und es ist jemand von außerhalb, der mehr oder weniger zufällig nach Gummersbach kam. Sie kümmern sich um die Ermittlungen vor Ort." Berger kramte in einem Stapel Papier. „Was ist mit dem Nachbarn von Wetzlar, Kronenbecher? Haben Sie ihn erreicht?"

„Nein, noch nicht", sagte Inga, die sich höllisch auf das Gespräch konzentrieren musste, um den Gedankensprüngen ihrer Chefin folgen zu können.

„Bleiben Sie da dran. Schauen Sie hinter jeden Strauch und Baum. Durchsuchen Sie, wenn nötig, jedes Hühnernest. Tun Sie, was immer nötig ist. Und zwar schnell. Es eilt." Durchdringend sah sie Inga und Kunze an. „Sollte sich herausstellen, dass alle Verdächtigen unschuldig sind, bleibt die Möglichkeit, dass wir es hier mit einem Serienmörder zu tun haben. Und dann ..." Sie machte eine kleine Pause. „sollten wir ihn fassen, bevor er noch jemanden tötet."

Zehntes Kapitel

Tom Hartung fuhr in dem VW Passat, der ihm mal wieder als Dienstwagen zur Verfügung gestellt worden war, die gepflasterte Auffahrt des Einfamilienhauses hoch und parkte vor einer Garage. Er sollte die Nachbarschaft von Wetzlar befragen. Gut, dass es in Eulensiefen außer den Verdächtigen Kronenbecher und Grönemann nur noch ein weiteres Haus gab, das der Familie Mausbach. Es würde nicht allzu lange dauern, und er konnte noch vor neun Uhr Feierabend machen.

Es war ein für das Bergische typisches Fachwerkhaus, bestimmt mehrere hundert Jahre alt. Gemütlich sah es aus, fand Tom, mit den Frühblühern in den Kästen, die sich von der schwarzen und weißen Fassade abhoben, und den weißen Gardinen in den Fenstern.

Tom öffnete das Gartentor des Jägerzauns und ging über den mit Grauwacke belegten Platten auf das Haus zu. Es wirkte gepflegt, jedoch hatte die Zeit Spuren hinterlassen. Die Fenster im oberen Stock waren noch einfach verglast. Die massive, mit zwei quadratischen Scheiben versehene Tür hatte noch nie von Dichtungen gehört, geschweige denn von Energieeffizienz. Der Winter konnte seinen kalten Hauch ungehindert hindurch pusten.

Alfred und Mechthild Mausbach stand auf einem Schild über dem runden silbernen Klingelknopf. Tom betätigte ihn, woraufhin ein ohrenbetäubendes Scheppern im Haus erklang.

Meine Güte, das hört man ja bis nach Gummersbach, dachte Tom und wartete. Er wollte ein zweites Mal klingeln, da wurde der Schlüssel im Schloss gedreht, und eine Frau öffnete ihm. Tom schätzte sie auf etwa fünfzig Jahre. Sie war dünn, fast schon dürr und wirkte gestresst.

„Was wollen Sie?", fragte sie knapp. Ihre Augen musterten Tom misstrauisch. Sie schien bereit, ihm jeden Moment die Tür vor der Nase zuzuschlagen.

„Meine Name ist Tom Hartung. Ich bin von der Kriminalpolizei Gummersbach." Er hielt ihr seine Marke und den Ausweis entgegen. „Ich hätte ein paar Fragen. Es geht um den Tod von Herrn Wetzlar."

Ihr Blick hellte sich etwas auf. „Ja, natürlich ... das ist jetzt aber ...", stammelte sie, warf einen Blick hinter sich ins Haus, als müsse sie etwas überprüfen. „Sie sind ja zu unchristlichen Zeiten unterwegs", sagte sie schließlich und öffnete die Tür. „Sie können hereinkommen. Aber ich muss erst meine Mutter zu Bett bringen. Das duldet keinen Aufschub, sonst schläft sie die ganze Nacht nicht."

„Das ist kein Problem", sagte Tom, der seinen Feierabend in weite Ferne rücken sah. Von wegen, neun Uhr. „Ich kann draußen warten, oder ..."

„Ach was, kommen Sie rein." Sie deutete ins Haus. „Geradeaus ist das Wohnzimmer. Setzen Sie sich ruhig. Ich komme, sobald Mutter im Bett ist."

„Annette, Annette, wo bist Du?", krächzte eine alt klingende Frauenstimme aus dem oberen Stockwerk.

„Ich komm schon, Mutter." Sie zuckte die Schultern und stieg die Treppe hinauf.

Tom ging ins Wohnzimmer. Mit den weichen Polstermöbeln, deren Lehnen durch Häkeldeckchen geschützt wurden, den roten Teppichen mit den weißen Fransen an den Enden fühlte er sich wie bei einem Besuch bei seiner Oma. Es roch sogar ähnlich. Ein Specksteinofen verbreitete mit dem flackernden Schein der Flammen eine wohlige Wärme und Behaglichkeit. Tom ließ sich auf dem Zweisitzer nieder. Während er durch die Balkontür beobachtete, wie die letzten Sonnenstrahlen des Tages durch die Äste der Fichten hinterm Haus lugten, hörte er von oben Stimmen und Schritte, die einen fest, die anderen schlurfend.

„Ich will noch nicht ins Bett", hörte er die alte Frau quengeln. „Ich muss die Socken noch stopfen und einen Flicken auf Alfreds Blauleinen nähen."

Tom konnte zwar nicht verstehen, was die Tochter antwortete, aber es schien ihre Mutter zu beruhigen, und die Schritte schlurften weiter. Über ihm musste sich das Schlafzimmer von Mechthild Mausbach befinden. Ob er auch mit ihr sprechen sollte? Dann auf jeden Fall nicht nach acht Uhr abends.

Morgen musste er die Nachbarschaft der ermordeten Frau Berleburg befragen, zumindest wenn es nach Kunze ginge. Dieser Kunze war schon eine Marke. Wie Inga es mit so einem Kollegen nur aushielt? Tom kannte einige bei der Kripo, die ähnlich muffelig drauf waren. Er konnte das nicht verstehen. Wenn einem eine Arbeit zuwider war, dann suchte man sich eben eine andere. Lag der Grund für die ständige schlechte Laune im Privatleben, dann musste man dort etwas ändern. Man lebte schließlich nur einmal, und sein ganzes Leben nur gefrustet zu sein, machte keinen Sinn. Tom lehnte sich zurück und genoss den Moment in den weichen Polstern. Er mochte seinen Job. Kein Tag war wie der andere. Immer neue Fälle, andere Menschen, neue Aufgaben und Herausforderungen. Für ihn gab es nichts Besseres. Jetzt allerdings, da er bei der Aufklärung der Morde mitarbeiten durfte (er hatte sich freiwillig als Unterstützung der Kommissare aus Köln gemeldet), konnte er sich vorstellen, sich vielleicht nach Köln versetzten zu lassen. Mit Kunze würde er fertigwerden. Inga war echt nett und aufgeschlossen und machte einen fitten Eindruck. Natürlich war nicht gesagt, dass er mit ihnen zusammenarbeiten würde.

„So, da bin ich." Annette Mausbach kam lächelnd ins Wohnzimmer und unterbrach seine Gedanken. Sie stellte ein Babyfon auf den Couchtisch. „Ich mach mir jetzt erst einmal einen Kaffee. Möchten Sie auch einen?"

„Ich will Ihnen keine Umstände machen", wehrte Tom ab.

Sie lachte. „Das machen Sie nicht. Ich umsorge von morgens bis abends meine Mutter. So ein Kaffee fällt da so wenig auf wie ein Fliegenschiss auf einem Misthaufen. Also mit Milch und Zucker?"

„Schwarz, danke."

„Das ist ja noch einfacher." Sie lächelte und verließ das Zimmer.

Wenige Augenblicke später hörte Tom die Geräusche einer Senseo-Maschine, die Kaffee aufbrühte. Gleichzeitig drang ein Knacken aus dem Babyfon. Ob die alte Frau Mausbach wach geworden war?

Annette betrat mit zwei Kaffeebechern das Wohnzimmer, reichte einen Tom und ließ sich schwer in den Sessel fallen.

„Man darf es nicht zu laut sagen. Aber ich bin immer froh, wenn Mutter im Bett ist."

Wieder ein Knacken aus dem Babyfon. Annette musste seinen skeptischen Blick bemerkt haben. „Keine Sorge. Sie schläft jetzt. Morgen früh, so gegen vier, kann das anders sein." Sie trank einen Schluck Kaffee. „Sie leidet an Demenz." Nach einer Pause fügte sie hinzu: „Es ist nicht immer einfach."

„Das glaube ich gern. Haben Sie schon immer hier gewohnt?"

„Das hier ist mein Elternhaus. Nach meiner Heirat bin ich nach Wipperfürth gezogen. Nach der Scheidung vor fünf Jahren habe ich mich dazu entschlossen, zurückzukommen und meine Mutter zu pflegen. Da habe ich auch meinen Mädchennamen wieder angenommen."

Tom zog ein kleines, reichlich zerknittertes Blöckchen und einen fingerlangen Bleistift aus der Hosentasche seiner Jeans. Er benutzte kein Diktiergerät oder sein Smartphone. So ein Blöckchen war viel cooler, richtig columbolike.

„Können Sie mir bitte Ihren Namen sagen?", fragte er und klappte das Deckblatt auf.

„Oh, natürlich, ich habe mich ja noch gar nicht vorgestellt. Ich heiße Annette Mausbach, geschiedene Schmidt."

Begleitet vom leisen Kratzen der Bleistiftmine auf dem Papier, notierte er sich den Namen. „Wir wissen mittlerweile, dass Herr Wetzlar am Montag zwischen 12 und 15 Uhr starb. Ist Ihnen in der Zeit etwas Ungewöhnliches aufgefallen?"

„Was Ungewöhnliches … hmm." Frau Mausbach schaute aus dem Fenster und dachte angestrengt nach.

„Wissen Sie", setzte sie an, „ich bin tagein, tagaus mit der Pflege meiner Mutter beschäftigt. Um ehrlich zu sein, ist jeder Tag wie der andere …" Sie überlegte erneut.

Tom wartete geduldig.

„Einen Moment", rief sie dann erfreut. Sie lief in die Küche und kam wenige Sekunden später mit einem Tischkalender in der Hand wieder zurück. „Jetzt kann ich Ihnen genau sagen, was Mutter und ich gemacht haben. Mutter hatte um fünfzehn Uhr einen Arzttermin, und anschließend waren wir bei der Fußpflege. Ach ja, jetzt erinnere ich mich wieder. So um siebzehn Uhr dreißig waren wir wieder zu Hause. Es war ein schrecklicher Tag. Wissen Sie, alles, was anders ist als ihr normaler Alltag, regt Mutter auf. Sie war den ganzen Vormittag unruhig und unausstehlich. Abends war es nicht anders. Dass ich das vergessen konnte. Aber wie gesagt, die Tage laufen nur so an mir vorbei."

Tom nickte. Das klang nach einem stichhaltigen Alibi. „Sie wissen, dass Frau Grönemann Herrn Wetzlar gefunden hat?"

„Natürlich, Lore, die Gute, kam an dem Abend direkt zu mir und hat mir alles berichtet. Die Ärmste." Sie seufzte. „Wissen Sie, es gibt Menschen, die ziehen das Unglück magisch an." Betrübt schüttelte sie den Kopf.

„Und Frau Grönemann ist so ein Mensch?", hakte Tom nach.

„Ja, leider. Aber bei dem Mann kein Wunder. Diese Ehe muss die reinste Hölle sein." Erneut schüttelte sie den Kopf.

Tom war drauf und dran zu fragen, warum Frau Grönemann ihren Mann nicht verließ, wenn es um ihre Ehe so schlecht stand. Aber die Antwort, die er bekommen würde, wäre vermutlich reine Spekulation. Besser, er erkundigte sich direkt bei Frau Grönemann.

„Sie konnten keine Kinder bekommen, und Lore hatte sich so sehnlich welche gewünscht", erzählte sie weiter. „Und dann der Schicksalsschlag mit der Mutter. Wissen Sie, es ist schwer, einen alten Menschen zu pflegen." Sie lächelte traurig. „Ich weiß, wovon ich spreche. Aber meine Mutter ist wenigstens noch da, anders zwar, aber wenigstens noch da." Hörbar atmete sie ein. „Damals, es muss ungefähr vier Jahre her sein, da ist Lores Elternhaus abgebrannt." Sie sah Tom tief in die Augen. „Und ihre Mutter mit. Sie saß im Rollstuhl, hatte keine Chance."

Schrecklich. Tom schauderte; von allen Todesarten fand er Verbrennen am schlimmsten, direkt gefolgt von Ertrinken. Im Dienst erschossen, das wäre was für ihn, wie im Film, schon fast heldenhaft. Aber man konnte es sich nicht aussuchen.

„Lore war todunglücklich, wir haben oft zusammengesessen. Ich konnte nicht viel für sie tun, nur da sein und zuhören", fügte Annette Mausbach hinzu.

„Wie ist es zu dem Unglück gekommen?"

„Der Ofen war's. Die Feuerwehr hat herausgefunden, dass das Feuer in unmittelbarer Nähe des Kaminofens ausgebrochen war. Vielleicht ein Funke … das geht schnell …"

Tom sah das Szenario förmlich vor seinem inneren Auge. Die alte Frau, die im Rollstuhl in ihrem Wohnzimmer sitzt, die Beine unter einer warmen Wolldecke. Vielleicht döst sie ein wenig. Sie bemerkt das Feuer, das sich ihr über den Teppich nähert, an der Schrankwand empor leckt, zunächst nicht. Auf der anderen Raumseite befällt es die schweren Vorhänge und die Spitzengardinen. Der Qualm im Raum wird immer dichter. Die Frau, jetzt hellwach, schreit, versucht vergeblich, die Räder des Rollstuhls zu bewegen. Die Flammen erreichen den Rollstuhl. Die Hitze wird unerträglich. Sie schreit lauter, verzweifelt. Der Qualm dringt in ihren Mund, lässt sie keuchen und husten. Sie reißt an den Rädern, versteht nicht, warum sie sich nicht bewegen. Dann ertasten ihre Finger die Feststellbremse. In ihrer Panik hat sie die ganz vergessen. Sie löst den Hebel. Hoffnungsvoll. Doch zu spät. Unaufhaltsam klettern die Flammen an der Wolldecke hoch. Sie packt sie, wirft sie in hohem Bogen in die lichterloh brennenden Vorhänge. Laut knisternd verbrennt die Decke in Sekundenschnelle. Dann spürt die Frau Hitze, ganz nah. Wie ist das möglich? Sie sieht an sich herunter. Ihre gelähmten Beine stehen bis zu den Knien in Flammen.

Tom schüttelte den Kopf. Was für ein grausiger Tod. Es dauerte einen Augenblick, bis er sich gefangen hatte. Dann besann er sich auf seine Aufgabe und die nächste Frage.

„Können sie mir auch etwas über Herrn Kronenbecher sagen?"

„Tut mir leid, über den weiß ich nichts", bedauerte sie aufrichtig. „Er bleibt für sich. Ist erst vor einem Jahr hierher gezogen."

„Gut, das war's auch schon." Tom stand auf. Dann

fiel ihm noch etwas ein: „Haben Sie irgendetwas Ungewöhnliches beobachtet, am Montag oder am Sonntag vielleicht, ein fremdes Auto zum Beispiel?" Puh, fast hätte er die Frage vergessen, die Kunze ihm aufgetragen hatte zu stellen.

Frau Mausbach überlegte einen Moment. „Nein, ich wüsste nichts."

„Wenn Ihnen noch etwas einfällt, sagen Sie mir oder meinen Kollegen bitte Bescheid." Er reichte ihr seine Visitenkarte und verabschiedete sich.

Elftes Kapitel

War er zu spät gekommen? Achim schaute zum gefühlt tausendsten Mal in den Rückspiegel. Waren sie schon weg oder kamen sie erst noch? Laut Google hätten Herr und Frau Falk die Strecke in etwas mehr als fünf Stunden zurücklegen sollen. Die waren aber bereits seit einer Stunde verstrichen. Achim hatte das Gefühl, mittlerweile jedes Blatt der Sträucher und Bäume, die den Parkplatz umgaben, beim Namen zu kennen. Na ja, fast jedenfalls. Der Wanderparkplatz in Altenberg war riesig. Geteert und mit markierten Parkbuchten wirkte er eher wie der Parkplatz einer großen Firma in einem Industriegebiet. Doch Gebäude waren hier, sehr zum Leidwesen Achims, nicht zu sehen – nur Bäume. Der Parkplatz lag am Fuß eines bewaldeten Bergs, an dessen Hang sich der Märchenwald ebenso wie das Hotel befanden, nur getrennt durch die Dhünn, die sich leise sprudelnd ihren Weg zur Wupper bahnte. Er hatte sogar einen Hasen beobachtet, der über die gegenüberliegende Wiese durchs Tal hoppelte. Dass ihm bei dessen Anblick die Worte *Lapin aux pruneaux et vin rouge* in den Sinn kamen, machte ihm deutlich, dass er endlich etwas essen musste. Ein erneuter Blick in den Rückspiegel (er hatte seinen Wagen extra so geparkt, dass er den Wanderweg, der zum Hotel hinaufführte, im Blick behalten konnte) verriet ihm, dass Falk und seine Frau immer noch nicht zu sehen waren. So ein Mist! Er hatte genug von der Warterei. Hastig überschlug er die Möglichkeiten, die sich ihm boten. Vielleicht war Falk ein geübter Wanderer und hatte die

Strecke in nur vier Stunden zurückgelegt, dann saß er jetzt bestimmt gemütlich im Restaurant des Hotels und genoss ein Viergängemenü. Sollte er noch nicht eingetroffen sein, würde Achim ihn womöglich verpassen und erst am nächsten Morgen treffen. Konnte er das riskieren? Würde die Zeit reichen? Er wollte diese unfassbar günstige Gelegenheit nicht ungenutzt verstreichen lassen.

Es dämmerte bereits. Die Sonne war hinter den Hängen verschwunden. Lange würde es nicht mehr dauern, bis es zu dunkel war, um etwas zu erkennen. Es platschte, und Achim schrak zusammen. Ein Vogel – es musste sich um einen großen Vogel gehandelt haben – hatte seine Hinterlassenschaft direkt auf die Frontscheibe des Mercedes-AMG klatschen lassen.

Jetzt reicht's endgültig. Achim stieg aus einem Wagen, öffnete den Kofferraum und holte seinen Wanderrucksack hervor. Nachdem er sich vergewissert hatte, dass niemand in der Nähe war, spritzte er sich einige Tropfen Wasser aus seiner Trinkflasche auf die Stirn. Dann schulterte er den Rucksack, verschloss das Auto und überquerte erschöpft – zumindest hoffte er, dass er erschöpft wirkte – die hölzerne Brücke, die über die Dünn führte, und ging die steile Straße zum Hotel hinauf.

„Guten Tag, mein Name ist Achim Kronenbecher, ich habe ein Zimmer gebucht", sagte er zum Portier.

„Einen Moment, ich schaue gleich nach." Während der Mann auf der Tastatur des Computers herumhackte, sah sich Achim im Eingangsbereich um. Er verstand, dass Holz ein wundervolles Baumaterial war, aber musste man gleich alles damit verkleiden? Er würde noch eine Holzphobie bekommen, erst dieser Wald und jetzt …

„Sie haben Zimmer 25. Hier ist der Schlüssel. Das Restaurant schließt um zweiundzwanzig Uhr." Der Portier händigte Achim einen Schlüssel mit einer hölzernen Glocke als Anhänger aus. „Dort drüben geht es in den ersten Stock." Er deutete auf einen Durchgang, an dessen Ende sich eine Treppe befand. „Ich wünsche Ihnen einen erholsamen Aufenthalt." Er lächelte und verließ die Rezeption in Richtung des Restaurants. Anscheinend war er nicht nur Portier, sondern auch Kellner. Als er die Tür öffnete, wäre er beinahe mit einem älteren Herrn zusammengestoßen, der den Saal gerade verlassen wollte. Ihm folgte eine ältere Frau.

„Na, na, nicht so schnell junger Mann", sagte der alte Herr, ohne die Entschuldigung, die der Portier-Kellner stammelte, zur Kenntnis zu nehmen. Sein Blick heftete sich auf Achim. „Herr Kronenbecher, das ist ja ein Zufall. Was machen Sie denn hier?" Freudestrahlend trat der Mann auf ihn zu und schüttelte ihm mit dem Druck einer Schraubzwinge die Hand.

„Herr Falk, welche Überraschung." Achim konnte sein Glück kaum fassen. „Das könnte ich auch Sie fragen." *Hervorragend, wenn das mal keine glückliche Fügung ist.* „Ich komme gerade aus Odenthal. Sie müssen wissen, Wandern ist ein Hobby von mir. Morgen geht es weiter nach Köln." Er wählte bewusst das Wort Wandern. Pilgern war ihm doch zu dick aufgetragen, nicht, dass er irgendwelche Gebete aufsagen musste,

111

oder Psalmen rezitieren und Kirchenlieder singen.

„Das ist ja großartig. Hörst du, Trudchen, der Herr Kronenbecher wandert die gleiche Stecke wie wir. Erzählen Sie, wie war der erste Abschnitt Ihrer Wanderung?"

„Aber Juppi, du siehst doch, dass er gerade erst angekommen ist. Er ist ja noch total verschwitzt. Herr Kronenbecher möchte sich bestimmt erst einmal frisch machen, bevor er dir Rede und Antwort steht." Frau Falk lächelte Achim freundlich an.

Dein Mann wird mir noch Rede und Antwort stehen, darauf kannst du wetten.

„Oh, ja, natürlich. Das ist doch klar. Was halten Sie davon, wenn Sie in Ruhe zu Abend essen und sich dann in meinem Zimmer einfinden? Trudchen bewohnt ein eigenes Zimmer. Sie behauptet, ich schnarche zu laut, was ich überhaupt nicht nachvollziehen kann."

„Juppi, du weißt das ganz genau", beschwerte sich seine Frau mit einem freundschaftlichen Knuff in die Seite seines runden Bauches. Er lachte nur.

„Jedenfalls besitzt meine Suite eine nicht zu verachtende Minibar." Hinter vorgehaltener Hand raunte er Achim zu: „Außerdem habe ich einen guten Tropfen in meinem Koffer geschmuggelt." Er zwinkerte verschwörerisch. „Was halten Sie davon?"

„Ich weiß nicht, ob ich Ihr Angebot …"

„Ach, papperlapapp. In etwa einer Stunde? Meine Tür steht Ihnen offen."

„Ja, gern." Achim schenkte ihm ein Lächeln und jubelte innerlich.

„Prima, prima. Dann bis gleich. Komm Trudchen, ich

bring dich ins Bett, damit Vati zum Männerabend gehen kann." Er bot ihr seinen Arm an.

„Ach du, was erzählst du da …" Sie hakte sich bei ihm ein. „Was soll denn der Herr Kronenbecher von uns denken …", beschwerte sie sich im Weggehen.

Der Herr Kronenbecher denkt: Das läuft ja wie am Schnürchen.

Als Achim pünktlich eine Stunde später vor der Zimmertür von Herrn Falk stand, wusste er, dass seine Glückssträhne vorbei war. Aus dem Raum drang ein sonores und bestimmt drei Türen weiter zu hörendes Schnarchen.

So ein Mist.

Achim drückte die Klinke herunter, steckte den Kopf vorsichtig durch die Tür und blickte in die Suite dahinter. In einem Ohrensessel saß Herr Falk und schlief den Schlaf des Gerechten. Auf dem kleinen Beistelltisch standen zwei Whiskygläser und eine Flasche Macallan No. 6, aus der ein oder zwei Gläser fehlten. Sollte er den Alten wecken? Dann bekäme er sein Gespräch, auf das er die ganze Zeit hingearbeitet hatte. Nur musste Herr Falk ihm dafür wohlgesonnen sein. Ob er erfreut wäre, wenn Achim ihn bei einem Nickerchen erwischte? Egal. Er brauchte die Unterschrift. Er wollte das Projekt. Er konnte nicht klein beigeben.

Mit der Hand befühlte er sein Sakko etwas unterhalb der linken Brust. Das Fläschchen, das sich in der Innentasche verbarg, war durch den Stoff deutlich zu spüren. Täuschte sich Achim, oder ging von ihm eine Hitze aus, die seine Finger und seinen Brustkorb befiel?

Quatsch, alles Einbildung.

Er würde die Tür wieder schließen und so lange und so laut klopfen, dass Falk aufwachen musste. Nach dem ein oder anderen Whisky inklusive geschickter Überredungskünste, wäre der Alte bestimmt zu einer Unterschrift bereit. Notfalls musste Achim nachhelfen. Er wollte die Tür gerade zuziehen, da bemerkte er eine Bewegung zu seiner Rechten. Die Verbindungstür ging auf, und Frau Falk stand in einem blaugeblümten Bademantel vor ihm.

„Ach, das ist wieder typisch“, sagte sie laut, ohne auf den Schlafenden Rücksicht zu nehmen. „Erst will er eine große Sause veranstalten, und dann schläft er ein. Es tut mir leid, Herr Kronenbecher, aber wenn er einmal schläft, dann schläft er.“ Das war nicht zu übersehen. Herr Falk zuckte weder bei den Worten seiner Frau, noch als sie ihn mit einer Wolldecke, die sie vom Sofa nahm, zudeckte.

„Das ist kein Problem“, beeilte sich Achim zu sagen. „Ich werde mich jetzt auch hinlegen. Die morgige Wanderung wird bestimmt anstrengend.“ *Scheiße, scheiße, scheiße!* Das war gar nicht in seinem Sinne.

Frau Falk hielt kurz inne, dann drehte sie sich zu ihm um. „Vielleicht möchten Sie das Treffen verschieben. Wir wollen morgen um neun Uhr frühstücken. Mein Mann wird sich bestimmt freuen. Er hält große Stücke auf Sie. Tatsächlich war er sehr enttäuscht, dass Sie den Abschluss des Projektes nicht persönlich vorgenommen haben. Aber was rede ich da? Es ist spät. Dürfen wir morgen mit Ihnen rechnen?“

„Natürlich, ich werde da sein.“

„Prima, ich gebe dem Portier Bescheid, dass er für Sie ein weiteres Gedeck auflegt."

„Vielen Dank, dann bis morgen", verabschiedete er sich. Noch bevor er die Tür schließen konnte, rief Frau Falk: „Herr Kronenbecher?"

„Ja?" Er lugte durch den Türspalt.

„Mein Mann würde es bestimmt begrüßen, wenn wir diese, … sagen wir, nächtliche Begegnung …" Sie deutete auf ihren schlafenden Mann. Ein Speichelfaden lief ihm wie in Zeitlupe aus dem Mundwinkel. „… vergessen würden. Sagen Sie einfach, Sie wären zu müde gewesen und zu Bett gegangen."

Achim nickte. „Gute Nacht."

Herr Falk war also von ihm enttäuscht. Sehr interessant. Dem konnte Abhilfe geschaffen werden. Morgen, beim Frühstück, würde er sich wieder ins Spiel bringen. Zufrieden ging er auf sein Zimmer. Sein Engagement würde belohnt werden, da war er sich ganz sicher.

Zwölftes Kapitel

Müde rieb sich Inga die Augen. Ein Blick auf die Uhr ihres Monitors verriet ihr, dass es zweiundzwanzig Uhr dreizehn war. Kunze war schon vor zwei Stunden gegangen. Das hätte sie auch tun sollen. Stattdessen hatte sie ihren Bericht geschrieben und anschließend die Ergebnisse der KT durchgelesen, die sie per E-Mail erreicht hatten. Ohne Erfolg – und ohne neue Erkenntnisse. Keine Fingerabdrücke auf den Messern. Vermutlich hatte der Täter sie abgewischt oder Handschuhe getragen. Mal ganz ehrlich, spätestens seit Schimanski im Fernsehen ermittelte, wusste jeder noch so dusselige Täter, dass man keine Fingerabdrücke hinterlassen sollte. Bei Affekthandlungen kam das ab und an vor. Manchmal blieb ein Teilabdruck zurück, anhand dessen man den Täter überführen konnte. Aber das passierte recht selten. Haare oder Hautschuppen waren da schon aufschlussreicher. Die an ihrem Tatort sichergestellten Spuren wurden jedoch noch analysiert und mit Proben von Norbert Wetzlar verglichen.

Inga hatte sich auch den Obduktionsbericht vorgenommen und, genau wie Kunze es gesagt hatte, nichts gefunden, was ihnen weiterhelfen könnte. Manchmal war es zum Verrücktwerden. Das Puzzle wollte sich nicht zusammensetzen lassen. Nein, es war sogar schlimmer. Sie hatten noch nicht einmal alle Puzzleteile gefunden. Morgen wollten sie mit Lore Grönemann wegen der Liebesbriefe reden und dann …

Die Bürotür wurde aufgestoßen. Inga schrak zusammen. Zwar waren Überstunden bei einer Mordermitt-

116

lung nicht unüblich, insbesondere wenn es sich um einen möglichen Serientäter handelte, aber zu so später Stunde waren die meisten Kollegen zu Hause.

„Tom", rief sie, als der Gummersbacher Kommissar schwungvoll in den Raum stürmte, „hast du mich erschreckt."

„Schlechtes Gewissen, hä?", feixte er. „Spielst wohl die ganze Zeit Candy Crush auf dem PC?"

Inga lachte. Tom brachte sie immer zum Lachen. Das tat gut.

„Schön wär's. Ich mach jetzt aber Feierabend. Ich hab ja noch die Heimfahrt vor mir."

„Und wenn du nicht nach Hause fahren würdest?" Tom setzte sein verführerischstes Lächeln auf.

„Äh, wie meinst du das?", fragte sie.

Was bedeutete das denn jetzt? Wollte er andeuten, dass sie bei ihm übernachten sollte? Oder sogar mehr? Der guckte so komisch. Nett war er ja und sportlich und eigentlich genau ihr Typ. Aber auf keinen Fall würde sie bei ihm übernachten. Das ginge erheblich zu weit und eine Affäre unter Kollegen war ein absolutes No-Go für sie – ein absolutes! Sie holte gerade Luft, um dankend abzulehnen, da brach Tom in schallendes Gelächter aus.

„Tausend Euro für deine Gedanken." Er gluckste vergnügt. „Wie wäre es, wenn wir zusammen etwas essen gehen? Ich kenne ein nettes kleines Restaurant, da bekommt man die besten Panneschieven, die besten Bratkartoffeln, die es im Bergischen gibt. Und sogar auch noch um diese Uhrzeit. Und anschließend …", er machte eine Pause, „könntest du dir doch ein Zimmer im Victors nehmen. Dann hättest du es auch nicht weit bis zur Wache. Wäre viel entspannter."

Echt jetzt? Im Hotel übernachten? Nee, das ging nicht. Obwohl, Ole war bei seinem Vater. Keiner wartete auf sie oder würde sie vermissen, wenn sie nicht nach Hause käme. Außerdem sparte sie sich zwei Fahrten, die heute Nacht und die morgen früh. Natürlich müsste sie das Hotelzimmer aus eigener Tasche bezahlen, das war klar. War es ihr das wert?

„Ein Abendessen wäre super. Aber ich fahre anschließend nach Köln zurück."

„Wie Mylady wünschen. Dann folgen Sie mir unauffällig. Nächster Halt Runkelkeller – gleich neben dem Forum."

Der Runkelkeller hieß nicht nur so, sondern war in grauer Vorzeit augenscheinlich einmal einer gewesen. Dickes Bruchsteinmauerwerk wölbte sich in kaum zwei Metern Höhe über ihren Köpfen. Die Dekoration, bestehend aus Kartoffelsäcken, historischen Gartengeräten –sogar ein Handpflug hing an der rückwärtigen Wand (Inga hätte es nicht gewundert, wenn bei genauer Betrachtung noch Erde daran klebte) –, einem Pferdejoch und Zaumzeug, verlieh dem Lokal ein uriges Ambiente.

Kaum hatten Inga und Tom sich an einem der quadratischen rustikalen Holztische niedergelassen, erschien auch schon der Kellner und nahm ihre Bestellung auf. Inga folgte Toms Empfehlung und bestellte einen Teller Bratkartoffeln mit Spiegelei und Salat. Tom wollte ihr einen Spätburgunder bestellen, doch sie winkte ab. Sie würde das Bergische Landbier probieren, natürlich in der alkoholfreien Version.

„Und wie gefällt es dir hier?", erkundigte sich Tom, nachdem der Kellner gegangen war.

„Das Konzept ist stimmig", lächelte sie und betrachtete die Lampe, die vor hundert Jahren durchaus einen Kuhstall erhellt haben mochte, wobei Petroleum sie damals zum Leuchten gebracht hatte und keine Niedrigenergie-LED-Lampe. Was dem Ambiente keinen Abbruch tat. Inga fühlte sich jedenfalls wohl. Sie mochte die Umgebung und ihren sympathischen Kollegen ebenfalls. Es versprach, ein netter Abend zu werden.

„Bist du öfters hier?", erkundigte sie sich.

„Manchmal. Meistens wenn meine Eltern aus Wuppertal zu Besuch kommen. Sie stehen auf den Laden."

„Ich dachte, du wärst hier aus der Gegend", sagte Inga und schielte zum Kellner hinüber, der hinter der Theke aus Eichenfässern das Tablett mit ihren Bestellungen belud.

„Bin ich auch. Ich bin in Gummersbach geboren und in Rebbelroth aufgewachsen. Nachdem ich aus dem Haus war, zogen meine Eltern nach Wuppertal. Ich habe mir hier zentrumsnah eine Wohnung gesucht."

Der Kellner kam an ihren Tisch und brachte die Getränke.

„Was machst du so? Und deine Antwort auf die Frage, die kein Polizist mehr hören kann, würde mich auch interessieren." Er grinste.

Inga überlegte kurz, dann musste sie lachen: „Warum bist du Polizist geworden?"

„Ja, genau. Und?" Tom stützte sich auf die Ellbogen,

wobei er näher an den Tisch heranrückte. Aufmerksam sah er sie an.

Diese Frage wurde einem tatsächlich immer gestellt, sobald man den Beruf erwähnte. Inga hatte sich dementsprechend eine nichtssagende Antwort zurechtgelegt, die sie bei solchen Gelegenheiten hervorkramte. Sogar Kunze und Berger kannten nur diese Version. Aber sollte sie sie auch Tom servieren? Sie mochte ihn und wollte ihn nicht anlügen. Aber sie kannte ihn erst ein paar Tage, sollte sie ihm da gleich ihr Familiendrama auf die Nase binden? Dafür war es eigentlich zu früh.

„Okay, du willst nicht, wie ich sehe", deutete Tom ihren Gesichtsausdruck richtig. „Dann fange ich an. Ich habe als Kind Sherlock Holmes vergöttert und wollte immer so sein wie er." Er lachte. Dieses herzliche, ungezwungene Lachen. Die wenigen Gäste, die sich außer ihnen im Restaurant befanden, guckten zu ihnen herüber, nicht ärgerlich, sondern amüsiert. Tom hatte mit seiner Ausstrahlung bestimmt keine Probleme, das Vertrauen von Menschen zu gewinnen.

„Ich finde das mega. Geheimnissen auf der Spur sein, Rätsel lösen, Verdächtige observieren und Verbrechen aufklären. Immer mittendrin im Geschehen, immer Spannung und Action. Was will man mehr?" Er lehnte sich im Stuhl zurück und verschränkte die Hände hinter dem Kopf.

Nun musste Inga lachen. Echt jetzt? Saß sie dem bergischen Sherlock Holmes gegenüber? „Und warum bist du dann nicht Privatdetektiv geworden?", erkundigte sie sich, immer noch schmunzelnd.

„Nee, heute ist das nichts mehr. Nur irgendwelchen Männern hinterherzuspionieren, von denen die Ehefrauen glauben, sie würden sie betrügen. Nee, danke. Da bin ich bei der Polizei besser aufgehoben."

Sie wussten beide, dass die Polizeiarbeit meist aus Arbeit am Schreibtisch bestand und nur der kleinste Teil so war, wie er in Krimis beschrieben wurde. Aber Tom hatte sich seine kindliche Vorstellung erhalten. Was ihn noch sympathischer machte.

„Jetzt du", forderte er sie auf.

Inga zögerte. Was er natürlich bemerkte.

„Na, Frau Kriminaloberkommissarin hat doch wohl keine Leiche im Keller, oder?"

Inga lachte – schon wieder. Wann hatte sie das letzte Mal so viel gelacht, und das an einem Abend und in einem Gespräch? Unfassbar.

„Es ist keine Leiche", *hoffentlich nicht*, „aber sagen wir mal, es hat etwas mit einem Familiengeheimnis zu tun."

Toms Augen funkelten. Das war ganz nach seinem Geschmack. Lächelnd fuhr sie fort: „Ich könnte dir jetzt meine Nullachtfünfzehn-Antwort präsentieren. Aber das möchte ich irgendwie nicht …"

„Stopp", rief Tom plötzlich und hob die Hand, so als müsse er sie abwehren. „Ich liebe Geheimnisse." Jetzt beugte er sich über den Tisch und flüsterte. „Mein detektivischer Spürsinn ist geweckt. Ich werde schon herausbekommen, was du mir verschweigst." Zufrieden lehnte er sich zurück.

Das werden wir ja sehen, dachte Inga und nickte.

„Auf das Geheimnis", sagte Tom und hielt ihr sein Weißweinglas hin.

„Und auf den Spürsinn" lächelte sie und stieß mit ihrem Bierglas an.

Als wäre dies sein Stichwort gewesen, servierte der Kellner ihr Abendessen. Erst als Inga der Geruch von Speck und Zwiebeln in die Nase stieg, bemerkte sie, wie hungrig sie war. Es schmeckte köstlich.

Was für ein wundervoller Abend, dachte sie. Obwohl sie weder im Kino noch im Theater saßen, sich kein Konzert anschauten, oder eine Oper. Obwohl sie nicht stief staats gekleidet waren, nicht herausgeputzt und gestriegelt, sondern nur ein Abendessen genossen, fühlte sie sich so erholt und kraftvoll, wie lange nicht mehr. Die Frustration über den langsam dahin dümpelnden Fall war wie weggeblasen. Morgen würden sie sich Herrn Grönemann noch mal vorknöpfen. Vielleicht kannte er Frau Berleburg, vielleicht hatte er ein Tatmotiv für diesen zweiten Mord. Mit seiner Frau würde sie auch sprechen, aber allein. Und dann war da noch Herr Kronenbecher, den sie immer noch nicht erreicht hatten. Morgen Abend waren sie schlauer, da war sie sich ganz sicher.

Sie kratzte die letzten Bratkartoffeln auf ihrem Teller zusammen.

Bevor sie zurück nach Köln fuhr, würde sie Ole eine Nachricht schicken und ihn fragen, wann er morgen nach Hause käme. Sie wollte ihm vorschlagen, gemeinsam zum goldenen M zu fahren. Das wäre was für ihn. Er könnte ihr von seinem Wochenende berichten und sie würde zuhören. Einfach so.

Dreizehntes Kapitel

Dunkelheit. So schwarz wie in einem Fass Altöl. Er riss die Augen weit auf. Doch das nutzte nichts. Kein noch so kleiner Lichtstrahl war zu sehen. Er lag in absoluter Finsternis. Stille, so durchdringend, dass es beinahe in den Ohren schmerzte.

Schmerzen. Überall. Sein ganzer Körper schien ein einziger Schmerz zu sein. Angestrengt konzentrierte er sich auf sich selbst. Durchforstete seinen Körper. Die Knie und Ellbogen brannten, als wären sie aufgeschrammt. Die Lippen fühlten sich rissig an, waren womöglich aufgeplatzt, besonders in den Mundwinkeln. Was kein Wunder war. Denn ein Knebel hielt seinen Mund weit geöffnet. Er wollte schreien, um Hilfe rufen, doch nur ein Gurgeln entstieg seiner Kehle. Die Zunge rutschte in den Rachenraum, was einen Brechreiz hervorrief. Jetzt bloß nicht kotzen!

Möglichst ruhig blieb er liegen, wie zu Anfang, als er erwacht war. Mit dem Unterschied, dass sich sein Atem beschleunigte, sich sein Brustkorb hob und senkte. Mit jedem Atemzug schoss eine Schmerzwelle über seinen Rücken, in die Schultern, bis in die Arme. Sein Rücken bog sich weit ins Hohlkreuz, weil er auf seinen Armen lag. Vorsichtig versuchte er, sie unter sich hervorziehen, damit das Stechen im Kreuz und in den Schultern aufhörte. Es gelang ihm nicht. Dafür schnitt etwas in seine Handgelenke. Er stöhnte vor neuerlichem Schmerz auf.

Verdammt. Vermutlich hielt ein Seil oder Kabelbinder die Handgelenke zusammen. Die Schmerzen in seinem

Rücken waren so stark, dass er befürchtete, er würde jeden Moment durchbrechen, wenn er sich nicht wenigstens auf die Seite rollte. Schnaufend durchströmte sein Atem die Nase, während ihm bewusst wurde, in welcher Situation er sich befand. Gefesselt und geknebelt in einem tiefschwarzen Loch. Warum nur? Und wie kam er hierher? Blöde Fragen und unnötig dazu. Die einzig wichtige Frage in diesem Moment lautete: Wie kam er hier wieder raus?

Sein Puls raste, wummerte laut in den Ohren, die Stille übertönend. Er musste hier weg! Das war das Einzige, das zählte. Weg von hier. Und das am besten schnell. Er nahm all seine Kraft zusammen, schaukelte hin und her, bis es ihm gelang, sich auf die Seite zu rollen. Dabei landete er unsanft auf dem Gesicht. Der Knebel schob sich tiefer in seinen Rachen. Er würgte erneut. Das von Panik getriebene Atmen erschöpfte ihn zusehends.

Ruhig Blut, sagte er zu sich selbst. *Du schnappst noch über oder erstickst, wenn du dich jetzt nicht beruhigst, verdammt!* Er konzentrierte sich auf seine Atmung, fühlte, wie die Luft durch seine Nase ein- und ausströmte. Nach einer gefühlten Ewigkeit beruhigte sich sein Puls.

Es musste einen Ausgang geben. Schließlich musste er irgendwie hier hereingekommen sein. Mühsam zog er die Knie an, verfluchte dabei seinen Arzt, der ihm seit Jahren in den Ohren lag, er solle mehr Sport treiben. Jetzt hätte er mehr Gelenkigkeit gut gebrauchen können.

Er drückte sich mit der Schulter ab, nahm das Gesicht zu Hilfe, das über den rauen Boden schrammte.

Mühsam rollte er sich auf die Knie. Wäre er doch bloß zwanzig Jahre jünger. Die Anstrengung ließ ihm den Schweiß auf die Stirn treten. Verdammt. Er musste hier raus.

Er startete einen neuen Versuch, nahm alle Kraft zusammen und hob ruckartig den Oberkörper. Er schwankte ein wenig hin und her, bis er endlich in aufrechter Haltung kniete, was seine Gelenke protestierend zur Kenntnis nahmen. Einige Minuten verharrte er, bis er wieder zu Atem gekommen war. Dann setzte er sich seitlich auf den Hosenboden und zog die Beine nach vorn. So war es besser. Jetzt konnte er darüber nachdenken, wie er aus dieser misslichen Situation herauskam.

Obwohl er ohnehin nichts sehen konnte, schloss er die Augen. Um entkommen zu können, musste er wissen, wo er sich befand, musste sich Orientierung verschaffen. Riechen! Ganz bewusst versuchte er, sämtliche Gerüche seines Gefängnisses wahrzunehmen. Es roch nach Moder, Lehm und Schimmelpilz. Und ein wenig nach Gestein. Hier roch es so, wie im Gewölbekeller auf dem Hof seiner Oma.

Verdammt. Hätte er doch den Boden betasten können. Eben, als er noch auf dem Rücken gelegen hatte, hätte er mit den Fingern darüberstreichen können, aber da war ihm ja nichts Besseres eingefallen, als sich aufzusetzen. Langsam, damit die Fesseln nicht noch tiefer in seine Haut schnitten, hob er eine Schulter und wischte sich über die Wange, die beim Umdrehen über den Boden geschrammt war. Kleine Steinchen, nicht größer als Krümel, schabten über seine Haut. Durchaus möglich, dass es sich hier um einen festgestampften Lehmboden handelte, wie er normal für alte Keller war. Dann musste es eine Tür geben. Er verdrängte den Gedanken daran, was geschehen würde, wenn sein Kidnapper zurückkäme, bevor ihm die Flucht gelungen war. Schließlich schaute er sonntagabends immer Tatort. Niemand, der ihm wohlgesonnen war, würde ihn gefesselt und geknebelt in dieses Verlies sperren, so viel war klar.

Aber er wollte nicht gefangen sein. Er war in seinem ganzen Leben nie von jemandem abhängig gewesen, geschweige denn, jemandem ausgeliefert. Er würde sich aus dieser Lage befreien. Es gab immer eine Möglichkeit. Mit neuer Motivation setzte er die Füße auf, zog sich nach vorn, wobei er mit den gefesselten Händen hinter seinem Rücken nachhalf. Die Fessel drückte in seine Haut. Den Schmerz ignorierend, machte er weiter. Immer ein Stück weiter. Seine Hose war von der Feuchtigkeit auf dem Boden schon nass. Endlich stießen seine Füße gegen eine Wand. Zumindest hoffte er, dass es eine Wand war. Noch besser wäre eine Tür. Er wollte sich gerade vorbeugen, um mit dem Gesicht die Wand zu erfühlen, da hörte er ein Poltern.

Nach der langen Stille dröhnte es ihm in den Ohren. Da war es wieder. Kurz, stark, wie ein Schlag – oder ein schwerer Schritt. Obwohl er nichts sehen konnte, blickte er sich panisch um. Was sollte er tun? Wieder dieses Geräusch. *Verdammt*! Jemand kam näher. Kam eine Treppe herunter. Es waren polternde Geräusche, die klangen wie von schweren Arbeitsstiefeln bewehrten Füßen.

Da, schon wieder. Schweiß drang aus seinen Poren. Diesmal nicht von der Anstrengung, sondern vor Angst, Todesangst. Hastig sah er sich um. Vielleicht konnte er einen Lichtschein durch die Spalten einer Tür sehen. Doch es war und blieb stockdunkel. Sein Herz pochte so schnell, dass er befürchtete, es würde diese Geschwindigkeit nicht mehr lange durchhalten und er an einem Herzinfarkt krepieren. Er hielt die Luft an. Nicht um seinen Puls zu beruhigen, sondern um zu lauschen.

Kein Laut war zu hören. Kein Poltern. Die Schritte waren verstummt.

Als seine Lungen nach Luft gierten, und er mit einem Zischen den Sauerstoff tief einzog, kam ihm das so laut vor, als wäre ein Kompressor angeschaltet worden.

Dann krachte plötzlich etwas neben ihm gegen die Wand. Er spürte den Luftzug auf der Haut, nur um wenige Zentimeter hatte der Gegenstand ihn verfehlt. Er schrie auf, außer sich vor Schrecken und Angst. Er schrie, als würde das irgendetwas bringen. Der Knebel dämpfte seine Schreie. Trotzdem machte er weiter, bis nur noch ein heiseres Röcheln seinen Stimmbändern entstieg. Schweißgebadet und schwer atmend hielt er inne, wobei die Panik erneut wie eine Woge über ihm zusammenschlug.

Die Schritte setzten sich in Bewegung. Langsam, auf dem Boden leiser als zuvor. Er riss die Augen auf. Aber nicht der kleinste Lichtschein war zu sehen. Die Person mit den schweren Schuhen bewegte sich zielsicher auf ihn zu. Derjenige musste etwas sehen. Ein Gedanke schoss ihm durch den Kopf. War es Gevatter Tod, der ihn holen wollte? Hatte er vielleicht tatsächlich einen Herzinfarkt?

Im nächsten Moment gefror ihm das Blut in den Adern. Und er wusste, es war nicht der Tod, und er wusste, er würde nicht an einem Herzinfarkt sterben, und er wusste, dass die Tortur hier unten erst der Anfang war.

Ein Schaben, ein Schleifen durchbrach die Stille. Mit ruhigen, langen, gleichmäßigen Bewegungen wurde Stahl über Stahl gezogen. Er kannte das Geräusch, hatte es schon tausende Male gehört und wusste sofort, wie es entstand. Dort, in unmittelbarer Nähe wurde ein Messer geschärft.

Vierzehntes Kapitel

Inga saß kerzengerade im Bett. Die Ziffern ihres Radioweckers schrien ihr förmlich ein 6:10 Uhr entgegen. *Wer zum Teufel rief um diese Uhrzeit bei ihr an?*

Sie sprang aus dem Bett. Ob es das Präsidium war? Eher unwahrscheinlich, die riefen auf dem Handy an und nicht auf dem Festnetz. Hoffentlich war nichts mit Ole. Sie hastete schneller durch den Flur und erreichte die Ladestation ihres Telefons.

„Laudenbach", blaffte sie in den Telefonhörer, als könne sie damit jedwede schlechte Nachricht vertreiben.

„Na, Sie sind ja schon fit", wunderte sich eine Frauenstimme am anderen Ende der Leitung.

Inga verdrehte die Augen. „Frau Berger. Was gibt's, und warum rufen Sie auf dem Festnetz an?"

„Ich dachte, Sie haben Ihr Handy bestimmt am Bett liegen. Ein-aus-dem-Bett-Klingeln schien mir erfolgversprechender, wenn ich Sie auf die altmodische Weise kontaktiere."

„Das ist Ihnen gelungen", maulte Inga. „Das war nötig, weil …?", fügte sie an, wobei sie das Wort *weil* in die Länge zog.

„Weil hier die Hölle los ist. Sie haben wohl noch nicht die Zeitung gelesen? Passen Sie auf." Es raschelte im Hörer. „*Der Metzger mordet erneut. Die Polizei tappt im Dunkeln*, titelt die Bergische Landeszeitung. Die Bild schreibt: *Der Metzger: Serienkiller tötet Lehrerin. Ist das Bergische noch sicher*? Ich muss gleich zur Pressekonferenz. Haben Sie neue Erkenntnisse?"

„Nein, wir wollen die Verdächtigen des ersten Mordes heute überprüfen. Zum zweiten gibt es noch keine heiße Spur. Wir warten auf die Analysen der KT." Das hasste sie an ihrem Job. Sie rissen sich den Arsch auf, aßen kaum und schliefen zu wenig, arbeiteten am Limit ihrer Kräfte, um den Täter endlich zu fassen, und dann kamen Presse und Öffentlichkeit und machten zusätzlich Druck. Die ermittelnden Beamten taten alles Menschenmögliche, und trotzdem ging es nie schnell genug. Als wäre ihnen nicht selbst daran gelegen, einen Mörder dingfest zu machen. Insbesondere, wenn es sich um einen Serientäter handeln sollte.

„Okay, ich werde Ihnen die Presse vom Hals halten", versprach Berger, als hätte sie Ingas Gedanken gelesen. „Und Sie liefern mir dafür Ergebnisse. Kunze habe ich schon informiert. Sie treffen sich in Eulensiefen. Es ist Sonntag. Sie dürften also alle antreffen, die Sie zu sprechen wünschen. Und jetzt hopphopp!" Sie legte auf. Ohne Gruß. Na, guten Morgen.

Die Autobahn war herrlich leer an diesem überaus frühen Sonntagmorgen, so dass Inga um acht Uhr auf dem Hof von Norbert Wetzlar ankam. Sie stieg aus und ging zu Kunzes BMW, der bereits auf dem Schotter vor dem Haus parkte. Ein Hahnenschrei erklang aus der Scheune, gefolgt von aufgeregtem Gegacker. Das Federvieh wollte auf den Hof, vermutete sie. Und fragte sich, warum sie überhaupt im Stall waren. Gingen Hühner abends selbstständig hinein? Wenn nicht, wer kümmerte sich um das Federvieh seit dem Tod von Herrn Wetzlar?

Nebensächlich, schob sie den Gedanken beiseite.

Der Morgen war neblig und kühl. Die Sonne hielt sich hinter einer dicken Wolkendecke versteckt. Inga zog ihre Jeansjacke enger um sich, öffnete die Autotür. Der Geruch nach Kaffee stieg ihr in die Nase, als sie sich auf den Beifahrersitz setzte.

„Morgen", brummte Kunze. Er biss von einem mit Käse und Schinken belegten Butterbrot ab, kaute, bevor er den Bissen mit einem Schluck Kaffee hinunterspülte.

„Dann mal guten", wünschte Inga.

„Keine Zeit", schmatzte Kunze zwischen zwei Bissen.

Inga verstand nur zu gut. Ihr Frühstück war ein Kaffee to go während der Fahrt über die Autobahn gewesen. Darüber sollten die Zeitungsfritzen mal berichten.

„Wir sollten bei diesem Kronenbecher beginnen", schlug sie vor. „Er scheint mir am schwierigsten erreichbar zu sein. Anschließend statten wir den Grönemanns einen Besuch ab."

Die Tasse, aus der Kunze gerade trank, ließ sein zustimmendes „Hm" blechern klingen. „Ich bin fertig. Dann los." Er verschraubte die Thermoskanne und verstaute sie gemeinsam mit der Brotdose im Handschuhfach.

Bis zum Anwesen von Kronenbecher waren es kaum hundert Meter. Gemeinsam stiegen sie aus. Bis auf das morgendliche Gezänk der Vögel in den Rhododendren und der Kirschlorbeerhecke war kein Laut zu hören. Im Haus brannte kein Licht.

Hoffentlich ist er da, dachte Inga und trat vor das Eisentor. Die Kamera surrte und fokussierte die beiden

Besucher. Inga klingelte. Sie warteten. Doch niemand öffnete oder meldete sich über die Gegensprechanlage. Auch drei weitere Klingelversuche blieben erfolglos.

So ein Mist. Dieser Fall war wie Kaugummi. Sie traten auf der Stelle.

„Haben wir die Handynummer oder eine Telefonnummer von Herrn Kronenbecher?", fragte Kunze.

„Ich nicht. Aber ich werde Jens anrufen. Der kann sie uns bestimmt besorgen." Inga zückte ihr Handy aus der Jackentasche und ging zum Wagen zurück.

„Ja, hi, Jens, hier ist Inga, ich wollte fragen …" Weiter kam sie nicht.

„Inga, leg auf. Sieh dir das mal an", rief Kunze hinter ihr.

Was sollte das denn jetzt? „Jens? Ich melde mich gleich noch mal", sagte sie genervt und neugierig zugleich. Als sie sich umdrehte, stand Kunze neben einer grauen Mülltonne.

„Wenn er die Tonne rausgestellt hat, obwohl sie frühestens morgen abgeholt wird, bedeutet das, er ist nicht zu Hause", schlussfolgerte sie.

Kunze nickte. „Aber da ist noch etwas. Komm, sieh es dir an."

Als Inga nähertrat, hob Kunze den Deckel der Mülltonne an und deutete mit dem Kopf hinein. Mit einem Blick in den Müll wurde Inga klar, was Kunze entdeckt hatte und auch, welche Bedeutung der Fund haben könnte. Die Tonne war nur zur Hälfte gefüllt. Ein Gestank nach faulen Essensresten und Schimmel schlug ihr entgegen, als sie sich vorbeugte, darauf achtend, nichts zu berühren. Unter einer weißen Plastiktüte, wie sie Imbissbuden gern verwendeten, lag ein hellblaues Oberhemd, auf dem große, braunrote Flecken prangten.

Inga sah Kunze an.

„Ich habe mehr aus Reflex in die Mülltonne geschaut. Und siehe da, ein mögliches Beweisstück."

Inga nickte. Manchmal musste man auch Glück haben. „Ich rufe die Kriminaltechnik an. Sie sollen das untersuchen. Außerdem müssen wir Kronenbecher dringend aufspüren. Vielleicht lässt Berger ihn zur Fahndung ausrufen. Wo doch alles so eilt."

Kunze schloss den Mülleimer, und Inga telefonierte mit Köln. Endlich hatten sie etwas in der Hand.

Während sie auf die Kollegen der KT warteten, postierte Kunze sein Auto direkt vor der Mülltonne. Sie wollten das Beweisstück keinen Moment aus den Augen lassen. Das gehörte eben auch zur Polizeiarbeit: Müll bewachen.

Kunze machte eines seiner Tagschläfchen. Inga beschloss, sich die Umgebung genauer anzuschauen. Sie ging durch den Wald, der an Kronenbechers Haus grenzte. Stöcke knackten unter ihren Schuhen. Das Laub des letzten Herbsts raschelte leise. Schön war es hier und ruhig. Der Nebel hatte sich gelichtet, und die Wolkendecke lockerte auf, so dass der ein oder andere Sonnenstrahl das Unterholz erhellte. Sie gelangte auf die Rückseite des Anwesens, wobei sie feststellte, dass eine dichte, große Hecke ihr die Sicht auf das Gebäude versperrte. Sie ging weiter. Ein Eichhörnchen huschte einen Baum hinauf. Hier sagten sich tatsächlich Fuchs und Hase gute Nacht. Ideale Bedingungen für einen Mord. Wollte man hier einen Zeugen auftreiben, musste man unglaubliches Glück haben. Oder der Täter unglaubliches Pech.

Enttäuscht stellte sie fest, dass auch die rechte Seite des Grundstücks nicht einzusehen war. Sie wollte zur Straße zurückgehen, da funkelte plötzlich ein Lichtpunkt auf den Blättern einer Lorbeerpflanze. Er war klein. Als würde ein Sonnenstrahl von einer Scherbe zurückgeworfen. Inga sah sich um. Der Wald hinter dem Haus lichtete sich in etwa 50 Metern.

Sie lief darauf zu. Nach wenigen Minuten erreichte sie die Überreste eines Jägerzauns. Die Latten lagen vermodert auf dem Boden, überwuchert von Gestrüpp und Farn. Die Nägel stachen aus dem morschen Holz hervor, kaum noch in der Lage, den Zaun zusammenzuhalten.

Inga stieg darüber hinweg. Ein solcher Zaun diente normalerweise nicht dazu, eine Wiese oder ein Waldstück abzutrennen. Einen Jägerzaun baute man, wenn man ein Grundstück einfassen wollte. Demnach musste sich hier irgendwo ein Gebäude befinden. Und sie hatte auch eine Ahnung, wo.

Ihr Handy klingelte.

„Ja?"

„Die KT ist hier", vermeldete Kunze. „Wir können zu den Grönemanns fahren."

Mist. „Okay, ich bin gleich da."

„Wo hast du gesteckt?", fragte ihr Kollege wenig erfreut, als sie mit ihren Schuhen, an denen ein Teil des

Waldbodens klebte, in sein Auto einsteigen wollte.

„Ich hab mich nur umgesehen", wich Inga aus und nahm genervt eine vom Frühstück übriggebliebene Serviette entgegen, die Kunze ihr reichte.

Echt jetzt? Mit einem eher für Kunze typischen „Hmpf", beugte sie sich herunter und reinigte ihre Schuhe.

„So ist's besser", lobte er, als sie endlich auf dem Beifahrersitz Platz nehmen durfte. „Dann auf zu den Grönemanns, obwohl ich hoffe, dass das nur noch reine Formsache ist. Die Männer der KT sind auch davon überzeugt, dass die Flecken auf dem Hemd Blutflecken sind. Und es ist ganz schön viel Blut darauf. Die ganze vordere Seite ist voll davon. Ich würde sagen, wir sitzen dem Täter im Nacken." Zufrieden ließ er den Motor an und fuhr los.

Fünfzehntes Kapitel

Achim betrat in voller Wanderausrüstung pünktlich um neun Uhr das Hotelrestaurant, das auch als Frühstückssaal diente. Herr und Frau Falk saßen an einem Tisch direkt am großen Panoramafenster. Der Wald und das Tal der Dhünn lagen zu ihren Füßen. Nebelfelder waberten über den Fluss. Am frühen Morgen hatte es geregnet, doch jetzt verzogen sich die Wolken allmählich, und die Sonne wärmte die Luft mit ihren Strahlen.

„Guten Morgen", trompetete Herr Falk ihm gut gelaunt entgegen. „Na, ausgeschlafen? Als ich in Ihrem Alter war, musste ich nicht schon um zehn ins Bett."

Na, prima, jetzt wusste der ganze Saal Bescheid, dachte Achim und sah Frau Falk an, die ein unschuldiges Lächeln aufgesetzt hatte.

Alles für den Job, du machst das alles für den Job, ging es Achim, einem Mantra ähnlich, durch den Kopf.

„Dort drüben ist das Buffet." Frau Falk deutete an die rückwärtige Wand. „Nehmen Sie sich reichlich, der Tag wird anstrengend."

Von wegen, der Tag wird anstrengend. Wenn Achim das Okay von Falk hatte, würde er sofort nach Hause fahren und alles Weitere vorbereiten. Er schmunzelte bei dem Gedanken, während er das Speisenangebot des Frühstücksbuffets betrachtete. Eigentlich gab es alles, was das Herz begehrte: Dreierlei Brötchen- und vier verschiedene Brotsorten, Croissants, Aufschnitt und Käse in unzähligen Variationen, dazu Marmeladen und Nussnugatcreme, Miniwürstchen und Lachs.

Für die figurbewussten Gäste standen Quark, Joghurts, Frühstücksflocken, Müslis und Obst bereit. Achim war kein Frühstücksfan. Zu Hause reichte ihm eine große Tasse Kaffee und später ein Brötchen, aber erst ab zehn Uhr. Als ihm der Geruch der Rühreier in die Nase stieg, wurde ihm fast schlecht. Hastig entschied er sich für ein Croissant und Marmelade.

„Morgens wie ein Kaiser", empfing ihn Herr Falk, als Achim zum Tisch zurückkehrte. „Das, was Sie da mitbringen, wäre ja selbst einem Bettelmann zu wenig." Er lachte und schob sich ein Stück kross gebratenen Bacon in den Mund.

Achim hatte sich kaum Herrn Falk gegenüber an den Tisch gesetzt, da erschien ein Kellner und goss ihm Kaffee in die bereitstehende Tasse. Als er wieder gegangen war, legte sich Achim in Gedanken die Worte zurecht. Er wollte Herrn Falk auf die Arbeit ansprechen, nicht zu aufdringlich, aber es sollte sich schon so anhören, als wäre es ihm wichtig.

Herr Falk schaufelte mit dem Teelöffel Eigelb aus der Eierschale und bestreute es mit reichlich Salz. „Wie geht es Ihrem Projekt?", fragte Achim.

Auf die Reaktion von Falk war Achim nicht gefasst gewesen. Er wollte etwas erwidern, verschluckte sich jedoch an dem Ei, was einen Hustenanfall hervorrief. Eiernebel verteilte sich über den Tisch. Mit der Faust schlug sich Falk mehrmals vor die Brust. Sein Kopf lief rot an. Frau Falk klopfte ihm wie wild auf dem Rücken herum.

Ach, du Scheiße. Verreckte der jetzt hier? Musste Achim den Heimlich-Handgriff an seinem Kunden anwenden?

Doch der Husten legte sich, und Falk spülte die noch in seinem Mund befindlichen Reste des Eis mit einem Glas Orangensaft hinunter.

„Jetzt hätten Sie mich beinahe umgebracht mit Ihrer Äußerung." Er rieb sich die Tränen, neben dem hochroten Kopf ein Überbleibsel des Hustenkrampfes, aus den Augen. „Mein guter Herr Kronenbecher, es gibt zwei Regeln in meinem Leben, an die halte ich mich strikt und das schon seit über fünfzig Jahren. Die eine lautet: Kein Bier vor vier. Die andere heißt: Die Geschäfte warten bis nach dem Frühstück. Sie sollten das auch beherzigen. Ich bin mir sicher, wenn sich alle daran halten würden, gäbe es diesen Burn-out nicht. Wir haben den ganzen Tag Zeit. Sie wollten doch auch pilgern, oder nicht?"

„Wandern", korrigierte Achim tonlos, während sich seine Gedanken überschlugen. Sein Plan sah vor, spätestens beim Frühstück Falks Zusage in der Tasche zu haben.

„Dann wandern Sie, wir pilgern. Auf dem Weg haben wir genügend Zeit, uns ausführlich zu unterhalten." Falk widmete sich wieder seinem Frühstück.

„Das freut mich", sagte Achim, den so langsam das Gefühl beschlich, dieses Unternehmen würde schwieriger werden, als gedacht. Er erinnerte sich an das kleine Fläschchen in seinem Rucksack. Einige Tropfen in den Kaffee ... Wollte er das wirklich? Sich die Unterschrift mit solchen Mitteln erschleichen? Und wenn er es zu hoch dosierte? Herr Falk war nicht mehr der Jüngste ... Und hatte er selbst nicht schon genug verbrochen?

Resigniert blickte Achim auf seinen Teller, auf dem das mit Eistückchen gesprenkelte Croissant lag.

Sechzehntes Kapitel

Eigentlich war es Quatsch, in diesem kleinen Örtchen mit dem Auto von einem Haus zum anderen zu fahren. Man hätte alles in wenigen Minuten genauso gut zu Fuß erreichen können. Jetzt hielt Kunze bereits vor dem Haus der Grönemanns. Inga hatte keine Lust auf ein Gespräch mit dem griesgrämigen Miesepeter. Aber es ließ sich nun mal nicht vermeiden.

Sie klingelte. Lore Grönemann öffnete nur wenige Sekunden später.

„Oh, guten Morgen. Sie sind aber früh dran."

„Guten Morgen, Frau Grönemann. Wir hätten noch einige Fragen an Sie", sagte Kunze.

„Aber gern. Kommen Sie doch rein. Ich habe gerade Kaffee aufgesetzt, möchten Sie eine Tasse?"

„Gern, danke." Kunze nickte. War das etwa ein Lächeln in seinem rechten Mundwinkel? Ein fast gelöster Mordfall und eine Tasse Kaffee brachten das zustande. Das musste Inga sich merken.

Nachdem sie sich im Esszimmer um den Tisch versammelt hatten, jeder vor sich eine Tasse mit dem dampfenden braunen Getränk, erkundigte sich Kunze: „Frau Grönemann, ist Ihr Mann auch da?"

„Nein, er ist heute in der Früh zum Teich gefahren, wie jeden Sonntag." Sie las die stumme Frage in Kunzes Gesicht und fügte hinzu: „Wir haben am Lambach einen Teich gepachtet. Es ist ein schönes Fleckchen Erde." Sie lächelte verträumt. „Ich hab einen großen Garten angelegt, und Franz kümmert sich um die Pflege des Teichs und um die Forellen. Er angelt sehr gern."

„Können Sie uns die Adresse geben? Wir möchten auch mit ihm noch mal sprechen." Lore tat Kunze den Gefallen, und er notierte sich die Information auf einem Zettel.

„Frau Grönemann", begann Inga, „wir haben das Haus von Herrn Wetzlar erneut durchsucht. Dabei haben wir ein Geheimversteck entdeckt. Unter anderem fanden wir darin einen Stapel Liebesbriefe." Inga hielt inne und beobachtete Frau Grönemann, deren Wangen von einem zarten Rot überzogen wurden.

„Natürlich stellen wir uns die Frage …"

Lore Grönemann winkte ab. „Solange mein Mann nichts davon erfährt."

Oha, was kommt denn jetzt?, dachte Inga und sagte: „Wenn es sich nicht um ein Verbrechen handelt, können wir alles was Sie sagen, vertraulich behandeln."

„Gut." Frau Grönemann legte beide Hände um ihre Kaffeetasse, als könne sie ihr Halt bieten. Dann atmete sie einmal tief ein und berichtete: „Wir waren noch jung. Franz, Norbert Wetzlar, Nele Beck und ich, wir waren die besten Freunde Wir sind zusammen aufgewachsen, fast wie Geschwister. Neles Eltern kamen bei einem Bahnunglück ums Leben. Kurze Zeit später lernte sie einen Soldaten kennen, der hier stationiert war. Sie ging mit ihm ins Ausland. Ich habe sie seitdem nicht mehr gesehen." Ein wehmütiger Blick legte sich auf Lores Züge. „Wir wurden älter, und Franz verliebte sich in mich. Ich fühlte mich geschmeichelt, empfand aber nicht dasselbe für ihn. Ich interessierte mich mehr für den ruhigeren und besonnenen Norbert. Es war auf dem Schützenfest. Damals wurde das noch groß gefeiert. Und das haben wir auch getan. Ich glaube, wenn wir nicht so betrunken gewesen wären, hätte sich Norbert nie getraut." Sie holte ein Stofftaschentuch aus der Schürze hervor und drehte es versonnen in den Händen. „Jedenfalls brachte er mich nach Hause. Und da ist es dann passiert." Ihr Blick wanderte in weite Ferne, als könne sie von ihrem Platz am Esszimmertisch bis in die Vergangenheit schauen. Sie lächelte. „Seit dieser Nacht waren wir ein Paar. Aus der folgenden Zeit stammen auch die Briefe, die Sie gefunden haben." Sie trank einen Schluck Kaffee. „Aber wie es der Teufel will, folgte auf die schöne Zeit eine, in der wir uns auseinanderlebten. Nein, das ist so nicht richtig." Sie dachte nach, suchte nach den richtigen Worten. „Sie kennen das vielleicht, nach der Zeit der Verliebtheit, die Zeit mit der rosaroten Brille, meine ich, folgt in einer Beziehung eine Zeit, in der man sich zusammenraufen muss. Den anderen besser kennenlernt. Und man dann entscheidet, ob man zusammenbleiben möchte oder nicht. Verstehen Sie, was ich meine?"

Inga nickte, Kunze hmpfte.

„Norbert war ein Pedant, in allem, was er tat. Die Rasenkanten schnitt er mit einer Schere, die Kleidung musste so gefaltet werden, wie er das bei der Armee gelernt hatte. Seinen Kleiderschrank hätten Sie mal sehen müssen."

Inga nickte. Sie hatte ihn gesehen.

„Die Vorbereitungen zum Kochen, wie Gemüsewaschen und Fleischzerteilen durften nur in der Waschküche gemacht werden. Nur das reine Kochen fand in der Küche statt, und das auch nur, wenn jeder Fettspritzer direkt aufgewischt wurde. Das war mir zu viel."

In der anschließenden Pause, fragte sich Inga, ob Frau Grönemann heute, circa vierzig Jahre später, anders entscheiden würde. Unweigerlich schweiften ihre Gedanken zu sich selbst. Was war mit ihr? Sie war geschieden und lebte mit ihrem Sohn in einer kleinen Wohnung. Bereute sie die Entscheidung? Nein, sich scheiden zu lassen, war das Beste, was sie hatte tun können, sonst wäre sie kaputtgegangen. Und der Bruch mit ihrer Familie, war der richtig gewesen? Oder hatte sie überreagiert? Wäre eine Aussöhnung vielleicht …

Inga trank den Rest des inzwischen kalt gewordenen Kaffees und schluckte mit ihm ihre Grübeleien hinunter. *Konzentrier dich auf hier und jetzt.* Sie stellte die Tasse ab und hörte Frau Grönemann aufmerksam zu.

„Wie dem auch sei. Die Verlobungsfeier stand an, und ich verließ Norbert. Das war damals ein regelrechter Skandal." Sie lächelte entschuldigend. „Norbert ist nie darüber hinweggekommen. Er hat nie geheiratet."

„Und Sie haben anschließend Franz Grönemann geheiratet." Kunzes Satz klang sachlich. Doch hörte man zwischen den Zeilen Unverständnis hindurch.

Dementsprechend reagierte Frau Grönemann: „Sie müssen das verstehen, Franz war nicht immer so. Früher war er charmant und fürsorglich und hilfsbereit, und wir haben viel gelacht."

Echt jetzt? Das konnte sich Inga beim besten Willen nicht vorstellen.

Frau Grönemann seufzte tief, das Taschentuch wanderte schneller durch die Finger: „Es ist meine Schuld, dass er so geworden ist." Sie hob den Blick und sah

Inga in die Augen, Verzweiflung und eine Spur Wut lagen darin. Wut, womöglich auf sich selbst?

Als sie nicht weitersprach, sagte Kunze: „Wir wissen, dass Ihr Mann und Herr Wetzlar sich geprügelt haben. Können Sie uns etwas darüber sagen?"

Frau Grönemann seufzte erneut, dann stand sie auf und fragte: „Wollen Sie noch einen Kaffee?"

Noch bevor Kunze ablehnen konnte, sagte Inga: „Ja gern."

Eigentlich wollte sie keinen Kaffee mehr. Sie hatte nur den Eindruck, dass Frau Grönemann eine Pause brauchte, und die wollte sie ihr geben.

Als die Frau mit den drei Tassen in die Küche ging, verdrehte Kunze die Augen, und tippte auf sein Handgelenk, um Inga unmissverständlich mitzuteilen, was er von der Aktion hielt. Sie ließ sich davon nicht irritieren. Schweigend warteten sie, bis Frau Grönemann ins Zimmer zurückkehrte: „Ich hatte eine … Affäre mit Norbert."

Du liebe Güte, was kam denn heute noch alles aufs Tableau?

„Alte Liebe rostet nicht, nicht wahr?" Zustimmung heischend, ja fast schon verzweifelt sah Lore Grönemann abwechselnd von Inga zu Kunze. Als die nicht reagierten, fuhr sie fort: „Franz hat uns erwischt, wie wir uns in Norberts Scheune küssten. Das war so vor dreißig Jahren. Franz ist regelrecht ausgeflippt, hat sofort auf Norbert eingedroschen. Wir kamen damals alle ins Krankenhaus. Ich hatte versucht, dazwischenzugehen. Franz schubste mich weg, und ich schlug mit dem Kopf auf einen Holzklotz. Ich verlor das Bewusstsein und wachte erst im Krankenhaus wieder auf. Franz und Norbert lagen ein paar Zimmer weiter. In getrennten Zimmern, natürlich."

Kunze sah Inga an. Womöglich dachte er das Gleiche wie sie. Es wäre ein Mordmotiv. Warum aber sollte Franz Norbert dreißig Jahre später umbringen? Weshalb hatte er so lange gewartet?

„Das war vor dreißig Jahren?", hakte Kunze nach, „Wir haben einen Vorfall in den Akten, der erst vier Jahre zurückliegt."

„Ach, das meinen Sie." Lore winkte ab. „Norbert und Franz hatten sich an dem Tag unterhalten. Es ging, glaube ich, um die Aufzucht von Küken. Darüber sind sie dann in Streit geraten. Sie warfen sich wilde Beschimpfungen an den Kopf. Als Franz gebrüllt hat, Norbert wäre ein Halsabschneider und Norbert erwiderte, Franz wäre ein Brandstifter, ist die Sache eskaliert." Verlegen blickte sie auf das Taschentuch in ihrer Hand.

„Warum Brandstifter?", erkundigte sich Kunze.

Lore Grönemann zuckte die Schultern. „Was weiß ich."

„Seit der Affäre vor dreißig Jahren hatten Sie keinen näheren Kontakt zu Herrn Wetzlar?", erkundigte sich Kunze mit für seine Verhältnisse vorsichtigen Worten.

„Um Gottes willen, nein!", rief Frau Grönemann, „Ich hab meine Lektion gelernt. Und meine Schuld verbüßt. Von dem Tag vor dreißig Jahren an, war Franz nicht mehr derselbe."

Dreißig Jahre ließ sie sich von ihm terrorisieren, wegen einer Affäre? Unglaublich, was diese Frau aushielt.

Warum ließ sie sich nicht einfach scheiden? Weil sie sich die Schuld gab und glaubte, sie müsse Abbitte leisten? Inga bezweifelte, dass nicht auch zuvor schon ein Tyrann in Grönemanns Brust gewohnt hatte, den er hatte verbergen oder im Zaum halten können. Vielleicht hatte Frau Grönemann die von ihr erwähnte rosarote Brille aufgehabt oder es nicht wahrhaben wollen, weil sie nicht ein zweites Mal die Ursache für einen Skandal sein wollte, wer wusste das schon, nach so langer Zeit … Für eine grundlegende Wesensänderung bedurfte es mehr, als ein Fremdknutschen der Ehefrau, vermutete Inga.

„Frau Grönemann, wir haben noch eine Frage, dann gehen wir, und Sie können Ihren Sonntag genießen", sagte Kunze, wobei Inga nicht glaubte, dass die Frau bei den ganzen aufgewühlten Emotionen einen guten Sonntag haben würde.

„Nur zu." Lore Grönemann wirkte erschöpft.

„Wissen Sie, wo Ihr Mann am Montag, den 13. Mai, zwischen zwölf Uhr und fünfzehn Uhr war?"

Kunze hatte die Frage noch nicht ausgesprochen, da antwortete sie eine Spur zu laut und zu schnell. „Er war hier, bei mir. Wir waren beide zu Hause."

„Sollte sich herausstellen, dass Kronenbecher nicht der Mörder ist, haben wir in Grönemann einen dringend Tatverdächtigen", sagte Kunze, nachdem sie sich von Lore Grönemann verabschiedet hatten.

„Nur warum erst jetzt? Warum wartet er dreißig Jahre, um seinen Kontrahenten umzubringen?", gab Inga zu bedenken.

„Vielleicht ist die gute Frau Grönemann ja doch nicht so treu, wie sie behauptet. Schließlich hat sie bei Wetzlar geputzt. Ist das nicht überhaupt komisch? Warum hat Grönemann das zugelassen? Also mir würde es nicht gefallen, wenn meine Frau für ihren Ex putzen würde."

„Wir werden ihn danach fragen."

„Ich freue mich schon auf das Gespräch mit dem Herrn", sagte Kunze ironisch.

Und Inga hoffte, dass Herr Grönemann während seines Angelaufenthalts am Teich bessere Laune hatte als zu Hause.

Siebzehntes Kapitel

Schicke Gegend, dachte Tom, als er durch den Stadtteil Hexenbusch fuhr. Eine Stadtvilla reihte sich an die andere, oder vielmehr, die akkurat gestutzten Hecken und Mauern der großzügig bemessenen Grundstücke berührten sich.

Tom parkte vor dem Berleburgschen Anwesen und stieg aus. Wie Kunze gestern befohlen hatte, würde er heute die Nachbarn des zweiten Opfers befragen. Er ahnte, dass Kunze ihn nur hierherschickte, um ihn loszuwerden, aber das machte ihm nichts aus. Er sprach gern mit den Leuten, und vielleicht erhielt er ja einen nützlichen Hinweis auf den Täter.

Wohl kaum, widersprach er sich in Gedanken. Die Häuser dieser Gegend standen so weit auseinander, dass man Geräusche oder Schreie kaum hören würde, schon gar nicht aus dem Inneren einer Villa bis in die andere hinein. Möglicherweise aber hatte jemand etwas Ungewöhnliches gesehen, als er vom Einkaufen kam oder auf der Terrasse gesessen hatte.

Er wandte sich nach links, um in dem Schieferhaus mit den weißen Fensterrahmen und den grünen Schlagläden mit seiner Befragung zu beginnen. Er schob gerade das schmiedeeiserne Tor auf, das ihm bis zur Hüfte reichte, da hörte er, wie ein Rasenmäher ansprang. Grundsätzlich war das nichts Ungewöhnliches, schon gar nicht hier, bei den gepflegten englischen Rasen. Siedend heiß fiel ihm ein, dass er seiner Mutter versprochen hatte, sich um ihren Rasen zu kümmern. Wenn der Fall abgeschlossen war, verschob er den Gedanken.

Jetzt war ja auch erst Ende Mai, da war das Gras noch nicht besonders hoch, hoffte er.

Warum jemand an einem Sonntag den Rasenmäher anschmiss, war ihm ein Rätsel, zumal derjenige doch wissen musste, dass das den Tatbestand der Lärmbelästigung erfüllte. Was aber viel verwunderlicher war, der Lärm kam vom Nachbargrundstück. Vom Grundstück der Familie Berleburg.

Tom ging zurück und öffnete das Gartentor. Dabei warf er einen Blick auf die Haustür. Das Siegel, das das Haus als Tatort kennzeichnete und das Betreten untersagte, war nicht gebrochen. Derjenige, der den Rasenmäher bediente, war also nicht durch das Haus gegangen. Er schritt um die Hausecke. Der Lärm wurde lauter. Der Geruch von frisch gemähtem Gras stieg ihm in die Nase. Es roch nach Sonne und Sommer. Im hinteren Teil des Gartens fuhr ein Rasenmähertraktor. Der Fahrer, ein junger Mann in Arbeitshose und T-Shirt, hatte ihn noch nicht bemerkt. Tom ging weiter. Neben einem Brunnen, der aus einem mannshohen Findling bestand, in dessen Oberseite ein Schwert steckte, blieb er stehen.

Der Rasenmäher umrundete einen gedrillten Buchsbaum. Sein Fahrer zuckte erschrocken zusammen, als er Tom erblickte. Misstrauisch fuhr er auf ihn zu.

„Jaaa?", fragte er gedehnt.

„Tom Hartung, Kripo Gummersbach. Herr Wummert, richtig? Wir haben vorgestern miteinander gesprochen. Was tun Sie hier?" Er kannte die Antwort auf seine Frage, noch bevor er sie zu Ende gestellt hatte.

„Ich mähe den Rasen", erwiderte Till Wummert sichtlich konsterniert.

Nur schwer unterdrückte Tom ein Augenrollen. Er sollte an präziseren Frageformulierungen arbeiten. „Das sehe ich. Können Sie mir verraten, warum Sie an einem Sonntagvormittag hier den Rasen mähen?"

Verlegen schaute der Gärtner auf seine Hände. „Wissen Sie ..." Er kaute an dem Nagel seines linken Ringfingers, bevor er weitersprach. „Frau Madam hat mir aufgetragen, den Rasen zu mähen. Und das wollte ich noch tun."

„Ihr Diensteifer in allen Ehren, aber ..."

„Was machen Sie da?", donnerte plötzlich eine Stimme durch den Garten.

Tom wandte sich um. Ein Mann kam auf sie zu. Seine Kleidung war unauffällig, Jeans und ein Hemd, das um die Schultern ein wenig zu weit war. *Dafür, dass das ein Tatort ist, herrscht hier reger Betrieb,* dachte Tom.

„Walter, du hast gesagt, dass ich den Rasen ruhig noch mähen kann. Und jetzt steht die Polizei hier", jammerte Wummert.

Der Angesprochene stöhnte auf. „Das hab ich mir gedacht. Genauso. Walter, hab ich zu mir gesagt, als ich den Telefonhörer aufgelegt hab. Walter, der Junge denkt bestimmt, er kann den Rasen heute mähen."

„Du hast nicht gesagt, nicht heute", quengelte Till Wummert.

Vom Tonfall her könnte hier auch ein Vater mit seinem kleinen Sohn sprechen, der was ausgefressen hat, dachte Tom und griff in das Gespräch ein. „Guten Morgen, erst einmal. Mein Name ist Hartung, Kripo Gummersbach. Können Sie sich ausweisen und mir verraten, was Sie hier wollen?"

„Ich bin Walter Schmitz." Er zückte seinen Ausweis. „Ich war viele Jahre der Gärtner von Frau Berleburg. Jetzt bin ich in Rente, aber ich lerne Till noch ein wenig an." Er verstummte kurz. „Der sich jetzt wohl eine andere Stelle suchen muss."

„Das ist gar nicht so einfach." Wieder dieses quengelige Jammern.

„Schon gut", sagte Walter väterlich, „Räum auf, dann machst du für heute Feierabend. Um den Rest kümmern wir uns morgen."

Mit hängenden Schultern wendete Till den Rasenmähertraktor und fuhr Richtung Gerätehaus.

„Er ist ein guter Junge", sagte Walter Schmitz, „hatte es nicht immer leicht." Er setzte sich auf eine marmorne Bank, die an der Hauswand stand, und ließ seinen Blick über den Garten schweifen. „Ist das hier nicht ein wundervolles Fleckchen Erde? Ich habe alles gehegt und gepflegt. Dort drüben die stattliche Thuja, die hab ich gepflanzt, da war sie noch so klein." Er zeigte mit den Händen einen Abstand von etwa zwanzig Zentimetern. „Den ganzen hinteren Teil, alles was hinter dem Pavillon liegt, habe ich hergerichtet. Herr und Frau Berleburg haben das Grundstück vor zehn Jahren dazugekauft. Und was wird jetzt daraus?" Betrübt schüttelte er den Kopf.

„Haben Sie eine Ahnung, wer das hier erben könnte?", erkundigte sich Tom.

„Kinder hatten sie keine. Frau Berleburg hat immer gesagt, ihre Schüler wären ihre Kinder, das würde reichen. Aber sie hatte eine Schwester und Herr Berleburg auch. Allerdings sind die schon tot. Das gibt bestimmt ein Gerangel unter den Nichten und Neffen der Berleburgs, mit Gerichtsverfahren und dem ganzen Gedöns." Er seufzte. „Zu schade, wirklich zu schade."

„Wissen Sie, ob Frau Berleburg mit jemandem Streit hatte? Hatte sie Feinde?"

„Das ist ja wie im Krimi", rief Walter aus, dann überlegte er einen Moment. „Sagen wir es mal so, ich weiß nichts Genaues. Aber sie war eine Frau, die wusste was sie wollte, und wenn etwas nicht so lief, wie sie sich das vorstellte, fand sie Mittel und Wege, ihren Willen zu bekommen." Er bemerkte Toms verwunderten Blick. „Nicht dass sie über Leichen ging, das wollte ich nicht sagen. Sie war … resolut. Ja, das war sie. Und das gefiel nicht jedem."

„Kennen Sie vielleicht die Namen von Bekannten oder den Verwandten des Ehepaars Berleburg?"

„Nee, so genau weiß ich das nicht. Ich bin ja nur der Gärtner."

Tom fiel auf, dass Walter in der Gegenwart von seinem Beruf sprach. Er hatte sich mit dem Ruhestand wohl noch nicht abgefunden. „Als Gärtner haben Sie aber eine wichtige Position inne, in einem solchen Haushalt", sagte er und sah, dass sein Lob auf offene Ohren traf.

Walter Schmitz schien auf der Bank zu wachsen und lächelte stolz. „Wenn Sie das so sehen …"

Einen Moment schwiegen sie. Till kam aus dem Geräteschuppen, einen Rucksack auf dem Rücken, ein Paar Gummistiefel in der einen Hand, mit der anderen schloss er den Schuppen ab und versteckte den Schlüssel unter einem Stein. Als er auf sie zukam, erhob sich

Walter. „Da fällt mir doch was ein. Wen Sie nach den Berleburgs fragen können ...“

„Ja?“

„Sie sollten sich mit Marie Katwik unterhalten. Sie war hier jahrelang Hausmädchen und Köchin. Die kann Ihnen bestimmt mehr sagen.“

Tom nickte, war aber etwas enttäuscht. Die Kollegen kannten die Köchin bestimmt schon und würden sie auch befragen, wenn sie es nicht schon getan hatten.

„Gut, vielen Dank“, sagte er. „Können Sie mir Ihre Telefonnummer geben? Dann kann ich Sie anrufen, wenn ich noch Fragen habe.“ Er zückte sein Handy und notierte sich die Nummer.

„Da fällt mir ein ...“, meinte Walter Schmitz erneut. „Sie könnten mal mit dem Leiter des Heimatmuseums in Bergneustadt, Herrn Wasserfuhr, sprechen. Er war ein Freund des Hauses. Ich habe ihn öfters hier gesehen.“

„Prima, das werde ich machen.“ Das war immerhin etwas.

Tom verabschiedete sich von Walter Schmitz und ging zu seinem Auto zurück. Sollte er mit der Befragung der Nachbarn weitermachen, so wie Kunze es wollte, oder sollte er diesen Herrn Wasserfuhr aufsuchen? Die Entscheidung hatte er eigentlich schon vor der Frage getroffen. Die Nachbarn konnten warten. Dieser Leiter des Heimatmuseums wusste vielleicht etwas über Freunde und Feinde der Familie Berleburg. Und wenn nicht? Der Sonntag war noch lang. Sollte sich die Spur als Flop herausstellen, konnte er immer noch die Nachbarschaft abklappern.

Achtzehntes Kapitel

Die Sonne hatte auch die letzten Wolken vom Firmament vertrieben. Der Himmel strahlte in einem hellen Blau, das auch an der Côte d'Azur nicht schöner sein konnte. War das Bergische nicht im letzten Jahr wegen des meisten Niederschlags in den Medien erwähnt worden? Inga konnte sich noch daran erinnern, dass sie sich gewundert hatte, weil das Bergische von Köln nicht so weit entfernt lag, und doch regnete es in Köln um einiges weniger. Wie dem auch sei, heute versprach es, ein warmer Frühlingstag zu werden.

Einziger Wermutstropfen war, dass sie seit einer gefühlten Ewigkeit durch Wälder fuhren. Die Blätter der Laubbäume zeichneten zwar bewegliche Schattenmuster auf die Fahrbahn, und die Fichten, die noch nicht vom Borkenkäfer befallen waren, spendeten Schatten, doch Inga hätte jetzt lieber die Sonne auf der Haut gespürt und Kraft getankt für das kommende Gespräch. Kunze und sie waren auf dem Weg zum Teich, den Grönemann gepachtet hatte, und an dem er sich laut seiner Ehefrau jeden Sonntag aufhielt.

Kunze bog nach rechts auf einen Forstweg ein. Sie folgten dem Weg, der zur Linken vom Lambach begleitet wurde. Inga konnte sein fröhliches Plätschern förmlich hören. Nach etwa zweihundert Metern erreichten sie den Waldrand. Eine Wiese lag vor ihnen, die die ganze Talsenke ausfüllte. Der Lambach verschwand unter einer Lebensbaumhecke und ergoss sich in einen Teich.

Sie hatten ihr Ziel erreicht. Kunze parkte auf einem geschotterten Streifen neben der Hecke hinter einem alten, grünen Traktor. Da es hier kein anderes Fahrzeug gab, musste es sich hierbei um den Traktor von Herrn Grönemann handeln.

Sie stiegen aus und gingen zum Gartentor, das unter einem Rosenbogen hindurch auf das Grundstück führte. Kunze hob den Riegel an und betrat die Waschbetonplatten, die schrittweit auseinander auf dem Rasen lagen, am Teich vorbeiführten bis zur Gartenlaube am Ende des Grundstücks. Inga erinnerte sie an die Behausungen in den Schrebergärten in der Vorstadt. Nur dass hier nichts und niemand zu sehen war. Das Grundstück wirkte, als habe ein Riese es inmitten der Natur fallengelassen und vergessen. Vögel zwitscherten, der Bach murmelte. Aus einem alten Wasserfass, das früher einmal zum Tränken von Kühen gedient haben mochte, plätscherte Wasser in den Teich. Ansonsten war es mucksmäuschenstill.

Vielleicht wäre mir das hier auf Dauer ein bisschen zu einsam, befand Inga und sah ihrem Partner an, dass er Ähnliches dachte.

„Wollte Herr Grönemann nicht angeln?", fragte Kunze und ging auf die Hütte zu.

„Eigentlich schon", bestätigte Inga und folgte ihm. „Möglicherweise muss er erst noch Vorbereitungen treffen."

„Oder er liegt im Bett."

Vielleicht saß er auch nur am Küchentisch und genoss die Ruhe. Inga stellte es sich entsetzlich anstrengend vor, mit jemandem zusammenzuleben, dem man nicht mehr vertraute, den man eigentlich nicht mal mehr mochte, so dass tagein, tagaus Unfrieden herrschte. Was für eine schreckliche Vorstellung! Sie störte es ja schon, wenn sie und Ole Meinungsverschiedenheiten hatten. Nicht dass sie jemand wäre, der einer Auseinandersetzung der Harmonie wegen aus dem Weg ginge, aber bevor es zu ständigen Anfeindungen käme, würde sie etwas unternehmen, da war sie sich sicher. Allerdings rumorte ein ungutes Gefühl bei dem Gedanken in ihrer Magengegend. War es nicht längst so weit? Stritt sie nicht ständig mit Ole? Oder er mit ihr? Aber er war ihr Sohn, das war etwas anderes. Ihre Querelen rührten daher, dass er noch nicht so verantwortungsbewusst war wie ein Erwachsener und trotzdem alle Rechte für sich in Anspruch nahm. War es an der Zeit, etwas zu ändern? Heute Abend, beschloss Inga, heute Abend würde sie mit ihm sprechen. Ganz in Ruhe, ohne Zank. Sie würden sich wie Erwachsene unterhalten und herausfinden, wie sie ein harmonisches Zusammenleben hinbekommen könnten. Ja, das war ein Plan. Sobald sich die Möglichkeit ergab, wollte sie ihm schreiben und ihn zum Essen einladen.

„Ich seh mich mal hinter der Hütte um", verkündete Kunze und verschwand hinter einer Thuja, die, das Häuschen weit überragend, an dessen Ecke wuchs, so dass die Sitzecke im Schatten lag.

Inga verscheuchte die Gedanken an Ole, sie musste sich jetzt um ihren Job kümmern. Wenn die Kollegen Kronenbecher fanden und sich herausstellte, dass das Blut auf seinem Hemd vom ermordeten Herrn Wetzlar oder von Frau Berleburg stammte, dann würde sie heute früher Feierabend machen können. Die Überprüfung von Grönemann war dann nur eine Formsache.

Sie ging zur Tür und klopfte an. Keine Reaktion. Sie klopfte erneut. Als sich daraufhin auch nichts rührte, ergriff sie die Türklinke und drücke sie herunter. Zu ihrer eigenen Verblüffung war nicht abgeschlossen.

Kunze erschien hinter ihr. „Nichts außer zwei Wassertonnen, einer Schubkarre und Resten eines Maschendrahtzauns", sagte er.

Inga erwiderte nichts, sah ihn an und öffnete die Tür einen Spalt breit.

Kunze verstand und nickte. Sie würden hineingehen, obwohl es sich, sollte es hart auf hart kommen, um Hausfriedensbruch handelte.

Inga schob die Tür weiter auf: „Herr Grönemann? Kripo Köln, wir haben noch ein paar Fragen an Sie."

Sie erhielt keine Antwort.

Die Hütte bestand aus zwei Räumen, wobei man das Bad, in dem man, drehte man sich um die eigene Achse, bequem die Toilette, das Waschbecken und die Dusche erreichte, kaum als vollwertigen Raum betrachten konnte. Der Wohn- und Schlafraum bestand aus einer kleinen Küchenzeile, einem Esstisch mit zwei Stühlen und einer Porzellanvase, in der zwei verwelkte Krokusse ihr Dasein fristeten, sowie einer Couch, auf der eine Wolldecke und zwei Kissen lagen. Alles in allem wirkte es einfach, aber gemütlich.

„Niemand da", schlussfolgerte Kunze in seiner ausschweifenden Art.

„Eigenartig. Hat er seine Frau belogen? Oder ist er nur eben zur Tankstelle gefahren? Vielleicht brauchte er was zu trinken."

Kunze ging zum Kühlschrank. Neben Wurst und

Käse, Äpfeln und Möhren kühlten dort sechs Flaschen Kölsch.

„Eher nicht", sagte er und schloss den Kühlschrank wieder.

„Ich werde Frau Grönemann anrufen, vielleicht weiß sie, wo ihr Mann sein könnte."

Wenige Minuten und ein Telefonat später waren sie nicht schlauer. Lore Grönemann vermutete, dass ihr Mann spazieren gegangen war oder einen Freund besuchen. Das kam ab und an vor. Zu Hause war er jedenfalls nicht.

Da war es wieder, dachte Inga, dieses Kaugummigefühl, was dem Fall eigen war. Irgendwie ging es nicht weiter, und wenn sie endlich einen Anhaltspunkt hatten, führte er einen Schritt nach vorn und zwei (gefühlt mindestens drei) zurück.

Sie entschlossen sich, eine Weile am Teich zu warten und von hier aus die notwendigen Telefonate zu erledigen. Kunze gab Berger den Stand der Ermittlungen durch. Inga rief Tom Hartung an.

„Hallo, Inga", begrüßte er sie.

„Hi, Tom. Ich wollte mal nachhören, wie weit du mit der Befragung der Nachbarn bist."

„Tja, … das ist so", druckste er herum. „Hört dein Kollege mit?"

Den Tonfall kannte Inga nur zu gut, und zwar von ihrem Sohn, wenn er etwas angestellt hatte und nicht so recht mit der Sprache rausrücken wollte. „Sag schon, was hast du verbrochen?"

„Nichts im eigentlichen Sinne", versicherte Tom. „Wäre ja auch nicht so förderlich für meine Karriere."

Inga schlenderte unauffällig einige Schritte von der Hütte weg, damit sie ungestört mit ihm reden konnte. „Es gibt da mehrere Möglichkeiten, seine Karriere zu beenden.", gab sie zu bedenken.

„Ich habe nur die direkte Anweisung eines Vorgesetzten, sagen wir mal, etwas weiter ausgelegt."

„Nun red nicht um den heißen Brei herum und sag, was los ist", forderte Inga.

Tom berichtete ihr von der Begegnung mit den Gärtnern auf dem Grundstück der Berleburgs und der Spur zum Heimatmuseum. Dann rückte er mit seinem eigentlichen Anliegen raus.

„Ich würde gern die Spur zum Heimatmuseum weiterverfolgen. Das scheint mir vielversprechender zu sein als die Nachbarn."

„Von mir aus kannst du das machen", sagte Inga, „Es wird dich schon nicht die Karriere kosten, sondern nur deinen Kopf, wenn Kunze es herausbekommt." Sie musste schmunzeln. Diesmal war es nicht sie, die eigene Wege ging, sondern Tom. Eine neue Erfahrung.

„Aber ..."

„Keine Sorge, von mir erfährt er nichts. Aber vielleicht solltest du noch den einen oder anderen Nachbarn befragen, als Alibi sozusagen."

„Jawoll", antwortete Tom zackig, als habe er von einem General einen Befehl erhalten. „Meinst du, wir können heute Abend zusammen essen?", fragte er völlig aus dem Kontext gerissen.

„Heute Abend ist schlecht. Mein Sohn kommt nach Hause, und ich wollte mit ihm essen gehen." Eigentlich hätte Inga seine Einladung nur zu gern angenommen, aber Ole war wichtiger.

„Kein Problem, dann ein anderes Mal?"

„Ja, sicher", sagte Inga.

Als sie aufgelegt hatte, fragte Kunze: „Kann er Ergebnisse liefern?"

„Nein, noch nichts Besonderes", sagte Inga, was ja nicht gelogen war.

Ein „Hmpf" mit der Bedeutung *hab ich's doch gewusst*, war Kunzes ausführliche Antwort. „Berger hat mir die Handynummer von Kronenbecher durchgegeben. War wohl ein ziemlicher Akt, sie herauszufinden." Er tippte auf das Display seines Handys. Mit dem Telefon am Ohr fügte er hinzu: „Die Auswertung des Bluts auf dem Hemd ist noch nicht abgeschlossen. Berger macht der KT die Hölle heiß und bekommt von der Presse selbst ganz schön eingeheizt. Außerdem gibt es Stress mit den Kollegen in Gummersbach. Die beschweren sich, dass die Reporter die Kantine belagern und den ganzen Tag nichts tun, außer Kaffee zu trinken. … Geht keiner ran." Kaum hatte er das Handy vom Ohr genommen, erklang *Heimweh nach Köln*. Kunze nahm den Anruf an.

„Hallo Michael, gibt's was Neues? Ich stelle dich auf Lautsprecher, dann kann Inga mithören."

„Gut. Die Auswertung des Bluts auf dem Hackmesser ist abgeschlossen."

„Solltet ihr euch nicht um das Blut auf dem Hemd kümmern?", blaffte Kunze.

„Das machen wir auch. Wenn …" Michael Kaiser unterbrach sich, vermutlich um eine deutliche Erwiderung auf Kunze dreiste Frage hinunterzuschlucken.

Er atmete hörbar ein und sagte: „Die Analyse von dem Blut auf dem Hemd läuft noch."

Bevor Kunze etwas sagen konnte, rief Inga Richtung Handy: „Habt ihr Hinweise auf den Mörder gefunden? Auf dem Hackmesser meine ich?"

„Nein", kam die Antwort am anderen Ende der Leitung.

Kunze verdrehte die Augen. Er fragte sich wohl, warum Michael dann überhaupt anrief. Wenn Inga seinen Gesichtsausdruck richtig deutete, würde er, wenn sie nicht intervenierte, etwas sagen, wie: Warum störst du dann unsere Ermittlungen?

„Es gab also nur das Blut von dem Opfer auf dem Messer?", fragte sie schnell.

„Das nun auch nicht", wiegelte Michael ab. „Das meiste Blut stammte vom Opfer, jedoch befand sich in der schmalen Spalte zwischen Klingenblatt und Griff Hühnerblut."

„Dann wurden mit dem Hackbeil eben auch Hühner geschlachtet. Ist ja nicht ungewöhnlich", sagte Kunze gelangweilt.

„Es geht hier nicht um ungewöhnlich oder nicht." Jetzt wurde Michael doch laut. „Es geht hier um eine exakte Analyse der Beweismittel und die besagt, dass das Blut vom Opfer und von Hühnern stammt."

„Melde dich, wenn du etwas von Bedeutung hast." Kunze beendete das Gespräch.

„Kunze, Michael arbeitet genauso hart an dem Fall wie wir. Du könntest etwas freundlicher zu ihm sein", merkte Inga an.

„Zwei Mordfälle müssen gelöst werden. Stiehlt der

unsere Zeit mit null Ergebnissen. Unfassbar." Genervt stapfte er vom Grundstück. Sie folgte ihm. „Wir sollten zur Grönemann fahren. Sie soll uns eine Liste machen, von Freunden, bei denen sich ihr Mann aufhalten könnte. Es ist zum Verrücktwerden. Wir haben mindestens zwei Verdächtige, und keiner der beiden ist auffindbar. Ich versuch noch mal, diesen Kronenbecher zu erreichen." Er wählte, wartete und legte auf. „Geht immer noch keiner ran."

„Ich denke, wir sollten Jens Bescheid geben", schlug Inga vor. „Er soll versuchen, Kronenbechers Handy zu orten."

Kunze grummelte ein zustimmendes „Hmpf".

Neunzehntes Kapitel

Er fühlte sich nicht wie auf einer Wanderung und auch nicht wie auf einem Pilgerweg, er fühlte sich so, wie sich König Heinrich der IV. gefühlt haben musste, als er sich auf dem Gang nach Canossa befand.

Achim Kronenbecher hatte trotz der teuren Wanderschuhe fünfmarkstückgroße Blasen an den Fersen, die bei jedem Schritt weiter aufrissen und mit ihrer Flüssigkeit seine Strümpfe durchnässten. Seine Muskeln schmerzten, und er schnaufte wie ein Walross, das sich mit Mühe und Not an den Strand gerettet hatte. Die Falks machten ihn fertig. Achim war schlank und wirkte sportlich, was aber nicht daran lag, dass er Sport trieb. Nein, er hatte einfach gute Gene. Er konnte essen, was und so viel er wollte, er nahm nicht zu. Deswegen gab es auch keinen Grund, Sport zu treiben. Das bereute er in diesem Moment zutiefst. Er hatte null Ausdauer. Als er mit den Falks (beide ausgerüstet mit Pilgerhut, einer Jakobsmuschel am Revers und je einem fast mannshohen Pilgerstab) nach einem Besuch im Altenberger Dom am Mittag aufgebrochen war, hatte er noch geglaubt, das würde ein Spaziergang werden.

Da hatte er sich gründlich getäuscht. Die Falks waren geübte Pilger, sie hatten den Jakobsweg fast vollständig zurückgelegt und besaßen eine Kondition, die man ihnen in ihrem Alter nicht zugetraut hätte. Achim kam es vor, als stürmten sie an den Überresten der Burg der Grafen von Berg vorbei, als zögen die Wälder und Wiesen, die Dhünn, Odenthal und Schildgen nur so an ihm vorüber. Mittlerweile hatten sie Dünnwald und Höhenwald hinter sich gelassen. Die Falks zeigten keinerlei Ermüdungserscheinungen, hatten aber ihre Geschwindigkeit stark reduziert, damit er mithalten konnte, das war Achim klar und hochnotpeinlich. Trotzdem war er fix und fertig, nicht nur körperlich. Die Falks unterhielten sich ausschließlich über die wundervolle Landschaft, über die Abschnitte des Jakobswegs, die sie bereits in Frankreich und Spanien sowie in Deutschland zurückgelegt hatten. Sie verbanden eine Wegstrecke immer mit einem Urlaub in der Zielregion. Deshalb gab es viel zu erzählen und für Achim viel zu hören. So viel, dass er es nicht mehr ertragen konnte. Er war total genervt von den vielen „Ach, weißt du noch dies, und wie schön es doch in … war." Er hatte das Gefühl, sein Kopf würde platzen. Das Schlimmste an allem war, dass bei dem ganzen Geschwätz nicht ein einziges Wort über die Arbeit oder das Projekt gefallen war. Achim hatte zu Anfang mehrfach versucht, es anzusprechen, doch Herr Falk hatte immer abgewunken, er wolle sich jetzt nicht mit derlei beschäftigen, dafür sei später noch genügend Zeit.

Mittlerweile bereute Achim seinen Entschluss, sich auf diese, zugegebenermaßen, hinterhältige Weise Herrn Falks Unterschrift unter dem Vertrag erschleichen zu wollen.

„Sollen wir eine Pause einlegen?", fragte Frau Falk mit Besorgnis im Blick. „Sie haben schon das Mund-Nasen-Dreieck."

Obwohl Achim es hasste, und obwohl sein Stolz vor Verzweiflung in ihm schrie, nickte er. Sie erreichten die Autobahnbrücke der A3. Nach der Wanderung im

Wald kamen ihm die Geräusche der Fahrzeuge, die über die Autobahn rasten, unnatürlich laut vor. Was ihm nur recht war, blieben ihm so die Gespräche zwischen dem Ehepaar Falk erspart. Redeten sie über Urlaube oder lästerten sie über seine miserable körperliche Verfassung? Ihm war es mittlerweile egal. Er hielt sich an der Brüstung der Brücke fest und legte die Stirn auf das Metall. Sein Atem ging schnell, das Herz pochte in seinem Kopf. Der Schweiß lief ihm von der Stirn zur Nasenspitze und tropfte daran herunter. Er schloss die Augen, konnte sich die mitleidigen Gesichter der Falks gut vorstellen. Ihm kam das kleine Fläschchen in seinem Rucksack wieder in den Sinn, das er ursprünglich für Falk angedacht hatte. Hätte er es ihm doch gestern Abend in den Drink gekippt, oder heute Morgen in den Kaffee. Aber zu spät. Jetzt überlegte er, ob es nicht sinnvoll wäre, die klare Flüssigkeit, die ja bekanntlich betäubte, selbst zu nehmen. Nur einen Tropfen vielleicht, es würde ihm Linderung verschaffen.

Jemand tippte ihm auf die Schulter. „Herr Kronenbecher, sollen wir Ihnen vielleicht ein Taxi rufen?", erkundigte sich Frau Falk fürsorglich.

Achim raffte seine letzten Kraftreserven und sein verbliebenes bisschen Stolz zusammen und sagte: „Nein, ich brauche nur eine Pause, es geht schon wieder." Er sah, wie Frau Falk die Partie um seinen Mund kritisch musterte. Dann nickte sie. Anscheinend hatte sich der Kontrast von seinem hochroten Kopf zu dem weißen Dreieck um seinen Mund abgeschwächt. Sie musste nicht mehr befürchten, dass er einen Kreislaufkollaps erlitt. Er nahm einen großen Schluck aus der S'well-

Trinkflasche, dann nickte er erneut, als Zeichen, dass er aufbrechen wollte.

Es war nicht mehr weit, nicht mehr so weit. Er würde es schaffen. Sie gingen durch Mühlheim. Für Achim war es der beste Teil der Wanderung. Zum einen gingen sie nun erheblich langsamer, zum anderen schienen dem Ehepaar die Urlaubsanekdoten ausgegangen zu sein, und drittens befand er sich nun in der Stadt. Hier fühlte er sich wohl.

„Achim, … ich darf doch Achim sagen?", erkundigte sich Herr Falk.

Achim nickte nur.

„Sie machen mir den Eindruck eines zielstrebigen, zuverlässigen Mannes."

Was kam denn jetzt?

„Ich muss Ihnen sagen, dass ich sehr enttäuscht war, als sie am Montag nicht zu dem Projektabschluss erschienen sind."

Achim blickte ihn an und wusste, dass Falk es ehrlich meinte. Dieser verdammte Montag.

„Sie haben sich weder abgemeldet, noch sich über Ihre Firma entschuldigen lassen." Achim wollte etwas erwidern, doch Falk hob die Hand. „Wir sind ein Familienunternehmen, und die Familie steht für uns an erster Stelle. Das gilt für Blutsverwandte und ebenso für unsere Mitarbeiter und Kooperationspartner. Was Sie gemacht haben, bedeutete eine herbe Enttäuschung für uns. Aus dem Grund, und nur aus dem, habe ich um Bedenkzeit gebeten."

„Es tut mir außerordentlich leid. Aber ich war in einen Unfall verwickelt und konnte mich nicht melden", erklärte Achim.

Abermals fuchtelte Herr Falk mit der Hand durch die Luft, als wolle er Achims Entschuldigung wegwischen. „Ich bin nicht nachtragend und rechne Ihnen den Einsatz, den sie dieses Wochenende an den Tag gelegt haben, hoch an."

War doch noch nicht alles verloren?

„Sich in mein Privatleben zu schleichen ..." Falk schüttelte den Kopf.

Oh, nein. Er hatte es gewusst? Oder geahnt? „Woher ...?", fragte Achim.

Der alte Herr lächelte milde. „Ich sagte doch, wir sind eine Familie. Glauben Sie allen Ernstes, meine Sekretärin hätte mir nicht berichtet, dass Sie sich nach meinem Aufenthaltsort erkundigt haben?"

Oh nein, war das alles eine Farce gewesen? Hatte Falk ihn absichtlich hingehalten, um zu testen, wie weit er gehen würde?

„Bis zur völligen Erschöpfung für ein Gespräch zu kämpfen, verdient Achtung." Er sah seine Frau an. Sie lächelte. „Wir haben beschlossen, Ihnen eine zweite Chance zu geben. Ich werde, sobald wir am Ende unseres Pilgerwegs den Dom verlassen haben, Ihren Chef anrufen. Er soll alles Weitere in die Wege leiten."

Achim klappte der Mund auf. Er fühlte sich wie ein Schuljunge, der das ersehnte Fahrrad zum Geburtstag geschenkt bekommt. „Vielen Dank.", stammelte er. „Ich weiß gar nicht ..."

„Schwamm drüber. Gehen wir weiter. Aber denken Sie immer daran: Ich lege größten Wert auf Ehrlichkeit und eine christliche Lebenshaltung."

Achim nickte dankbar. Am liebsten wäre er in die Luft gesprungen, hätte die Freude mit einem lauten Schrei herausgebrüllt. Die Erinnerung an das kleine Fläschchen in seinem Rucksack und die Ereignisse von Montag drängte er tief in sein Inneres.

Zwanzigstes Kapitel

Das Telefonat mit Jens Maltrum dauerte die ganze Rückfahrt zum Eulensiefen, nicht weil es so viel zu besprechen gab, sondern weil der Empfang während der Berg- und Talfahrt nicht der beste war. Als sie vor dem Haus der Grönemanns anhielten, hatte Inga ihrem Kollegen aber ihre Bitte, Kronenbechers Handy zu orten, mitgeteilt. Sie war sich sicher, sie würden bald mit dem Mann sprechen können.

„Huhu", rief plötzlich eine krächzende Stimme hinter ihnen. Mechthild Mausbach spazierte die Straße entlang, den Rollator vor sich herschiebend.

„Guten Tag Frau Mausbach", grüßte Inga und ging ihr entgegen.

Kunze kümmerte sich nicht darum, lief weiter zur Haustür und drückte den Klingelknopf.

„Wie geht es Ihnen heute, Frau Mausbach?", erkundigte sich Inga.

„Bestens Liebes, bestens. Aber sag doch Mechthild zu mir. So alt bin ich nun auch wieder nicht." Sie kicherte.

„Wo wollen Sie denn hin?" Inga vermutete, dass die demenzkranke Frau wieder einmal ausgebüxt war.

„Wie, wo will ich hin?" Die Frage schien Mechthild zu erstaunen. Dann wandelte sich ihr Gesichtsausdruck, und sie dachte angestrengt nach.

Inga sah ihre Chance: „Vielleicht könnten Sie ..., könntest du mich zu deiner Tochter bringen. Ich würde mich gerne mit ihr unterhalten." Das war gelogen, aber ihr fiel in dem Moment nichts Besseres ein, um die alte

Dame dazu zu bewegen, wieder nach Hause zu gehen.

Kunze stieß zu ihnen. „Macht keiner auf. Die Grönemann scheint ausgeflogen zu sein. Nicht dass sie ihrem Mann zur Flucht verhilft …"

„Das glaube ich nicht", erwiderte Inga kopfschüttelnd. „Sie weiß ja nicht mal, dass wir ihn verdächtigen. Außerdem …"

„Zur Flucht verhelfen", mischte sich Mechthild ins Gespräch ein. „Nach dem Krieg hatten wir auch Flüchtlinge. Jedes Haus und jeder Hof bekam welche zugeteilt. Damals lebte eine Familie in einem Zimmer. Nicht eine pro Haus."

Kunze sah Inga an. „Wir müssen weitermachen."

„Ich werde sie nicht hier stehen lassen", erwiderte Inga in einem Ton, der keine Widerrede duldete. „Es dauert nicht lange. Ich bringe sie nur nach Hause."

Grummelnd stieg Kunze in sein Auto. Inga half Mechthild, den Rollator zu wenden, und ging mit ihr die Straße hinunter.

„Weißt du, Kindchen, die Raabes waren unsere Flüchtlinge."

Inga hatte den Namen schon irgendwo gehört, konnte sich aber nicht daran erinnern, in welchem Zusammenhang. „Welche Raabes meinst du?"

„Na, die Raabes. Sie haben dort gewohnt." Sie deutete auf ein Waldstück links der Straße. Zwischen haushoch wucherndem Gestrüpp und Bäumen konnte Inga einen schwarz verkohlten Giebel erkennen. War das nicht das Grundstück, das sie heute Morgen von der Villa Kronenbecher aus gesehen hatte?

„Zuerst natürlich nicht. Sie wohnten ja bei uns im

Haus. Wir in der unteren Etage, sie oben. Zwei Kinder hatten die. Einen Jungen und ein Mädchen. Nette Leute, wirklich nette Leute. Und arbeiten konnten die, da können sich heute die Leute eine Scheibe von abschneiden." Ein vorwurfsvoller Blick traf Inga, die ein Schmunzeln unterdrückte.

„Und sparsam. Irgendwann stand das Haus da zum Verkauf, und sie haben es erworben. Haben es mit und mit hergerichtet. Sehr feine Leute, das muss ich sagen."

Sie gingen einige Schritte schweigend nebeneinander her. Dann blieb Mechthild plötzlich stehen und sah Inga mit angsterfüllten Augen an. Sie beugte sich zu der alten Dame hinunter.

„Das Haus ist verflucht", hauchte Mechthild, wobei ihr verbrauchter Atem Inga entgegenschlug.

Sie richtete sich auf. „Wie kommst du denn darauf?"

„Sie wohnten noch nicht lange dort, da wurde der Sohn schwer krank. Sehr schwer. Kein Arzt konnte ihm helfen. Es hieß, er habe Schwindsucht. Vielleicht war es auch Krebs. Damals wusste man das nicht so genau. Auf jeden Fall hat er einige Jahre schrecklich gelitten. Armer Junge, arme Familie." Mechthild schüttelte betrübt den Kopf.

Inga dachte an ihre eigene Familie, an die Ereignisse vor einigen Jahren, und wie schwer es gewesen war. Eigentlich war es noch immer schwer und nicht vorbei. Sie unterdrückte den Impuls, ihr Handy zu zücken und Ole anzurufen, nur um zu hören, ob es ihm gut ging.

Natürlich ging es ihm gut. Er und sein Vater würden einen schönen Sonntagsausflug machen und den sonnigen Tag genießen. Sie musste sich keine Sorgen machen, versuchte sie sich zu beruhigen, und konzentrierte sich wieder auf Mechthild.

Tief in den Ereignissen der Vergangenheit versunken, fügte die alte Dame hinzu: „Es war schwer für die Familie. Sie haben sich nie richtig davon erholt. Der Mann starb, da war er erst neunundfünfzig. Kein hohes Alter, wenn du mich fragst. An Krebs. Ging aber ganz schnell", sagte sie, als wäre das eine Erleichterung.

Wenn man über neunzig Jahre ist, hat man schon so manche sterben sehen, dachte Inga. Vermutlich bekam man mit der Zeit ein anderes Verhältnis zum Tod.

Sie bogen auf die Hauseinfahrt des Fachwerkhauses der Familie Mausbach ein.

„Und dann war da der Brand."

„Welcher Brand?", erkundigte sich Inga, die sich umdrehte und auf das verwilderte Grundstück schaute. Von hier aus konnte man durch die Bäume sehen, dass ein Teil des Daches eingestürzt war. Balken, schwarz verkohlt, stachen wie spitze Zähne daraus hervor.

„Die arme Frau Raabe ist vor einigen Jahren in ihrem eigenen Haus verbrannt. Wann genau weiß ich nicht mehr. In meinem Alter kommt es auf das eine oder andere Jahr nicht an."

„Mutter, wen hast du denn da mitgebracht?", fragte Annette Mausbach, die sich offensichtlich soeben auf die Suche nach ihrer Mutter machen wollte.

Stellt sich die Frage, wer hier wen gebracht hat, schmunzelte Inga. „Wir sind uns bei den Grönemanns begegnet", sagte sie. Annette Mausbach nickte ihr dankbar zu. „Mechthild hat mir auf dem Weg hierher von den Raabes erzählt."

Annette richtete den Blick instinktiv auf das abgebrannte Haus.

„Der Name Raabe kommt mir bekannt vor. Können Sie mir auf die Sprünge helfen?"

Annette Mausbach lachte: „Aber klar. Bestimmt von Lore Grönemann."

Gleichzeitig mit den Worten von Mechthilds Tochter fiel es Inga wieder ein: „Es ist ihr Mädchenname. Dann waren die Raabes die Schwiegereltern von Franz Grönemann."

Annette nickte: „Und zwar wie es im Buche steht."

„Was meinen Sie damit?", fragte Inga. Die Geschichte, die Mechthild ihr soeben erzählt hatte, bekam plötzlich eine ganz andere Bedeutung.

„Na, Franz hat sich nie gut mit seinen Schwiegereltern verstanden, gar nicht gut. Manchmal hörten wir ihn bis hierher brüllen. Die Familie Raabe hatte es wirklich nicht leicht."

„Annette jetzt hör auf zu strunzen. Ich hab Hunger." Mechthild ging die Auffahrt hinauf.

Ihre Tochter folgte ihr. „Ich muss leider gehen. Wir wollen ja nicht, dass Mutter vom Fleisch fällt, nicht wahr?"

„Ach du", lachte Mechthild. „Da kannst du aber lange drauf warten. Ich bin aus gutem Holz geschnitzt. Aus robuster Eiche …"

An der Haustür angekommen drehte Annette sich noch einmal zu Inga um. „Vielen Dank."

„Gern geschehen", sagte Inga und fügte im Kopf hinzu: *Ich habe zu danken.*

Sie wollte eben zum Haus der Grönemanns zurückgehen, da kam ihr Kunze im Wagen entgegen. Er setzte auf der Auffahrt zurück und hielt mit laufendem Motor. Inga stieg ein.

„Wir sind nicht für das Wohlergehen der Bevölkerung zuständig. Wir müssen Morde aufklären", wies Kunze sie zurecht.

Ohne darauf einzugehen, sagte sie: „Ich habe gerade erfahren, dass Franz Grönemann ein sehr schlechtes Verhältnis zu seinen Schwiegereltern hatte. Sie haben dort gewohnt." Inga deutete auf das verwilderte Grundstück. Aus dem BMW heraus konnte man zwischen den Bäumen nur ein Fenster sehen, dessen Sturz sowie der darüberliegende Simskasten rußgeschwärzt waren. „Es ist vor Jahren abgebrannt. Frau Grönemanns Mutter starb in dem Feuer." Ohne weitere Erklärungen schwieg Inga, ließ Kunze selbst auf den Gedanken kommen, der ihr seit dem Gespräch mit Annette im Kopf herumspukte.

Einige Sekunden herrschte Stille, dann wandte Kunze ihr den Kopf zu. „Du willst doch nicht etwa andeuten, dass …" Er stutzte, schien seine nächsten Worte zu überdenken. Als er weitersprach, konnte Inga ihm am Gesicht ablesen, dass er die gleichen Schlussfolgerungen wie sie gezogen hatte, sie jedoch völlig anders bewertete. „Das ist doch absurd. Du glaubst doch nicht etwa, dass Grönemann das Haus angesteckt hat, um seine Schwiegermutter zu töten. Das ist ziemlich weit hergeholt. Wie schon gesagt, wir haben zwei Mordfälle aufzuklären. Für eine Brandermittlung, die Jahre zurückliegt, und die nicht das Geringste mit unserem Fall zu tun hat, haben wir keine Zeit." Er trat aufs Gas. „Wir fahren jetzt ins Büro. Da wartet eine Menge Arbeit auf uns."

Inga sagte nichts, zu sehr war sie mit ihren Gedanken beschäftigt. War es wirklich so abwegig? Nach seinem Auftritt am Freitag traute sie Grönemann durchaus eine Brandstiftung zu. Selbst wenn dabei ein Mensch zu Schaden kam. Brandstiftung mit Todesfolge war zwar kein Mord, wäre aber im Fall von Frau Grönemanns Mutter billigend in Kauf genommen worden. Schließlich saß sie im Rollstuhl. Und hatte nicht auch Wetzlar ihn als Brandstifter beschimpft?

Sie sah den Bäumen zu, wie sie als schemenhafte Streifen an dem Seitenfenster des BMW vorbeizogen. Sie wurde das Gefühl nicht los, dass der Brand durchaus etwas mit ihrem Fall zu tun haben könnte. Natürlich nicht direkt, aber indirekt. Sie musste eine Möglichkeit finden, an die Akten der Brandermittler …

„Wer kommt denn da?", störte Kunze ihre Gedanken. Inga wandte ihren Blick nach vorn. In einiger Entfernung kam ihnen eine Frau mit zwei Kindern rechts und links an der Hand entgegen. „Ist das nicht Frau Grönemann?"

Er drosselte die Geschwindigkeit, bis der Wagen schließlich neben der Frau und den Kindern, Inga schätzte beide auf etwa vier Jahre, zum Stehen kam.

„Wir haben versucht, Sie zu erreichen", sagte Kunze ohne Begrüßung, während das Seitenfenster in der Tür verschwand.

„Oh, das tut mir leid", sagte Lore Grönemann. „Ich habe Sophie und Daniel abgeholt. Ihre Eltern sind heute auf einer Hochzeit eingeladen. Ohne Kinder, das muss man sich mal vorstellen." Sie schüttelte den Kopf. „Ich passe ab und an auf die beiden auf." Sie lächelte die Kinder an. „Ich hab ja Zeit."

„Können wir weitergehen?", maulte das Mädchen, und der Junge zog an Frau Grönemanns Arm. Erst jetzt sah Inga, dass die beiden kleine Plastikeimer trugen, die bis zum Rand mit Getreidekörnern gefüllt waren.

„Jaja, einen Moment noch", versuchte Lore Grönemann die Kinder zur Geduld zu überreden, was jedoch nicht sonderlich gut gelang. Die Kinder zogen nur stärker an ihren Armen, so dass sie alle Mühe hatte, nicht mitgeschleift zu werden. Erst als sie sagte: „Die Leute sind von der Polizei", siegte die Neugier der Kinder.

Inga wusste, welche Frage unweigerlich folgen würde. Mit großen Augen stierten die Kinder ins Auto. „Habt ihr auch eine Pistole?"

„Wir sind auf dem Weg zum Grundstück von Herrn Wetzlar", erklärte Frau Grönemann, die nun damit beschäftigt war, die Kinder, die versuchten, einen Blick ins Innere des Wagens zu erhaschen, von dem BMW fernzuhalten.

„Was wollen Sie denn da?", fragte Kunze. Misstrauen schlich sich in seinen Ton.

„Wir wollen die Hühner füttern", sagte das Mädchen mit einem piepsigen Kleinkindstimmchen und hob den Eimer.

„Das mache ich schon seit …" Frau Grönemann verstummte, sah hektisch auf die Kinder. „Sie wissen schon … seit Donnerstag."

Echt jetzt? Die Frau versorgte die Hühner des verstorbenen Herrn Wetzlar? Das war sehr aufmerksam von ihr, aber auch irgendwie skurril, fand Inga.

„Darf ich das nicht?", fragte Frau Grönemann erschrocken. Sie musste das unübersehbare Erstaunen von Kunze falsch gedeutet haben. „Die armen Viecher würden doch sonst verhungern. Wir haben auch Hühner. Da macht es nichts aus, wenn ich von dem Futter etwas abzweige."

„Frau Grönemann, weshalb wir Sie sprechen wollten", wechselte Kunze das Thema, „wir hätten gern eine Aufstellung der Personen und Adressen, wo sich Ihr Mann momentan aufhalten könnte."

„Suchen Sie ihn immer noch?", fragte sie erstaunt. „Er kommt schon wieder. Spätestens heute Abend ist er zu Hause."

Täuschte sich Inga, oder hörte sie einen Unterton bei diesen Worten? War es Bedauern? „Es wäre uns wichtig", sagte sie.

„Na, schön. Aber erst muss ich mit den Kindern die Hühner füttern. Anschließend schreibe ich alles auf, okay? Ist das früh genug?"

„Hmpf", antwortete Kunze unbestimmt, nahm eine Visitenkarte und reichte sie Frau Grönemann. „Rufen Sie uns an, wenn Sie die Liste fertig haben."

„Gern, ich kann Ihnen dann einen Screenshot davon schicken."

Kunze und Inga sahen sich an. Manchmal war es alles etwas viel auf einmal. Wie hatten sie die naheliegendste Frage vergessen können?

„Frau Grönemann", setzte Inga an, „besitzt Ihr Mann eigentlich ein Handy?"

„Mein Mann?" Sie lachte schallend. Die Kinder hörten auf, an ihr zu zerren, und beobachteten sie neugierig. „Nein, mein Mann besitzt kein Handy. Er ist froh, wenn er mit der Bedienung des Videorekorders zurechtkommt. Aber ich habe eins. Damit ich mit der Mutter der beiden hier schreiben kann. Sie hat mir auch gezeigt, wie alles funktioniert. Und was dieses kleine Ding so alles kann. Ist ja gar nicht so einfach, in meinem Alter. Aber ich bin schon richtig gut darin." Stolz schwang in ihren Worten mit.

Inga verabschiedete sich und Kunze fuhr los.

„Sie füttert die Hühner ihres ermordeten Nachbarn, der ihre Jugendliebe war und mit dem sie eine Affäre hatte, wegen der ihr Ehemann zum Griesgram mutiert ist." In Kunzes Stimme schwang deutliche Skepsis mit. Er sprach es jedoch nicht aus.

Inga wollte erwidern, dass es eigentlich sehr nett von ihr war, sich um die Tiere zu kümmern. Die konnten am allerwenigsten dafür, dass ihr Besitzer getötet worden war. Frau Grönemann tat das Richtige, fand sie. Die Welt wäre bestimmt ein besserer Ort, wenn es mehr Lore Grönemanns geben würde. Nichtsdestotrotz wollte sie sich erkundigen, warum die Tiere noch auf dem Hof waren, und wer sich eigentlich um die Hühner kümmern musste, solange keine Erben gefunden worden waren. Anschließend würde sie Tom bitten, die Akte über den Brand des Hauses Raabe zu besorgen. Er hatte bestimmt Möglichkeiten, unkompliziert und unauffällig daranzukommen. Davon durfte Kunze natürlich nichts erfahren, schließlich arbeiteten sie an zwei Mordfällen.

Einundzwanzigstes Kapitel

Nach dem Telefonat mit Inga hatte Tom zwei Nachbarn von Abigail Berleburg aufgesucht, mit dem gleichen Ergebnis. Nichts gehört, nichts gesehen, nichts aufgefallen. Nach diesen frustrierenden Besuchen entschied er, endlich zum Heimatmuseum zu fahren. Vielleicht hatte er dort mehr Glück. Knapp zwanzig Minuten dauerte die Fahrt von der Berleburgschen Villa nach Bergneustadt. Weil er vor dem Museum keinen Parkplatz fand, stellte Tom seinen Wagen beim Getränkemarkt Im Stadtgraben ab und ging die paar Meter zu Fuß. Durch die Baumkronen der alten Linde leuchtete ihm die Stadtflagge entgegen, die auf dem Turm des Museums im Wind flatterte. Je näher er dem Museum kam, desto mehr Fußgänger schlenderten über die Straße, vermutlich auf einem Sonntagsspaziergang, um das Museum zu besuchen oder um sich mit Freunden oder Verwandten zu treffen.

Das brachte der Job eben mit sich, dachte Tom. Wenn es brannte, arbeitete man auch sonntags und rund um die Uhr. Für ihn war das kein Problem. Er hatte keine Hobbys, für die er feste Zeiten einplanen musste. Er joggte gern. Besonders bei schwierigen und nervenaufreibenden Fällen powerte er sich auf seiner Lieblingslaufstrecke richtig aus. Dafür fuhr er bis zur Otto-Hahn-Straße, parkte dort seinen Wagen und lief über Wald- und Feldwege an Strombach, Gummeroth und Wasseruhr vorbei. Wenn er anschließend ins Bett kroch, hatte er das Gefühl, sein Kopf wäre durchlüftet worden und bereit für neue Aufgaben. Ob er das auch in Köln haben konnte?

Natürlich, denn die Kölner joggten ja auch durch ihre Stadt, durch die Parks. Die Arbeit für die Kripo Köln reizte ihn sehr. Es wäre eine neue Herausforderung. Aber er musste dafür Gummersbach und das Bergische verlassen. Wollte er das? Er schaute in den blauen Himmel hinauf. In der letzten Woche hatte sich das Wetter von seiner besten Seite gezeigt. Sonnenschein und warme, frühlingshafte Temperaturen. Er wusste, dass sich das auch wieder änderte, schließlich waren sie im Bergischen. In Köln regnete es weniger als hier. Dafür hatte die Stadt mehr Menschen und Autos, aber auch weniger Natur …

Tom schüttelte den Kopf. Eine solch schwerwiegende Entscheidung konnte er jetzt nicht treffen. Er blieb vor einem Fachwerkhaus stehen. Über der geöffneten Eingangstür prangten schwarze Buchstaben auf dem Weiß eines Faches. *Museum*, war dort zu lesen. Er war angekommen. Und er wollte Ergebnisse liefern. Dann würde Kunze ihm vielleicht mehr zutrauen, als nur die Nachbarschaft zu befragen.

In dem Moment, in dem er durch die Tür des Museums trat, hatte er das Gefühl, sich in einer anderen Zeit zu befinden. Schartige Fachwerkbalken, massive Möbel, ein in einem breiten und klobigen Goldrahmen eingefasstes Landschaftsgemälde, Kohleöfen, die gleichzeitig die Küche heizten und als Herd dienten, Haushaltsgegenstände – von Plätteisen über Waschbrett, von Keramikpfeife bis hin zu Porzellan und Blechdosen für die damalige Vorratshaltung –, alles war vorhanden. In der Wohnstube stand sogar ein

Grammophon. Wären nicht die vielen Besucher gewesen, die sich interessiert durch die Räume schoben, hätte es eine Gemütlichkeit verströmt, in der man sich gern länger aufgehalten hätte.

Tom löste ein Ticket und fragte die Frau hinter der Kasse, ob Herr Wasserfuhr zu sprechen sei. Sie wies ihm den Weg zum Büro. Er klopfte an die Tür mit der Aufschrift *Privat*.

„Herein", erklang es von drinnen und Tom trat ein. Hinter einem einfachen Schreibtisch saß ein Mann mittleren Alters, groß und dünn, fast schon dürr. Er trug Jeans und Jackett und sah Tom neugierig über der halbmondförmigen Lesebrille an. „Was kann ich für Sie tun?"

„Herr Wasserfuhr? Hartung, Kripo Gummersbach. Ich würde Ihnen gern ein paar Fragen stellen." Tom zückte seine Marke und hielt sie dem Leiter des Museums hin. Als er damals vor der Entscheidung stand, ob er zur Schutzpolizei oder zur Kripo gehen wollte, war diese coole Marke ein wichtiges, ja vielleicht das ausschlaggebende Kriterium gewesen. Er musste Inga mal fragen, ob es ihr ähnlich gegangen war.

„Kripo?" Herr Wasserfuhr zeigte die typische Mischung aus Sorge und Neugier, die die meisten Menschen befiel, wenn sie es zum ersten Mal und unvorhergesehen mit der Kriminalpolizei zu tun bekamen.

Oh, Mist, dachte Tom. Gut möglich, dass der Mann noch nichts vom Tod von Frau Berleburg wusste. Jetzt war es an ihm, seinem Gegenüber die schlechte Nachricht zu überbringen.

„Herr Wasserfuhr, sagt Ihnen der Name Abigail Berleburg etwas?", fragte er vorsichtig.

„Abigail, ja sicher." Wasserfuhr klang erfreut, was Toms Aufgabe nicht leichter machte. „Sie ist eine gute Freundin. Ich habe das Ehepaar damals auf einer Stadtführung durch die Altstadt kennengelernt. Wir teilen die Leidenschaft für die Historie. Heinrich verstarb leider vor einigen Jahren, aber Abigail besuche ich immer noch häufig."

Tom fiel es schwer, die nun unweigerlich folgenden Worte auszusprechen. „Herr Wasserfuhr, ich fürchte, ich habe schlechte Nachrichten für Sie." Er holte tief Luft, während die Neugier des Leiters in Misstrauen umschlug. „Es tut mir leid, Ihnen mitteilen zu müssen, dass Abigail Berleburg verstorben ist." Kurz überlegte er, ob er dem Mann einen Moment Zeit geben sollte, das Gehörte zu verdauen, entschied sich dann aber dagegen: „Sie wurde ermordet … in ihrem Haus … am Freitag."

„Ermordet … Freitag?", echote Wasserfuhr, als könne er das Gehörte nur begreifen, wenn er es selbst aussprach. Tom nickte knapp. „Mein Gott, die Ärmste. Das hat sie nicht verdient. Sie war so ein netter Mensch. Wie … wer …?"

„Das wissen wir nicht. Ich darf Ihnen auch keine Einzelheiten nennen." Was in diesem Fall ein Segen war, dachte Tom. So kam er nicht in Verlegenheit, Wasserfuhr von dem zur Hälfte abgetrennten Kopf mit der klaffenden Wunde berichten zu müssen. „Ich bin hier, weil ich mir von Ihnen Hilfe erhoffe."

„Hilfe? Von mir?" Wasserfuhr wirkte ungläubig, „Na dann fragen Sie mal. Ich werde Sie gern bei den Ermittlungen unterstützen."

Tom nickte dankbar. „Das freut mich. Kennen Sie Verwandte oder Freunde von Frau Berleburg?"

„Verwandte nicht. Die leben wohl alle in England. Freunde der Familie, hm …"

Er stellte die Ellbogen auf der Schreibtischplatte ab, legte die Fingerspitzen aneinander und tippte mit den Zeigefingern gegen die Oberlippe. „Ich weiß nicht genau, sie sprach von einem Ärzteehepaar, und dann gab es noch einen Herrn, den Heinrich vom Studium kannte. Wissen Sie, die Berleburgs hatten schon ein hohes Alter und die meisten ihrer Freunde überlebt." Nach einer Pause fügte er hinzu: „Nicht zuletzt ist es das, was das Leben im Alter einsam macht."

„Gut, danke." Tom notierte die spärlichen Informationen. Wenn das alles war, dann musste er sich anschließend schleunigst an die Befragungen der Nachbarn machen, damit Kunze keinen Tobsuchtsanfall bekam.

„Die arme Abigail, als habe sie es gewusst", sagte Wasserfuhr mehr zu sich selbst.

„Wie bitte?"

„Ach nichts. Ich war erst letzte Woche bei ihr und habe die restlichen Kisten abgeholt." Wasserfuhr schwieg, den Blick nach innen gewandt.

„Was befand sich in diesen Kisten?"

„Abigail hat dem Museum einige historische Gegenstände, Bücher und Aufzeichnungen vermacht. Außerdem wollte sie uns auch in ihrem Testament erwähnen. Dass das so schnell gehen würde …" Er schüttelte den Kopf.

„Um was für Aufzeichnungen handelt es sich dabei?

Könnte es sein, dass darin auch etwas über Freunde und Bekannte der Familie stehen könnte?"

Wasserfuhr schreckte aus seinen trüben Gedanken auf. „Wie bitte? Ach nein, das glaube ich nicht. Aber Abigail war eine äußerst akribische Person. Das war sie schon immer. Sie hat zum Beispiel über alle Klassen, die sie unterrichtet hat, Buch geführt. Namenslisten, Klassenfotos, sogar die Klassenbücher hat sie aufbewahrt. Nicht jeder kam mit ihrer Art klar", fügte er nachdenklich hinzu. „Aber es waren ganz liebe Leute, die Berleburgs, ganz liebe Leute."

„Könnte ich die Unterlagen mal sehen?", fragte Tom, mehr aus Neugier, denn aus Hoffnung, an neue Informationen für den Fall zu gelangen. Es konnte auch nicht sinnloser sein, als Nachbarn zu befragen.

„Aber gern." Wasserfuhr stand auf. „Kommen Sie mit. Die Kisten lagern auf dem Speicher."

Zweiundzwanzigstes Kapitel

Inga war am Hof von Wetzlar in ihren Panda gestiegen. Kunze hatte entschieden, dass sie nach Köln ins Präsidium fuhren. Er meinte, er könne vor lauter guter Luft nicht klar denken. Sein Hirn brauche die gewohnte Umgebung und den Stadtmief, um richtig zu funktionieren.

Ihr war es recht. Heute war Sonntag. Ein Stau auf der A4 war nicht zu erwarten. Außerdem wollte sie ebenfalls schnell nach Köln. Heute Abend würde Ole von seinem Vater zurückkommen. Sie freute sich schon jetzt auf das Essen mit ihm.

Sie parkte vor dem Präsidium. Kunze fuhr zur Rückseite. Inga wusste, dass er ein pedantisches Gewohnheitstier war. Er glaubte, wenn er seinen BMW immer auf dem gleichen Parkplatz abstellte, würde es ein erfolgreicher Tag werden. Das ging sogar so weit, dass er vor einigen Wochen einen jungen Kollegen, der unverschämterweise sein Auto auf Kunzes Stammplatz abgestellt hatte, ausrufen ließ, damit er woanders parkte.

In der Zeit, in der sie auf Kunze wartete, holte sie ihr Handy aus der Tasche und schrieb Ole eine Nachricht: *Bin um ...*, sie schaute auf die Uhr. Jetzt war es vierzehn Uhr fünfundzwanzig. Sie würden noch einige Zeit vor dem Rechner sitzen, dann die Heimfahrt nach Ehrenfeld antreten, plus eine halbe Stunde Puffer ... *sechs zu Hause. Bock auf Mäckes?* Sie fügte ein hungriges sowie ein lächelndes Emoji hinzu und drückte auf Senden.

Kunze klopfte ungeduldig auf das Autodach des Pandas, während Inga immer noch auf ihr Handy starrte.

Unter der Nachricht befand sich nur einen Haken. Das war seltsam. Nur ein Haken bedeutete doch, dass die Nachricht verschickt worden, jedoch nicht angekommen war. Vielleicht war der Akku leer, und Ole hatte sein Ladegerät nicht dabei. Oder es gab eine technische Störung oder kein Netz.

Kunze hämmerte nun auf das Dach ihres Autos, begleitet von einem ungeduldigen „Ich will zügig Feierabend machen."

Inga seufzte und stieg aus. Das wollte sie auch. Sie entschloss sich, Ole vom Telefon im Büro aus anzurufen. Dann würde sie Sicherheit haben.

Erst einmal kam sie nicht dazu. Kaum hatten sie den Fahrstuhl verlassen, stürmte Karla Berger auf sie zu: „Was machen Sie denn hier? Ach, ist egal. Gut, dass Sie da sind. Es gibt Neuigkeiten. Wir haben Kronenbecher gefunden. Zumindest fast. Gehen Sie zu Maltrum."

Wenige Augenblicke später betraten sie das Büro ihres Kollegen.

„Ich hab was für euch", sagte Jens Maltrum und lugte hinter seinem Monitor hervor. Er drehte den Bildschirm, so dass Inga und Kunze einen Blick auf eine Karte von Köln und Umgebung werfen konnten.

„Seht her. Die Telefongesellschaft hat ein Bewegungsprofil von Kronenbecher erstellt. Das funktioniert …"

„Jaja", unterbrach Kunze ihn unwirsch. „Die Handys senden ein Signal an die Funkmasten, so kann der Standort der Person ungefähr ermittelt werden. Je mehr Funkmasten ihn orten, desto kleiner wird der Radius, in dem sich die gesuchte Person aufhalten muss.

Wissen wir. Weiter."

Jens warf Inga einen Blick zu, der ausdrücken sollte: *Wie hältst du es nur mit dem aus?* Fast unmerklich hob Inga die Schultern. Hatte sie eine Wahl?

„Okay, wir haben die Bewegung von Herrn Kronenbecher bis zum heutigen Morgen zurückverfolgen können. Schaut."

Auf der Karte erschienen rote Kreise, die die Radien der Funkmasten markierten, die Kronenbechers Handysignal aufgefangen hatten. Sie verliefen von einem Ort im Bergischen fast geradewegs nach Köln.

„Ich weiß jetzt auch, warum ihr ihn gestern nicht zu Hause angetroffen habt." Ein triumphierendes Grinsen zuckte über Jens' Lippen. „Er war nicht da."

„Hmpf", gab Kunze mit einem deutlich genervten Unterton von sich.

Jens ließ sich davon nicht beirren. „Nach einigen Telefonaten habe ich herausgefunden, dass er im Märchenwaldhotel in Altenberg übernachtet hat."

„Im Märchenwald? Ist er nicht etwas zu alt dafür?", fragte Kunze.

„Konntest du auch in Erfahrung bringen, was er dort wollte?" Inga ging nicht auf Kunzes missglückten Witz ein.

„Der Portier sagte mir, dass er sich mit einem Ehepaar getroffen hat. Sie haben heute Morgen zusammen gefrühstückt. Dann haben sie ausgecheckt. Und nun haltet euch fest."

Er machte eine Pause, die die Spannung erhöhen sollte. Bevor Kunze grummeln konnte, tat Inga Jens den Gefallen und hakte nach: „Uuuund?"

„Wie auch die Bewegungsprofile der Telefongesellschaft bestätigen, ist Kronenbecher zu Fuß unterwegs. Er ist, vermutlich mit besagtem Ehepaar, auf dem Weg nach Köln."

„… ich mööch zo Fooß noh Kölle jonn", zitierte Kunze eine Zeile des berühmten Willi Ostermann Liedes.

„Richtig, aber er geht nicht, er pilgert."

„Was macht der?" *Kann man hier pilgern?*, wunderte sich Inga.

„Ihr kennt doch sicher den Jakobsweg." Inga und Kunze nickten. Jens genoss es sichtlich, den beiden sein Wissen zu vermitteln. „Ein Teilstück des nordrheinischen Jakobswegs beginnt in Wuppertal-Beyenburg, führt durchs Bergische Land, durch Remscheid und Altenberg bis zum Kölner Dom und dann noch weiter."

„Das ist mal was Neues. Wir mussten noch nie einen Verdächtigen von einer Pilgerreise einsammeln", sagte Kunze. „Wo befindet er sich jetzt?"

Jens sah auf den Monitor. „Er überquert gerade die Hohenzollernbrücke."

„Haben wir ein Foto von dem Kerl?", erkundigte sich Kunze.

„Auch das", antwortete Jens. Eilig tippte er Befehle in die Tastatur seines PCs. „Er hat vor zwei Jahren einen Preis gewonnen für irgendeine herausragende Werbekampagne. Bitte sehr." Ein Foto aus einer Tageszeitung erschien auf dem Monitor. Sie zeigte einen Mann um die vierzig, adrett, schlank, gutaussehend, ganz Businessmann, der eine Urkunde und einen überdimensionalen Blumenstrauß in Händen hielt. Charmant lächelte er in die Kamera.

„Wir ...", setzte Inga an, wurde aber vom Klingeln ihres Handys unterbrochen. Sie zog es aus der Tasche. War es ein Rückruf von Ole? Enttäuscht sah sie die Buchstaben RMI für rechtsmedizinisches Institut im Display aufleuchten. Sie stand auf und verließ den Raum.

„Laudenbach?", meldete sie sich.

„Hallöchen Frau Laudenbach, hier ist Manuela Schimmelpfennig von der Rechtsmedizin. Darf ich Inga sagen? Sie können mich Manu nennen."

„Klar, gern, Manu. Gibt's was Neues?"

„Ja und nein. Die Obduktion von Frau Berleburg ist abgeschlossen. Der Staatsanwalt war anwesend, ein äußerst typisches Exemplar dieser Spezies, muss ich sagen." Sie lachte.

Mein Gott, tat das gut, nicht immer nur sauertöpfische Mienen zu sehen oder griesgrämige Kommentare zu hören.

„Wie dem auch sei. Es gibt keine Besonderheiten, Auffälligkeiten oder Ungereimtheiten. Der Täter stand vor dem Opfer, hat ausgeholt und der Frau das Hackmesser in den Hals gerammt. Dabei hat er Sehnen, Muskeln, die Luft- und Speiseröhre sowie die Arteria carotis communis durchtrennt. Das Messer blieb im fünften Halswirbel stecken. Das war's. Keine Betäubungsmittel im Blut, nur die Medikamente, die sie täglich nahm."

Inga holte Luft, wollte eine Frage stellen, da fuhr Manu fort, als habe sie ihre Gedanken gelesen. „Nein, nicht überdosiert. Alles völlig in Ordnung."

„Außer, dass sie jetzt tot ist."

„Rischtisch! Leider kann ich dir nicht mehr sagen.

Den Bericht bekommst du morgen, okay?"

„Gut, vielleicht hat die KT was für mich."

„Was hat das denn mit den Schuhabdrücken ergeben?"

„Welche Schuhabdrücke?"

„Na, als ich am Tatort die Leiche untersuchte, schlichen die Kriminaltechniker um einen Schuhabdruck herum, als haben sie einen lebenden Spartobranchus tenuis gefunden."

„Einen was?"

Manu lachte. „Nicht wichtig. Die Paläontologie ist ein Hobby von mir. Wenn du mal Zeit hast, erkläre ich es dir bei einem Bierchen."

„Gern, nach dem Fall."

„Nach dem Fall ist vor dem Fall." Sie lachte wieder.

Und Inga war sich sicher, sie würde sich sehr gut mit der neuen Rechtsmedizinerin verstehen. „Dann werde ich mich beeilen, diesen Fall zu lösen", sagte sie.

„Viel Glück."

Manu Schimmelpfennig legte auf, und Inga fragte sich, wie viel Anteil Glück bei ihrem Job hatte. Natürlich waren es die Fehler, die ein Täter machte, die ihn überführten, gemischt mit der Hightech der KT und dem kriminalistischen Geschick der Ermittler. Eine gehörige Portion Glück konnte in jedem Fall nicht schaden. Aber das war leider nicht beeinflussbar. Inga schüttelte den Kopf. Wie kam sie jetzt auf so etwas? Das waren Fragen für Philosophen. Ihr Kriminaloberkommissarinnenhirn war für solches Denken nicht ausgelegt. Sie schmunzelte über sich und betrat Jens' Büro.

„Es ist alles geklärt", empfing Kunze sie.

„Ich hab noch eine Frage. Weißt du etwas über einen Schuhabdruck am Tatort im Fall Berleburg?", richtete sie die Frage an Jens.

Ein erstaunter und ein genervter Blick trafen sie. Nur war es diesmal Jens, der mürrisch dreinblickte. „Inga, warum schreibe ich eigentlich Berichte, wenn ihr sie nicht lest?", maulte er. „Ich hab euch die Analyse schon gestern Abend geschickt."

„Oh, sorry, wir sind nicht dazu gekommen, sie zu lesen", sagte Inga wahrheitsgemäß.

Jens verdrehte die Augen. „Also gut. Ja, am Tatort wurde ein Schuhabdruck gefunden. Ob er vom Täter stammt, kann ich nicht sagen. Jemand ist in einen Blutstropfen getreten. Wo genau, seht ihr auf den Fotos, die ich euch mitgeschickt habe."

„Vielleicht stammt er vom Gärtner, der sie gefunden hat?", mutmaßte Kunze.

„Nein. Der Gärtner hat ausgesagt, dass er den Raum nicht betreten hat. Außerdem trug er Gummistiefel. Das Profil des Schuhabdrucks war feingliedrig, wie die Turnschuhe von Converse oder von Hausschuhen. Leider ist es nur ein Teilabdruck. Aber wenn ihr mir einen Verdächtigen präsentiert oder seine Schuhe, kann ich euch zumindest sagen, ob er am Tatort war."

„Das ist doch schon mal etwas", meinte Inga. Wieder ein Schritt vorwärts. „Danke Jens."

Mit einem Verabschiedungs-Hmpf verließ Kunze den Raum. Sie folgte ihm in ihr gemeinsames Büro.

Während der Rechner hochfuhr und einige Updates lud, las Inga ihre WhatsApps. Oder vielmehr, sie hätte sie gern gelesen, wenn sie denn welche erhalten hätte. Doch Ole hatte ihre Nachricht noch immer nicht erhalten. Sie suchte unter den Favoriten ihrer Telefonnummern Oles heraus und tippte sie an. Nach knisternder Stille im Telefonhörer erklang eine weibliche Stimme: „The person you have called ...“ Inga unterbrach die Verbindung. So langsam wurde es ihr unheimlich. Oles Handy war normalerweise nie ausgeschaltet. Sie suchte erneut im digitalen Adressbuch und wählte Pauls Nummer. Hier ging der Anruf durch, ihr Ex-Mann aber nicht ran. Es war zum Verrücktwerden.

Entspann dich, versuchte sie sich zu beruhigen. *Vielleicht sind sie im Kino, oder im Musical oder schwimmen, so dass sie nicht ans Telefon gehen können.*

Sie schickte Ole eine weitere Nachricht, ein „Huhu“ plus erstauntem Emoji, versuchte anschließend, die beiden erneut anzurufen, mit demselben Ergebnis wie vorher. Ein ungutes Gefühl kroch ihr den Rücken hinauf und ließ sich wie ein leichter Druck auf ihrem Herzen nieder. Wenn den beiden nun etwas passiert war? Ehe ihre Sorge die Fantasie anwarf und die verwegensten Horrorszenarien entwickelte – angefangen bei einer Lebensmittelvergiftung, über einen Autounfall, bis hin zu Drogenmissbrauch –, rieb sie sich mit beiden Händen durchs Gesicht, als wäre es eine Tafel, und sie könne so die Kreidebilder ihrer Vorahnungen wegwischen.

In einer halben Stunde würde sie es wieder probieren. Bis dahin hätte Ole bestimmt geschrieben oder angerufen. In dieser Zeit wollte sie sich auf die eingegangenen Berichte konzentrieren, die sie bisher nicht gelesen hatte. Aber vorher wollte sie gucken, ob sich in der Teeküche etwas Essbares auftreiben ließ und sich einen Kaffee mitbringen – einen Espresso, einen doppelten am besten.

Dreiundzwanzigstes Kapitel

Monumental war das Wort, das Achim durch den Kopf ging, als er an der Seite des Ehepaars Falk den Kölner Dom betrat. Schon von außen war das Gebäude gewaltig, doch von innen wirkte es noch gigantischer. Achim kam sich vor, als wäre er geschrumpft – und nichtig. Die Pfeiler, die in etwa vierundvierzig Metern Höhe die Rundbögen der Decke des Mittelschiffs stützten, die 10.000 Quadratmeter Fensterflächen, die Bänke, die achthundert Personen Platz boten, die Chorpfeilerfiguren, das kunstvolle Bodenmosaik ... Achim war überwältigt, seine Erschöpfung wie weggeblasen. Das letzte Mal, dass er den Dom betreten hatte, war in seiner Kindheit gewesen. Auch wenn er vor Jahren aus der Kirche ausgetreten war, war dieses Gebäude einen Besuch wert, oder mehrere, wollte man jedes Detail sehen.

Achim und die Falks gingen an dem Dreikönigsschrein vorbei, dessen Gold das Licht der einfallenden Abendsonne reflektierte, um auf den Bodenfliesen ein wundersames Muster zu bilden. Als sie wieder am Hauptschiff angekommen waren, setzten sie sich in eine Bank. Die Falks beteten, Achim saß still da, ließ die vielen Eindrücke auf sich wirken und die Gedanken schweifen. Sie befassten sich mit seinem nächsten Urlaub (sollte er mal eine Sightseeingtour machen, durch eine Weltstadt? Vielleicht die Sagrada Familia besichtigen, um herauszufinden, ob die mit dem Kölner Dom mithalten konnte?), wanderten anschließend zu dem unsäglichen Montag, dann zu seinem Job und dem Erfolg, den er mit seinem ungewöhnlichen Einsatz an diesem Wochenende erreicht hatte.

„Herr Kronenbecher?"

Achim zuckte zusammen. Neben der Bank standen zwei Männer, bekleidet mit Jeans und Jackett. Woher kannten die seinen Namen? Und woher wussten sie, dass er hier war?

Die Falks erhoben sich aus der knienden Position und setzten sich neben Achim auf die Bank. Ihre fragenden Gesichter verrieten ihm, dass die Männer ihnen ebenfalls unbekannt waren.

„Ja?" Es klang wie eine Frage, die Achims Verwunderung einschloss.

„Polizei Köln." Die Männer hielten ihm ihre Marken entgegen. „Wir möchten Sie bitten uns zu begleiten. Die Kollegen möchten Ihnen einige Fragen stellen."

Scheiße! Er war aufgeflogen. Die Sache von Montag. Sie waren ihm doch auf die Spur gekommen.

„Das kann nicht sein. Ich wüsste nicht, was Sie von mir wollen", versuchte er, Zeit zu gewinnen.

„Zeigen Sie uns bitte Ihren Personalausweis?", forderte der ältere der beiden Polizisten.

Mist, verdammter. Seine gesamte Willenskraft aufbietend, um den Fluchtinstinkt zu unterdrücken, erhob er sich. So langsam und umständlich wie möglich, zog Achim seine Geldbörse aus der Tasche und kramte das Dokument hervor, während er verzweifelt nach einem Ausweg suchte. Solle er den Aufstand proben? Nach einem Anwalt verlangen? Sich weigern mitzugehen? Das alles unter den Argusaugen der Falks? Wohl kaum. Er reichte den Ausweis an den

Kripobeamten, der ihn akribisch studierte.

„Alles klar, Herr Kronenbecher", sagte er schließlich.

„Und was wollen Sie nun von mir?", verlangte Achim erneut zu wissen.

„Wir haben nur den Auftrag, Sie ins Präsidium zu bringen. Mehr kann ich Ihnen dazu nicht sagen."

Achim verabschiedete sich nicht von den Falks, er sah sich nicht um, als er vor den Männern durch das Kirchenschiff des Doms in Richtung Ausgang ging. Er spürte ihre enttäuschten Blicke wie Nadelstiche im Nacken.

Er hatte verloren. Alles war um sonst. Er war im Arsch.

Vierundzwanzigstes Kapitel

Kümmel. Kümmel war die Zutat, die sein Roastbeef zu etwas ganz Besonderem machte. Und Zeit. Gestern Abend hatte er das Fleisch gekauft – hatte beim Metzger das ideale Stück Rinderrücken ausgesucht und zu Hause die Marinade zubereitet. Eine Marinade auf Wasserbasis. Wenn das seine Freunde wüssten. Sie schworen auf Marinaden mit Rotwein oder Öl. Er nicht. Nur drei Teelöffel Öl (natives Olivenöl, verstand sich) und 0,8 ml Wasser pro Kilogramm Fleisch mit einem Teelöffel Salz vermengen, dazu Rosmarin, Thymian, Majoran, Oregano – natürlich frisch gezupft und gehackt, und Kümmel, aber nur einen Hauch. Das parierte und mit Küchengarn in Form gebrachte Roastbeef massierte er mit der Marinade ein, verschweißte alles luftdicht und ließ es vierundzwanzig Stunden im Kühlschrank ziehen.

Bei dem Gedanken lief ihm das Wasser im Mund zusammen. Nur noch den Auftrag ausführen, dann hatte er Feierabend. Er konnte in seinen Schrebergarten fahren und das Roastbeef grillen. Um neunzehn Uhr würden dann seine Frau mit den Kindern und das befreundete Ehepaar von der Nachbarparzelle dazukommen. Und sein Roastbeef genießen.

Er sah auf die Uhr, sechzehn Uhr fünfunddreißig. Das müsste klappen.

Er bog auf die Rheinuferstraße in Richtung Zoobrücke ein. Auf dem Beifahrersitz saß Jannis, sein Kollege, und tippte eine Nachricht in sein Handy. Bestimmt an seine neue Freundin. Es verging nicht eine Stunde, ohne dass sie sich irgendwelche Liebesbotschaften schickten. Junge Liebe. Er verdrehte die Augen.

Die Ampel vor ihm wurde gelb. Dann rot. *Mist.* Fast hätte er es geschafft. Er stoppte den Wagen.

„Konni, meinst du, wir sind um sieben Uhr fertig?" Sein eigentlicher Name war Konrad Müller, aber alle nannten ihn nur Konni.

„Ich denke doch. Wir müssten in zirka fünf Minuten am Präsidium sein. Dann liefern wir den …" Er deutete mit dem Kopf in den Fond des Wagens. „… bei Kunze und Laudenbach ab. Danach ist Feierabend." Er grinste Jannis an. „Dann kannst du wieder zu deiner Liebsten." *Und ich zu meinem Roastbeef.* Er konnte die Röstaromen förmlich riechen.

„Was hat er eigentlich verbrochen?", fragte Jannis, als Konni anfuhr und er sein Handy in die Jackentasche gleiten ließ.

„Nichts habe ich verbrochen", ertönte es von der Rückbank.

„Das sagen alle", kommentierte Konni. „Wir sollen ihn zur Befragung bringen. Mehr weiß ich nicht."

„Verdammt, wissen Sie eigentlich, was Sie gerade gemacht haben? Sie haben gerade meine berufliche Zukunft zerstört. Ich sollte Sie anzeigen."

Übertreibt wohl etwas, dachte Konni. Laut sagte er: „Nun regen Sie sich nicht so auf. Nach der Befragung können Sie …"

Die Worte, die den Fahrgast auf der hinteren Bank beruhigen sollten, bewirkten das Gegenteil. Er fluchte und schimpfte. Konni schielte zu Jannis hinüber. Dessen Blick nach zu urteilen, konnte auch er nicht nachvollziehen, warum ihr Passagier so tobte. Konni zuckte mit den Schultern und konzentrierte sich wieder auf die Straße, während Jannis nach hinten zur Rückbank schaute.

„Ach du Scheiße!"

Konni zuckte zusammen und sah in den Rückspiegel. Alles war voller Blut! Hastig blickte er über die Schulter. Mit dem Ärmel wischte sich Kronenbecher unter der Nase her. Dabei verschmierte er das Blut, das ihm immer schneller aus der Nase tropfte, im gesamten Gesicht.

„Scheiße, was hat der denn jetzt?"

„Fahr rechts ran", brüllte Jannis.

In schneller Abfolge wechselte Konnis Blick zwischen Fahrbahn und dem Rückspiegel. Wie ein Sturzbach lief das Blut aus der Nase ihres Passagiers. Kronenbecher beugte sich etwas weiter nach vorn und hielt die Hände zur Schale geformt unter die Nase. Es hatte sich bereits eine kleine Lache gebildet.

„Scheiße", rief Konni. „Nein, ich fahr direkt nach Merheim in die Klinik. In drei Minuten sind wir da."

„Der blutet uns das ganze Auto voll."

„Mach das Blaulicht aufs Dach."

Während Jannis die mobile Blaulichtanlage auf das Dach stellte und das Martinshorn einsetzte, drang eine Art Gurgeln, wie Worte, die in Wasser erstickt wurden, von der Rückbank. Es veränderte sich, wurde zu einem Glucksen.

Scheiße, lief dem Typ das Blut etwa in den Hals? Wehe, der verreckte ihnen.

Konni fuhr schneller und bog von der Stadtautobahn

ab in Richtung Merheimer Krankenhaus. Das Glucksen hinter ihm wurde lauter, höher. Bei dieser Geschwindigkeit war es fahrlässig, in den Rückspiegel zu sehen. Konni riskierte es trotzdem. Und begriff, was Kronenbecher tat. Er lachte, schrill und hysterisch. Es schüttelte ihn, so dass das Blut, das sich in den Händen gesammelt hatte, aufspritzte und sich im Inneren des Wagens verteilte.

Der Typ ist übergeschnappt, stellte Konni entsetzt fest. Total übergeschnappt.

Kaum hatte er den Wagen vor dem Krankenhaus zum Stehen gebracht, sprang Jannis hinaus, um Hilfe zu holen. Konni stieg ebenfalls aus und öffnete die hintere Wagentür. Als er die vor Blut triefende Rückbank mit dem sich vor Lachen krümmenden Mann sah, wusste er, dass sein Roastbeef heute nicht mehr gegrillt werden würde.

Fünfundzwanzigstes Kapitel

Einen vorsichtigen Schritt nach vorn. So würde Inga die Ergebnisse ihrer Kollegen beschreiben. Es war kein Durchbruch in Sicht, aber es konnte einiges abgehakt werden.

In beiden Fällen gab es keine brauchbaren Fingerabdrücke. Allerdings hatte sich herausgestellt, dass in der Geldkassette von Wetzlar über zehntausend Euro lagen, Goldschmuck befand sich in der Schmuckschatulle. Demnach handelte es sich nicht um Raubmord, wie Lore Grönemann vermutet hatte.

Bei Frau Berleburg sah die Sache anders aus. Michael Kaiser hatte etwas skurril Anmutendes im Salon entdeckt. Er war der Richtung gefolgt, in die der Fußabdruck wies, und war beim offenen Kamin gelandet. Auf dem marmornen Sims, der reich mit Stuck verziert war, stand eine Urne, was sehr ungewöhnlich war, denn in Deutschland müssen Urnen bestattet und dürfen nicht zu Hause als Andenken aufgestellt werden.

Michael nahm die Urne hoch und erkannte bei genauerer Betrachtung, dass das bauchige Gefäß Kratzer im Silber aufwies. Der Deckel, der aus reinem Gold zu bestehen schien, hatte sogar tiefe Kerben, so als wäre er schon des Öfteren heruntergefallen. Eine Jahreszahl oder eine Gravur gab es nicht.

Michael ging davon aus, dass das Ehepaar Berleburg die Urne aus England mitgebracht hatte, möglicherweise handelte es sich um die letzte Ruhestätte der Eltern von einem der beiden.

Er hatte den Deckel der Urne vorsichtig abgenommen und hineingesehen. Wider Erwarten befand sich im Inneren keine Asche, sondern Geldstücke. Frau Berleburg nutzte das Gefäß anscheinend als Versteck für Bargeld. Was keine schlechte Idee war, fand Inga, als sie Michaels Bericht durchlas. Welcher Dieb suchte schon in einer Urne nach Geld? Eigenartig war nur, dass sich in der Urne ausschließlich Münzen und keine Scheine befanden.

Derselbe Gedanke schien auch Michael gekommen zu sein. Er vermutete, dass jemand das Versteck kannte und die Scheine eingesteckt hatte, nachdem Frau Berleburg tot war. Sicher war dies nicht, aber sehr wahrscheinlich. Allerdings blieb offen, ob der Dieb auch der Mörder war. Anhand der Spuren ließ sich das nicht feststellen.

Die Kollegen der IT, die im zentralen Datensystem nach ähnlichen Fällen gesucht hatten, konnten keine brauchbaren Ergebnisse liefern. Zwar gab es Fälle, in denen Menschen mit einem Hackmesser getötet worden waren, jedoch lagen sie lange zurück, oder der Täter war gefasst worden.

Die Spuren vom Tatort Wetzlar waren ebenfalls ausgewertet. Es waren nur Haare und Hautpartikel von Wetzlar und von Frau Grönemann gefunden worden. Was durchaus logisch war, da sie bei ihm putzte und sie ihn gefunden hatte. Sie traten auf der Stelle. Anhand der Spuren ergaben sich keine neuen Verdachtsmomente. Die einzige Möglichkeit war, einen der Tatverdächtigen zu überführen.

Frustriert holte sich Inga einen weiteren Kaffee aus der Teeküche, versuchte noch einmal, ihren Ex und

Ole zu erreichen, was ihr wiederum nicht gelang.

Verdammt, heute klappt auch gar nichts. Sie musste sich eingestehen, dass sie ohnehin nicht mehr in der Lage war, einen klaren Gedanken zu fassen. Seit Donnerstag arbeitete sie quasi durch, ohne genügend Nahrung, dafür aber zu viel Kaffee zu sich genommen zu haben. Hinzu kam die Sorge um Ole. Dass der Junge sich nicht meldete, war nicht weiter verwunderlich. Das war seine Art, sie nach einem Streit zu bestrafen. Aber dass er sein Handy ausgeschaltet hatte, und Paul auch nicht ranging, beunruhigte sie sehr. Sie musste Feierabend machen. In einer halben Stunde war es achtzehn Uhr, und das Essen mit ihrem Sohn stand an. Vielleicht war Ole ja inzwischen nach Hause gekommen. Dass in diesem Wunsch ganz viele ‚Eher-Unwahrscheinlichs' mitschwangen, verdrängte sie. Sie wollte nur schnell die Nachricht von Berger lesen, dann würde sie fahren.

Ihre Chefin teilte ihr mit, dass sie die Meute der Presse nicht länger aufhalten konnte. Eine Pressekonferenz war für Montag, zehn Uhr, angesetzt. Kunze oder Inga mussten daran teilnehmen.

„Wer geht morgen zur Pressekonferenz?", fragte sie ihren Kollegen, der hinter seinem Monitor hockte.

„Du solltest ...", weiter kam er nicht, denn das Telefon auf seinem Schreibtisch schrillte. Er nahm ab. „Konni, Moment, ich schalte auf Lautsprecher, dann kann Inga mithören. Jetzt sag, habt ihr Kronenbecher?"

Inga war inzwischen mehr als unkonzentriert. Nach dem Telefonat mit Manu Schimmelpfennig hatte sie total vergessen, Kunze nach dessen Gespräch mit Jens zu fragen. Anscheinend hatte ihr Kollege im Anschluss daran Konni Müller losgeschickt, Kronenbecher abzuholen.

„Ja und nein", war Konnis Antwort. „Wir haben ihn aus dem Dom geholt. Im Auto, auf dem Weg zum Präsidium, hat er plötzlich angefangen zu bluten. Wie ein abgestochenes Schwein lief dem das Blut aus der Nase. Daraufhin sind wir sofort nach Merheim gefahren. Er wurde untersucht und liegt jetzt auf Station."

„Verdammt, wie kann das denn sein?" Auch wenn Kunze es nicht sagte, Inga wusste, was in seinem Satz mitschwang. Das roch nach Polizeigewalt.

„Wir haben ihn nicht angepackt, ehrlich", verteidigte sich Konni prompt. „Wir haben mit dem behandelnden Arzt gesprochen. Er meinte, er dürfe uns keine Auskunft über den Patienten geben, aber ganz allgemein gesprochen, gäbe es wohl Menschen, die, wenn sie sich aufregen, Nasenbluten bekämen. Bei Kindern sei das häufiger der Fall."

„Okay, können wir denn mit ihm sprechen?"

„Nein, der Arzt hat ihm ein starkes Beruhigungsmittel gegeben. Vor morgen wird er nicht vernehmungsfähig sein."

„Scheiße", entfuhr es Kunze. Inga war insgeheim froh darüber. Eine Befragung am heutigen Abend würde es ihr unmöglich machen, früh genug zu Hause zu sein. „Bleibt vor dem Krankenzimmer stehen."

„Ich habe Kollegen von der Streife angefordert. Die werden ihn die ganze Nacht bewachen."

„Guter Mann", sagte Kunze und legte auf.

War das ein Kompliment an einen Kollegen gewesen?

Unglaublich! Das hatte Inga aus Kunzes Mund noch nie gehört. Was sie hingegen hörte, war ein erneutes Telefonklingeln. Diesmal jedoch nicht vom Festnetz, sondern von ihrem Handy.

Ole, schoss es ihr durch den Kopf. Doch ein Blick auf das Display ließ ihre Hoffnungen zerfließen wie Schnee in der Frühlingssonne.

„Laudenbach", meldete sie sich.

„Hallo, hier ist Lore Grönemann", drang ein leises Stimmchen durch den Hörer.

„Frau Grönemann, ich schalte Sie auf Lautsprecher, damit mein Kollege mithören kann", antwortete Inga.

„Ja, ist gut."

„Bitte, Frau Grönemann, was können wir für Sie tun?", fragte Inga und schielte auf die Uhr an ihrem PC. Die zeigte siebzehn Uhr einundvierzig. Noch konnte sie pünktlich zu Hause sein. Noch …

„Ja, Frau Laudenbach, jetzt mache ich mir doch Sorgen. Mein Mann ist immer noch nicht nach Hause gekommen. Das ist ganz untypisch. Er kommt normalerweise so gegen sechzehn Uhr vom Angeln, dann nehme ich den Fisch aus und um achtzehn Uhr steht das Essen auf dem Tisch. Was soll ich denn jetzt tun?"

Oh nein, bitte nicht.

„Wollen Sie eine Vermisstenmeldung aufgeben?"

„Frau Grönemann", meldete sich Kunze zu Wort, „Ihr Mann ist erwachsen. Er könnte bei Freunden versackt sein, wie man so schön sagt. Oder er hat einen alten Bekannten getroffen und sich verquatscht. Wie dem auch sei, eine Vermisstenanzeige wird erst vierundzwanzig Stunden nach dem Verschwinden der Person bearbeitet. Ich würde Ihnen vorschlagen, Sie warten diese Nacht ab. Sollte er morgen immer noch nicht aufgetaucht sein, leiten wir eine Suche ein. Einverstanden?"

„Wenn Sie das sagen …", antwortete Frau Grönemann zaghaft.

„Ja, es wird alles gut. Vertrauen Sie mir."

„Bis morgen, und rufen Sie mich an, wenn Ihr Mann wieder zu Hause ist, okay?", verabschiedete sich Inga und legte auf. Schweigend sahen Kunze und sie sich in die Augen.

„Wir haben zwei Morde, und jetzt ist ein Verdächtiger verschwunden …" Mehr sagte Inga nicht. Musste sie auch nicht. Kunze wusste nur zu genau, was sie damit andeutete. Vielleicht hatte Grönemann kalte Füße bekommen und sich mit dem Geld, das er bei Frau Berleburg aus der Urne gestohlen hatte, aus dem Staub gemacht.

„Wir sollten eine Fahndung rausgeben.", beschloss Kunze. „Am besten, ohne Frau Grönemann etwas zu sagen. Hinterher verschafft sie ihm ein Alibi. Ich überprüfe die Passagierlisten der Flughäfen."

„Ob Grönemann ein Flugzeug betreten würde?" Inga konnte sich das nicht vorstellen.

„Möglicherweise hat er zum ersten Mal im Leben so viel Geld in der Hand", erwiderte Kunze. „Vielleicht will er jetzt sein Leben genießen?"

Möglich, aber Inga konnte sich auch das nicht so recht vorstellen.

„Ein Foto von ihm sollte an alle Polizisten und an das Bahnhofspersonal weitergegeben werden. Du besorgst uns ein Foto", sagte Kunze im Befehlston.

Echt jetzt? Es war zehn vor sechs. Das konnte Stunden dauern. Die einfachste Quelle wäre Frau Grönemann gewesen. Doch die fiel ja weg. Das hieß Internetrecherche, und die kostete Zeit. Zeit die Inga nicht hatte, wenn sie halbwegs pünktlich zu Hause sein wollte. Sie sah auf ihr Handy und wusste nicht, ob sie sich freuen oder ärgern sollte. Die beiden Häkchen unter ihrer Nachricht für Ole waren blau. Er hatte sie gelesen, endlich. Auch wenn er nicht zurückschrieb, würde er bestimmt gleich zu Hause sein. Sie musste los und zwar sofort. Aber der Auftrag? Von Deutz bis zu ihrer Wohnung würde sie zirka zwanzig Minuten benötigen plus Parkplatzsuche, dann könnte sie in einer halben Stunde ihre Wohnungstür aufschließen. Sie würde zu spät kommen, aber nicht viel. Wenn sie eine Möglichkeit fand … Es gab eine. Eine, die sie nicht gerne nutzte, aber dies war eine Ausnahmesituation. Sie schnappte sich ihre Jacke und Tasche und huschte von ihrem Büro in das gegenüberliegende.

Als sie durch die Tür stürmte, stand Jens Maltrum vor seinem PC, einen Arm in der Jeansjacke, den Zeigefinger der anderen Hand nur Millimeter vor dem Powerknopf seines PC entfernt. Als er Inga sah, verharrte er wie ein Standbild.

„Och nee, ne?"

„Jens, ich muss dich um einen Gefallen bitten."

Jens ließ beide Hände sinken. „Eigentlich wollte ich gerade Feierabend machen."

Inga setzte eine flehende Miene auf. „Jens, bitte es ist wirklich wichtig. Wir müssen eine Fahndung nach Grönemann rausgeben und brauchen dafür ein Foto von ihm. Und ich muss dringend weg. Mein Sohn hat das Wochenende bei seinem Vater verbracht. Wir sind für …", sie sah auf die Uhr. „… jetzt verabredet. Könntest du nach dem Foto suchen? Du hast auch was gut bei mir."

„Letzteres versteht sich von selbst." Er überlegte. „Na gut, hau ab." Er ließ sich auf den Bürostuhl plumpsen und zog den Arm aus dem Jackenärmel.

„Danke, Jens. Du bist ein Schatz."

„Ich weiß." Er lächelte.

Inga hastete aus dem Zimmer und hörte ihn, noch bevor die Tür zuschlug, rufen: „Ein Kasten Bier reicht diesmal aber nicht."

Um achtzehn Uhr dreiundzwanzig steckte Inga den Schlüssel ins Schloss ihrer Wohnungstür. Sie wäre schon einige Minuten eher hier gewesen, jedoch ließ sich kein Parkplatz auftreiben. Sie hatte geflucht und geschimpft, bis sie schließlich zwei Querstraßen weiter fündig wurde. Im Laufschritt hatte sie den Weg bis zu ihrem Haus zurückgelegt. Dementsprechend verschwitzt und aus der Puste war sie. Egal. Alles egal. Sie war keine halbe Stunde zu spät. Das fiel unter Karenzzeit. Sie drehte den Schlüssel im Schloss und öffnete die Tür.

Es war ruhig, aber sie konnte in der Luft den Geruch nach Herrenparfüm ausmachen. Das Parfüm ihres Sohnes. Ihr Herz machte einen kleinen Hüpfer. Er war hier. Sie würden sich unterhalten, ihre Meinungsverschiedenheiten begraben und neue Pläne schmieden. Er würde verstehen, dass er bestimmte Regeln einhalten musste, und sie würde die ein oder andere etwas lockern. Aber zuerst würden sie essen.

„Ole?", rief sie, hängte ihre Jacke an den Kleiderhaken im Flur. Langsam und bedächtig ging sie auf seine Zimmertür zu. Sie musste sich anstrengen, um nicht durch den Flur zu laufen und in sein Zimmer zu stürmen.

Sie klopfte. „Ole?"

Keine Antwort.

„Ole, bist du da?"

Wieder nichts. Jetzt wurde es Inga zu bunt. Beherzt griff sie nach der Klinke und öffnete die Tür. Der Geruch von Armani Code Colonia (sie hatte ihm das Parfüm letztes Jahr zu Weihnachten geschenkt) erfüllte die Luft. Sie ließ den Blick durch den Raum schweifen. Ole war nicht da.

Sie wollte gerade im Wohnzimmer nach ihm suchen, da fiel ihr ein Zettel ins Auge, der auf dem Bett lag. Langsam ging sie darauf zu. Ihre Euphorie schwand wie die Luft aus einem durchlöcherten Luftballon. Noch ließ sie keinen Gedanken zu, der ihre Hoffnung auf eine Aussöhnung mit ihrem Sohn zerstören konnte.

Den Blick fest auf den Zettel gerichtet, ging sie mechanisch darauf zu. Sie nahm ihn auf. In der kantigen Handschrift ihres Sohnes stand dort geschrieben: „Ich war hier. Habe gewartet. War ja klar, dass dir die Arbeit wichtiger ist. Bin bei Pa."

Ingas Knie wurden weich. Sie ließ sich auf Oles Bett fallen. Sie fühlte sich, als hätten diese Worte alle Kraft aus ihr herausgesaugt. Erschöpfung legte sich wie eine Decke aus Sand über sie. Alle Energie war verschwunden. Sie war sogar zu ausgelaugt, um sich Gedanken über ihre nächsten Schritte zu machen. Nur ein Satz geisterte in ihrem Kopf herum: „Du warst zu spät."

Wie lange sie so dasaß, regungslos und antriebslos, wusste sie nicht. Vielleicht war sie auch einen Moment eingeschlafen. Es war egal. Niemand wartete auf sie. Sie war zu spät gekommen. Wie so häufig. Als sie vom Bett aufstand, war es draußen bereits dunkel. Sie duschte ausgiebig. Wechselte zwischen warmem und kaltem Wasser und spürte, wie ihr Lebenswille und Kämpferherz wieder erwachten. Ja, sie war zu spät gekommen. Aber war das ein Grund, sie so sitzen zu lassen? Er musste doch einsehen, dass man für seinen Lebensunterhalt Geld verdienen musste. Besonders in ihrem Beruf durfte man nicht so genau sein. Und das wollte sie auch nicht. Ole musste lernen, dass das Leben kein Ponyhof war.

Aber für ihn war es das, stellte sie fest. Gefiel es ihm nicht bei der Mutter, rannte er seit Neuestem zum Vater und bekam dort offenbar seinen Willen. Aber sie würde sich von ihrem Teenagersohn nicht unter Druck setzten lassen. Und Paul? Der hatte ein schönes Wochenende mit seinem Sohn verbracht, aber noch nie den Alltag mit ihm erlebt. Weder mit Hausaufgabenmaulereien noch mit Freundebesuchsdiskussionen.

Während Inga sich abtrocknete und in gemütliche Schlabberklamotten schlüpfte, beschloss sie, Ole anzurufen. Aber zuvor schob sie eine Tiefkühlpizza in den Ofen.

„Ja, was ist?", erklang Oles Stimme im Hörer. Immerhin nahm er den Anruf an.

„Hi, Ole. Ich hab deinen Brief gefunden."

„Mach jetzt keine Szene. Ich war da und du nicht. Deshalb bin ich zurück."

„Ich kann verstehen, dass du gern auch mal bei deinem Vater bleiben möchtest", sagte Inga und wunderte sich, dass in ihrer Stimme keine Spur der tiefen Verletzung mitschwang, die ihr Oles Brief zugefügt hatte. „Ich rufe nur an, um dir zu sagen, dass du jederzeit zurückkommen kannst."

„Okay, aber nein, danke." Er legte auf.

Inga unterdrückte die Tränen, die ihren Blick verschleiern wollten. Es war nur eine Phase. Wie damals, als er laut losgebrüllt hatte, wenn ihn Fremde ansprachen. Da war er gerade zwei geworden. Oder die Phase, als er nichts essen wollte, was rot war. Er hatte sie so manches Mal zur Weißglut gebracht. Wie gerne würde sie sich jetzt mit solchen Problemchen befassen. Aber das ging nicht. Ole war auf dem Weg, erwachsen zu werden, und sie musste akzeptieren, dass er eigene Entscheidungen traf, wie sehr diese sie auch schmerzten. Ihn jetzt mit aller Macht an sich zu binden, würde bei ihm nur noch mehr Ablehnung hervorrufen. Sie musste ihn gehen lassen. Er würde bestimmt zurückkommen. Entweder, weil er es wollte, oder, was ihr wahrscheinlicher erschien, wenn Paul keine Lust mehr hatte, sich mit Teenagerallüren herumzuschlagen, und ihn hinauswarf. Sie konnte jetzt nichts daran ändern.

Während die Pizza im Ofen aufging, öffnete sie ein Bier und bereitete sich ein gemütliches Deckenlager auf dem Sofa. Hier wollte sie entspannen und Kraft schöpfen, zumindest so gut es ging. Schließlich musste sie morgen früh raus, und der kommende Tag versprach, anstrengend zu werden.

Sie biss ein Stück Pizza ab. Das knuspernde Geräusch hallte laut durch das Wohnzimmer. Der köstliche Geschmack in ihrem Mund konnte die Einsamkeit in ihrem Herzen nicht vertreiben.

Sechsundzwanzigstes Kapitel

Er lebte. Wie ein Schwein in einem Drecksloch, nicht mehr und nicht weniger, aber er lebte. Alles tat ihm weh, und er stank entsetzlich. Wenn er sich nicht rührte, nahm er den Geruch nach Pisse – seiner eigenen Pisse – nicht mehr wahr. Aber wehe, er bewegte sich, dann umgab ihn ein Gestank, der fast greifbar war. Kalt war es und modrig. Mücken hatten ihn zerstochen, und die Ausdünstungen von Schimmel und Pilzen kratzten ihm im Hals.

Wenn er diesen Irren zu packen bekam, der ihn hier in den verfluchten Keller gesperrt hatte, würde er ihm den Schädel einschlagen. Ja, genau das würde er. Vielleicht war sein Entführer nicht so taff, wie er glaubte. Vielleicht bluffte er nur. So wie beim ersten Besuch. Er hatte gehört, wie der Kerl ein Messer wetzte und sich vor Angst in die Hose gemacht. Aber dann war der Typ unverrichteter Dinge gegangen. So ein Weichei. Außer Säbelrasseln nichts gewesen.

Allerdings war das Arschloch zurückgekehrt und hatte ihm einen Tritt oder Schlag gegen den Kopf versetzt, woraufhin er das Bewusstsein verloren hatte. Als er die Augen wieder öffnen konnte, hatte er Licht gesehen. Ein kleines batteriebetriebenes Teelicht stand vor ihm. Nach der langen Zeit in Dunkelheit blendete ihn der flackernde Schein. Obwohl er eine solche Plastikkerze in seinem Haus nicht dulden würde – er hatte seiner Frau einmal eine solche an den Kopf geworfen, als sie damit den Schwippbogen bestücken wollte –, kam ihm das schwache Licht nun wie ein Sechser im

Lotto vor. Endlich konnte er seine Umgebung näher inspizieren. Er lag, wie er bereits vermutet hatte, auf dem festgestampften Lehmboden eines Gewölbekellers. Die Wände waren weiß gekalkt, aus der ein oder anderen Mauerfuge reckten sich Wurzeln in den Raum. An einer Stelle lief ein Wasserrinnsal durch einen von Moosen und Algen bedeckten Spalt, sammelte sich in einer Pfütze am Boden und verschwand wieder unter dem Mauerwerk. Daneben stand ein Eimer Wasser. Auf einem Brettchen lag ein Kanten Brot. Als habe er nur auf diesen Anblick gewartet, knurrte sein Magen. Erst als er seine Hände zu Hilfe nahm, um sich nach vorn zu ziehen, bemerkte er, dass sie nicht mehr hinter dem Rücken gefesselt, sondern vor dem Bauch mit einem Kabelbinder zusammengebunden waren. Auch der Knebel war verschwunden. Er betrachtete den Kabelbinder genauer. Er kannte diese Ausführung. Der Binder war einen Zentimeter breit und hielt hundert Kilogramm aus. Sinnlos, dagegen anzugehen. Er hätte es ohnehin nicht vermocht. Seine Schultern schmerzten, als stocherte jemand mit einem Messer darin herum. Die Handgelenke waren wund und bluteten. Stöhnend setzte er sich auf. Das war jetzt nicht wichtig. Er musste zu Kräften kommen, wollte er seinen Entführer überwältigen. Dafür musste er sich stärken, wenn nicht anders möglich, eben mit Wasser und Brot. Ihm kam ein Gedanke. Sein Peiniger gab ihm Nahrung. Bedeutete dies, dass er nicht plante, ihn umzubringen? Vielleicht war er nicht in der Lage zu töten. Er selbst hatte da keine Skrupel und war dadurch eventuell im Vorteil. Er schob sich mit Händen und Füßen, die ebenfalls mit Kabelbinder gefesselt waren, nach vorn und seine Gedanken beiseite. Er musste trinken und essen. Nur das zählte jetzt. Ausbruchspläne schmieden konnte er anschließend.

Das Brot war frisch, das Wasser klar und kalt. Er wunderte sich, dass man überhaupt andere Nahrung brauchte, wenn es doch etwas so Köstliches gab. Er aß das Brot bis auf den letzten Krümel auf. Den Eimer mit den an den Handgelenken zusammengebundenen Händen anzuheben, war schwierig, aber machbar. Alles war machbar, auch diesem Idioten zu entkommen, der ihn hier gefangen hielt.

Er sah sich um. Er brauchte eine Waffe, und er wusste auch schon, woher er sie bekam. Er nahm das Brettchen, stellte einen Fuß auf die eine Hälfte und zog mit aller Kraft an der anderen. Das Brettchen brach mittendurch. Jetzt robbte er zur Pfütze, darauf achtend, nicht nass zu werden. Seine vollgepinkelte Hose war schon fast wieder trocken. Er wollte kein Fieber riskieren, falls er nass und klamm einige Tage hier in dem Drecksloch hocken musste. Aber er würde nicht untätig sein, da hatte sich der Freak geschnitten.

Er hob das Holzstück an und kratzte damit durch die Rille, durch die das Wasser floss. Zuerst entfernte er das Grünzeug, das darin wuchs, und sah zu seiner Freude, dass das Wasser das Lehm-Kalkgemisch, das früher als Mörtel diente, bis zur Hälfte aus der Fuge gespült hatte. Das war gut. Weniger Arbeit für ihn. Stetig und mit gleichmäßigen Bewegungen schabte er von oben nach unten den Mörtel aus dem Spalt heraus. Feiner Staub rieselte zu Boden und vermischte sich mit der

Lache. Er arbeitete konzentriert, wechselte die Hände und setzte sich mal zur Linken, mal zur Rechten seiner Grabungsstätte. So hielt er länger durch, hoffte er.

Plötzlich erlosch das Licht. Um ihn herum war alles stockfinster. So finster, dass es keinen Unterschied machte, ob er die Augen öffnete oder schloss. Er sah rein gar nichts.

Verdammte Scheiße, war der erste von einer ganzen Litanei an Flüchen, die er ausstieß, gefolgt von Verwünschungen gegen seinen Peiniger. Und insgeheim war er auch wütend auf sich. Hätte er das Teelicht überprüft, hätte er gewiss bemerkt, dass es eine integrierte Zeitschaltuhr besaß. Es war nicht zu ändern. Er kroch in die Richtung, in der er die künstliche Kerze vermutete. Doch bevor er auch nur einen Meter weit gekommen war, vernahm er ein Geräusch. Ein Knarren und Knarzen, dann wurde etwas geschoben oder gezogen. Vielleicht über ihm, im Haus.

War es sein Entführer? Oder jemand, der ihm helfen konnte? Er schrie, schrie aus Leibeskräften. Wer auch immer sich dort oben befand, musste ihn hören. Während er für einen kurzen Moment nach Luft rang, hörte er, dass sich Schritte näherten, schwere Schritte. Wenn er wetten müsste, würde er sagen, es waren dieselben wie beim letzten Mal. Was bedeutete, dass sein Entführer zurückkehrte.

Mist, verdammter. Er hatte den Stein noch nicht aus der Mauer gelöst, besaß also keine Waffe. Er war diesem Idioten ausgeliefert. Mit ungeschickten Bewegungen versuchte er, zu der Wand in seinem Rücken zu robben. Vielleicht konnte er sich daran abstützen und auf die Beine kommen. Dann stand er dem Schwein Auge in Auge gegenüber und musste nicht über den Boden kriechen.

Doch es war zu spät. Ein Riegel wurde zur Seite geschoben. Im nächsten Moment flog die Tür auf und krachte gegen die Wand. Mit drei großen Schritten war der Entführer bei ihm und versetzte ihm einen Hieb gegen den Kopf. Ihm blieb nicht einmal Zeit zu schreien. Vor seinen Augen tanzten bunte Blitze, und sein Kopf schmerzte, als habe er ihn unter eine Walze gelegt. Warm und weich floss etwas seine Stirn herunter. Um ihn drehte sich alles. Ihm wurde schlecht.

Du kotzt dich nicht voll, war das Einzige, was er dachte. Die Genugtuung wollte er dem Typen nicht geben. Unter das Wummern in seinem Kopf mischten sich das Rascheln von Kleidung und Schritte.

„Lass mich!" Er schlug mit den Händen durch die Luft, traf selbstverständlich nichts. Mit aneinandergefesselten Armen war er so geschickt wie ein Uhrmacher mit einem Stemmhammer. Langsam öffnete er die Augen. Die Tür zu seinem Gefängnis stand offen. Umgeben von mattem Lichtschein, der von der Oberfläche nach unten drang, stand eine Gestalt im Türrahmen, hoch aufgerichtet und breitbeinig. Schwarz hob sie sich vom Licht ab. Ein wadenlanger Mantel bauschte sich um die Beine, auf dem Kopf saß ein breitkrempiger Hut.

„Was glotzt du so?", blaffte er die Gestalt an.

Er hasste es, auf dem Boden zu kriechen, beschmutzt mit Dreck und Urin, diesem Wahnsinnigen ausgeliefert. Aber so leicht würde er nicht nachgeben. Da konnte der Scheißkerl ihm hundertmal auf den Kopf schlagen. Mühsam rappelte er sich in eine sitzende Position auf.

Mit großen Schritten kam sein Peiniger auf ihn zu. Der Gestank von billigem Aftershave und Knoblauch schlug ihm entgegen, als das Schwein sich über ihn beugte. Gern hätte er ihm ins Gesicht gesehen, doch seine Lider flackerten und Lichtblitze tanzten vor seinem inneren Auge. Ein heftiger Stoß beförderte ihn wieder auf den Boden. Der Kerl packte seine Arme und streckte sie aus. Dann stellte er sich auf seine Handgelenke.

Mit dem nächsten Atemzug durchschnitt das Rascheln von Kleidung gepaart mit dem leisen Surren von gehärtetem Stahl die Stille des Kellers. Für den Bruchteil einer Sekunde nahm er einen unmenschlichen Schmerz wahr. Dann umfing ihn erlösende Dunkelheit.

Siebenundzwanzigstes Kapitel

Eigentlich hatte Kunze Inga die Teilnahme an der Pressekonferenz aufs Auge drücken wollen. Glücklicherweise war Karla Berger anderer Meinung gewesen. Sie wollte Kunze mitnehmen, weil seine prägnanten Sätze die Konferenz um einiges verkürzen würden. Das Augenzwinkern, das sie Inga zuwarf, ohne dass Kunze es mitbekam, ließ sich nicht einwandfrei deuten. Es war das erste Positive an diesem Morgen. Inga war vergangene Nacht auf dem Sofa eingeschlafen und heute Morgen mit schmerzendem Nacken und Kopfweh aufgewacht. *Das ist das Alter*, musste sie sich eingestehen. Früher hatte sie Nächte durchgezecht und war am nächsten Morgen zur Arbeit gegangen, als wäre nichts gewesen. Heute reichte eine Nacht auf dem Sofa, und sie fühlte sich wie gerädert. Hinzu kam, dass sie enorme Kraft aufwenden musste, nicht die ganze Zeit an Ole zu denken.

Jetzt saß sie vor dem PC und wollte den Powerknopf drücken. Na ja, sie wollte nicht wirklich. Gestern hatte sie schon Stunden davor verbracht, ohne nennenswerte Ergebnisse zu erzielen. Es graute ihr davor, den Vormittag still in ihrer eigenen verbrauchten Luft zu vermodern. Sie musste raus, sich bewegen. Inga ging in Gedanken die Straße zum Eulensiefen entlang, zuerst der Hof von Wetzlar zur Linken, etwas weiter die Bauernhausvilla von Kronenbecher auf der rechten Straßenseite. Hinter der nächsten Kurve links das Haus von Mechthild und ihrer Tochter. Bevor sie beim Haus der Grönemanns anlangte, kam ihr das Elternhaus von

Lore Grönemann in den Sinn. Das wäre eine Idee. Sie könnte sich dort umsehen. Aber vorher …

Sie griff zum Telefonhörer und wählte eine Gummersbacher Nummer.

„Hartung", meldete sich Tom am anderen Ende. Allein bei der Nennung seines Namens sprudelte seine gute Laune durch den Telefonhörer. Wie machte er das bloß?

„Hallo, hier ist Inga."

„Hi, Inga, schön von dir zu hören. Gibt's was Neues?"

„Nein, nicht direkt. Ich wollte dich nur um einen Gefallen bitten."

„War ja klar. Ich dachte schon, du rufst an, weil du gern noch mal mit mir Kaffee trinken willst." Er lachte.

„Das wäre eine gute Idee", sagte Inga und meinte es auch so. Toms gute Laune war ansteckend und tat ihr gut. „Vielleicht nach dem Fall." Hatte sie das nicht schon einmal gesagt? „In Eulensiefen ist vor vier Jahren ein Haus abgebrannt."

„Lore Grönemanns Elternhaus, meinst du?", fragte er.

„Genau. Woher weißt du …?"

„Annette Mausbach hat mir davon erzählt. Die Mutter ist dabei ums Leben gekommen."

„Ich weiß. Kannst du mir die Akten der Brandermittlungen besorgen?", bat sie.

„Mach ich. Hat es etwas mit dem aktuellen Fall zu tun?"

„Möglicherweise nicht, vielleicht aber doch", meinte Inga unschlüssig. „Es ist mehr ein Gefühl. Da auf dem Weiler hängt alles irgendwie zusammen, die Menschen und auch die Gebäude … Ich würde es mir einfach gern mal ansehen."

„Kein Problem. Reicht es, wenn ich die Unterlagen heute mit zur Besprechung bringe?"

„Ja, aber es wäre gut, wenn Kunze nichts davon mitbekäme."

„Soso, Frau Laudenbach geht eigene Wege ..."

Inga sah ihn förmlich vor sich, wie er neugierig grinsend an seinem Schreibtisch vor dem Telefon saß. Mehr Infos wollte sie sich aber nicht entlocken lassen.

„Auch gut, dann verrate ich dir auch nicht, was ich herausgefunden habe." Es klang übertrieben patzig, wie bei einem kleinen Kind. Inga hätte sich nicht gewundert, wenn er ein Nänenänenänä hinterhergeschoben hätte, und lachte.

„Damit strafst du mich wirklich sehr. Ich bin doch so neugierig", ging sie auf sein Spiel ein.

„Wirklich? Okay, du versprichst mir, mit mir einen Kaffee trinken zu gehen, und ich verrate dir, was ich weiß, abgemacht?"

„Herr Hartung, das klingt schwer nach Erpressung. Das lässt sich leider nicht mit meinem Berufsethos vereinbaren."

„Tja, dann nicht. Du hattest die Wahl."

„Okay, dann bis später", beendete Inga das Geplänkel.

„Ciao", sagte Tom und legte auf.

Sie wunderte sich, wie sehr sie dieses Gespräch erfrischt hatte. Irgendwie gab es Menschen, die einem guttaten, und sei es nur mit ihrer Anwesenheit oder einem Telefonanruf. Sie erhob sich. Auf Computerarbeit hatte sie immer noch keine Lust. Sie musste raus.

Eine dreiviertel Stunde später stand sie vor dem Grundstück der Raabes. Bei ihrem letzten Besuch hatte sich Inga dem Haus von hinten, von der Villa Kronenbecher ausgehend, genähert. Heute stand sie an der Straße und sah über eine Wiese zum Haus hinüber. Im Sommer war das Gras bestimmt einen halben Meter hoch gewesen. Die langen Halme lagen, abgeknickt vom Schnee des letzten Winters, auf dem Boden. Neue hellgrüne Gräser wuchsen durch das alte, verfilzte Kraut hindurch. Hier und da streckten Frühblüher in allen Stadien des Wachstums ihre Köpfe hindurch, die letzten Überbleibsel eines früher einmal gepflegten Gartens. Inga schritt direkt auf das Loch im Mauerwerk zu, in dem vor vier Jahren noch eine Tür gewesen sein musste. Jetzt wuchs ein Holunderstrauch in der Öffnung, als wolle er jeden Besucher am Eintreten hindern. Tatsächlich wirkte das Gebäude so klapprig und instabil, dass es wahrscheinlich klüger wäre, es nicht zu betreten. Inga lugte an dem Strauch vorbei in den Flur des Hauses. Das Innere war von Moosen und Farnen in Beschlag genommen worden. Sie konnte bis unter das Dach sehen, dessen Balken ebenso verkohlt waren wie die Wände. Bruchstücke der Wände ließen vermuten, dass vom Flur eine Tür zur Rechten möglicherweise in die Küche geführt haben mochte. Weiter hinten wuchs eine Fichte, deren ausladende Äste ihr die Sicht auf die Mittelwand, die mehr schlecht als recht das Dach trug, oder vielmehr das, was davon übrig war, verwehrte.

Wo sie schon einmal hier war, wollte Inga nun auch den restlichen Teil des Hauses sehen. Als sie sich umwandte, huschte eine Maus durch das Gestrüpp am Boden. Sie flitzte unter einen Ilexstrauch und verschwand durch einen Spalt im Boden. Bei genauerem Hinsehen stellte Inga fest, dass der Untergrund hier anders beschaffen war. Sperrholzplatten hoben sich aufgequollen und wellig vom Untergrund ab. Sie wusste, dass sich in solch alten Häusern der Zugang zum Keller meist unter einer Bodenklappe befand. Mit einem bangen Blick nach oben entschloss sie sich, lieber nicht nachzusehen, was sich dort verbarg. Den Rest des Daches samt verkohltem Dachstuhl wollte sie nicht auf den Kopf bekommen. Zumindest nicht allein. Vielleicht konnte sie Kunze überreden, einmal mit ihr hierherzufahren.

Einen Blick auf die Rückseite des Hauses konnte sie jedoch riskieren. Sie ging um das Gebäude herum, musste dabei einen großzügigen Bogen schlagen, weil wuchernde Sträucher und eine Thuja von bestimmt zwei Metern Durchmesser ihr den Weg versperrten.

Die Rückseite war noch schwerer beschädigt als die Front. Das Dach war eingestürzt und hatte alles mit sich gerissen. Außer einigen Mauerresten der Außenwände lag hier kein Stein mehr auf dem anderen.

Dann konnte ihr ja auch nichts auf den Kopf fallen, dachte Inga und stieg über eine Bruchsteinmauer, die Hunderte von Jahren das Gebäude getragen hatte. Vorsichtig setzte sie einen Fuß vor den anderen, obwohl sich die Natur in der Ruine breitgemacht hatte, als versuche sie, sämtliche Zwischenräume auszufüllen, denn die Bruchstücke waren glitschig von Moos und wackelig. Holzreste zerfielen unter ihren Tritten. Ein modriger Geruch stieg ihr in die Nase.

Sie erreichte die Zwischenwand. Als sie hindurchsah, fiel ihr Blick auf den Kamin an der linken Hauswand. Teile der gemauerten Umrandung des Kaminraums lagen zertrümmert am Boden. Die roten Ziegel des Schornsteins waren unter dem Ruß und Schmutz noch gut zu erkennen. Ob dies das Wohnzimmer gewesen war?

Ein Zweig knackte. Inga zuckte zusammen und lauschte angespannt. Da, wieder. Jetzt hörte sie Schritte. Hastig tippelnd, raschelten sie im Laub des letzten Herbsts. Jemand war auf dem Weg hierher, und er hatte es eilig. Nur wenige Sekunden später stand Lore Grönemann neben der Ruine, völlig außer Atem, als habe sie gerade einen Hundertmetersprint hingelegt.

„Was … tun Sie … da?", fragte sie keuchend.

„Ich schaue mir …"

„Kommen Sie bitte da raus." Inga konnte durch das Schnauben nicht heraushören, ob die Bitte besorgt oder ärgerlich klang.

„Wir haben keine Versicherung mehr", gestand Frau Grönemann. „Wenn Ihnen etwas passiert …" Sie sprach es nicht aus. Aber Inga verstand auch so und verließ ihren Platz in den Trümmern. Sie hatte ohnehin genug gesehen.

„Danke", sagte Frau Grönemann, als sie wieder zu Atem gekommen war. „Ich hab Sie von meinem Bügelzimmer aus um das Haus schleichen sehen. Da dachte ich, ich sollte Sie warnen."

„Alles gut. Es ist ja nichts passiert", sagte Inga und wunderte sich über die Übervorsichtigkeit der Frau. Es hieß, im Alter würde man ängstlicher werden.

Vielleicht lag es daran. Oder ihre Nerven lagen einfach blank.

„Frau Grönemann, ist Ihr Mann inzwischen nach Hause gekommen?", wechselte sie das Thema.

„Franz? Nein, ist er nicht." Sie kramte ein geblümtes Taschentuch aus ihrer Schürze und schnäuzte sich vernehmlich die Nase. „Ich verstehe das einfach nicht. Das hat er noch nie gemacht."

„Frau Grönemann, es ist Zeit, eine Vermisstenanzeige aufzugeben. Ich werde Ihnen einen Kollegen vorbeischicken, in Ordnung?"

Lore Grönemann nickte mit gesenktem Kopf, während sie unablässig an ihrem Taschentuch nestelte.

„Gehen Sie nach Hause und warten Sie dort. Sollte Ihr Mann in der Zwischenzeit auftauchen, rufen Sie mich bitte sofort an."

Wieder ein Nicken. „Mach ich", sagte sie. „Wollen Sie noch auf einen Kaffee mit reinkommen?", fügte sie hastig an.

„Tut mir leid, aber ich muss zurück ins Büro." Am liebsten hätte sie „Ein anderes Mal gern", angefügt, verkniff es sich jedoch. Es wäre nur eine Floskel gewesen.

Sie verabschiedeten sich und Inga ging zurück zum Auto. *Arme Frau, dachte sie, hat sich das ganze Leben um den Mann gekümmert und seine Marotten ertragen, und er dankt es ihr, indem er mit einem Bündel Geldscheine das Weite sucht.*

Stopp! So durfte sie nicht denken. Das waren bloße Vermutungen und allerhöchstens Indizien, mehr nicht.

Aber manchmal dachte eben auch eine Kriminaloberkommissarin frei Schnauze.

Achtundzwanzigstes Kapitel

Achim fühlte sich wesentlich besser. Er hatte geschlafen wie ein Stein. Er musste die Schwester fragen, was sie ihm verabreicht hatten. Das Zeug wirkte Wunder. Die Tamponaden waren aus seiner Nase entfernt worden, und das Frühstück hatte gar nicht so schlecht geschmeckt, wie befürchtet.

Als die Schwester hereinkam, um sein Tablett abzuholen, verflog seine gute Laune schlagartig. Vor der Tür stand immer noch ein Polizist. Der gestrige beschissene Tag stürzte wieder auf ihn ein. Falk im Hotel, die Wanderung, die Aussöhnung und dann die Polizisten im Dom. Sie hatten ihm alles kaputtgemacht. Achim war sicher, dass ihm Falk mit seinen übertriebenen Moralvorstellungen das Projekt nicht mehr anvertrauen würde. Niemals. Das war allein die Schuld der Bullen. Hätten die nicht eine Stunde später auftauchen können, vorzugsweise bei ihm zu Hause? Ihn in aller Öffentlichkeit wie einen Verbrecher abzuführen, war eine Frechheit. Aber denen würde er es zeigen. Sie hatten ihm alles versaut, und er würde einen Teufel tun, vor denen zu kriechen. Er würde sich mit allen Mitteln widersetzen. Deshalb war das Erste, was er heute Morgen getan hatte, seinen Freund und Anwalt Konstantin Petzold anzurufen. Der empfahl Achim, ruhig zu bleiben und sich weiterhin schlecht zu fühlen. Achim hatte den Wink mit dem Zaunpfahl verstanden und nach der Schwester geklingelt, um ein Schmerzmittel gegen seine Kopfschmerzen zu erbitten. Die freundliche und äußerst gutaussehende Schwester hatte ihm den Wunsch umgehend erfühlt. Was auch zu erwarten war. Schließlich warb seine private Krankenversicherung damit, einen Krankenhausaufenthalt zu einem Wellnessurlaub zu machen. Dementsprechend kostete sie, aber das war ihm egal.

Vor der Tür wurden Stimmen laut. Achim lauschte. Er vernahm zwei Männerstimmen, die eine gehörte bestimmt dem Polizisten, die andere erkannte er als die seines Freundes, Dr. Konstantin Petzold. Nach kurzem Hin und Her öffnete sich die Zimmertür.

„Achim, was machst du denn für Sachen?" Mit großen Schritten und ausgebreiteten Armen, als wolle er ihn gleich an seine Brust drücken, nahm Konstantin mit seinen zwei Metern Körpergröße den Raum ein. Er trug einen maßgeschneiderten, dunkelblauen Anzug. Über den linken Arm hatte er einen halblangen Mantel gelegt. Die goldenen Manschettenknöpfe an seinem Hemd blitzten im Neonlicht des Krankenzimmers auf.

Konstantin war ein Phänomen. Er besaß eine ungeheure Ausstrahlung, so dass sich alle, insbesondere die Damenwelt, nach ihm umdrehten, wenn er nur vorbeiging. Nicht selten hatte Achim davon profitiert. Wenn sich in der Disco alle um seinen Freund scharten, fiel auch für ihn die ein oder andere Liaison ab. Achim hatte Konstantin noch nie im Gerichtssaal erlebt, konnte sich aber gut vorstellen, dass er allein durch sein Charisma Prozesse gewann.

Schwungvoll warf Konstantin den Mantel über die Lehne eines Stuhls, wirbelte mit den Worten: „Wir wollen der schwer arbeitenden Polizei ja keine Umstände machen", in einer Schnelligkeit herum, die in diesem Moment einem Basketballspieler zur Ehre gereicht hätte, und schlug die Tür zu.

„So, was hast du denn angestellt?", erkundigte er sich, während er auf dem Polstersessel, der für Besucher bereitstand, niederließ, die Beine übereinanderschlug und die Hände im Schoß faltete.

Fehlt nur noch, dass er sich eine Zigarre anzündet und den Kognakschwenker auspackt, dachte Achim.

„Moment." Er betätigte eine Taste an einem kleinen Schaltpult, welches an seinem Nachttisch befestigt war. Das Kopfteil seines Lattenrostes fuhr nach oben. In einer halbsitzenden Position angekommen, stoppte er es. Achim überlegte, ob er nach der Schwester klingeln sollte, damit sie ihm das Kopfkissen aufschüttelte, entschied sich jedoch dagegen. Es gab Wichtigeres. Er musste beichten.

„Ich hatte einen ziemlich beschissenen Montag", begann Achim und erzählte Konstantin von dem Projekt der Falks sowie davon, dass sein bekloppter Nachbar ihn aufgehalten hatte. „Der stand vor seinem Haus am Straßenrand und fuchtelte wild mit den Armen. Ich dachte, es wäre sonst was passiert und hielt an, netterweise. Doch dann fing der Typ an zu zetern und zu keifen, ich würde ständig über sein Grundstück fahren. Dabei würde ich Spuren im Schotter hinterlassen, die er dann wieder heraus harken müsste und so 'n Mist. Total hysterisch war der. Ich dachte, der kriegt gleich einen Herzinfarkt."

„Und fährst du über sein Grundstück?", erkundigte sich Konstantin.

„Natürlich. In der Straße ist ein großes Schlagloch,

meinst du, ich holpere da durch?"

Konstantin schmunzelte, sagte jedoch nichts.

„Ich habe ihm einen Vogel gezeigt und bin gefahren. Dadurch und wegen dem Stau auf der A4 war ich spät dran."

„Deshalb bist du etwas schneller gefahren …", vermutete Konstantin und ging in Gedanken vermutlich sämtliche Möglichkeiten durch, wie er Achim eine Knolle vom Hals schaffen konnte. Aber dies war nicht das eigentliche Problem.

„Ich war, sagen wir mal, zügig unterwegs."

Konstantin lachte. „Achim erzähl mir doch nichts. Ich bin nicht nur dein Anwalt, sondern auch dein Freund. Ich weiß, wie du fährst."

„Ja, aber darum geht es nicht."

„Das denke ich mir, denn einen Bodyguard von der Polizei bekommt man nicht alle Tage vor die Tür gestellt."

Achim fiel es schwer, ihm von dem Ereignis zu erzählen. Konstantin bemerkte sein Zögern und fragte: „Was werfen sie dir vor?"

Achim zuckte die Schultern. „Das weiß ich nicht. Der da draußen", er deutete zur Tür, „sagt nur, dass nachher zwei Kripobeamte kommen, um mich zu vernehmen. Es kann sich dabei nur um den Vorfall vom Montag handeln. Und das ist kein Pappenstiel."

„Jetzt machst du mich neugierig." Konstantin beugte sich vor.

„Ich war zu schnell. Im Zollhafen bin ich dann von der Straße abgekommen und habe ein Kind …", er schluckte, „… angefahren." Es klang wie ein Krächzen, so als sträube sich das Wort, ausgesprochen zu werden.

Wenn Konstantin entsetzt war, ließ er es sich nicht anmerken. Er nickte lediglich und fragte: „Wie genau ist es passiert?"

„Ich geriet ins Schleudern. Frag mich nicht, wieso. Ich bin eigentlich ein geübter Fahrer … Ob es eine Bodenwelle war oder so, … keine Ahnung."

Konstantin nickte wieder.

„Mein Wagen hat sich gedreht, und ich bin mit dem Heck gegen ein parkendes Auto geprallt." Er verstummte und wappnete sich für die nächsten Sätze. „Im Rückspiegel hab ich gesehen, wie das andere Auto zur Seite auf den Bordstein geschoben wurde."

Konstantin nickte abermals, diesmal auffordernd.

„Ich sah gerade noch, wie ein Kind, ein Mädchen, glaube ich, hinter dem Auto verschwand."

„Wie verschwand? Wie meinst du das?"

„Ich hab halt nur noch den Kopf hinter dem Auto verschwinden sehen. Es wurde vermutlich von dem Auto getroffen."

„Und was hast du dann gemacht?"

„Kannst du dir das nicht denken?", blaffte Konstantin lauter als beabsichtigt, bemerkte es und fuhr fast flüsternd hinzu: „Ich bin abgehauen. So schnell ich konnte. Bin umgedreht und weg."

„Du hast keinen Rettungswagen gerufen?"

„Nein, natürlich nicht. Ich stand unter Schock. Ich wollte nur weg. Ich weiß auch gar nicht, wo ich hingefahren bin. Einfach durch die Gegend vermutlich. Das Erste, was ich wieder sicher weiß, ist, dass auf der A4 die Tankleuchte anging. Ich muss eine halbe

Tankladung in der Zeit verfahren haben. Anschließend bin ich nach Hause und hab den Porsche in der Garage versteckt."

„Typisch Schock, unzurechnungsfähig", fällte Konstantin das Urteil und fügte das weitere Vorgehen hinten an. „Ich werde herausfinden, wer das Mädchen ist, wie schwer es verletzt wurde, und wie es ihm jetzt geht. Zugleich werde ich dir die Polizei vom Hals halten. Du bleibst hier und tust weiter schön krank. Du solltest um eine Kernspintomographie deines Schädels bitten. Das bringt dem Krankenhaus Geld. Dann behalten sie dich bestimmt hier. Selbstverständlich bist du in der Zeit nicht vernehmungsfähig. Ich spreche mit deinem Arzt. Das kriegen wir schon hin. Überlass das nur mir."

Nachdem Konstantin wehenden Mantels aus dem Zimmer gerauscht war, ließ sich Achim in die Kissen sinken. Mein Gott, tat das gut. Er hatte sich die Schuld von der Seele geredet, und sein Freund nahm sich seiner Probleme an. Das Wichtigste aber war, er würde sie auch für ihn lösen. Da war sich Achim sicher. Die Rechnung würde gigantisch werden, aber das war es wert.

Die Sache mit den Falks, tja, die würde sich nicht mehr kitten lassen, obwohl … er könnte versuchen … Ach, nein. Lieber nicht. Er würde die Arbeit des letzten halben Jahres abschreiben und sich auf ein neues Projekt konzentrieren, sobald alles ausgestanden war.

Weitestgehend beruhigt, schloss er die Augen.

Neunundzwanzigstes Kapitel

Die Kissenbezüge dufteten herrlich, als Annette Mausbach sie aus dem Wäschekorb nahm und draußen auf die Leine hängte. Das Waschmittel, das schon ihre Mutter verwendet hatte, als Annette noch klein war, duftete nach Limette und Bergamotte. Heute Abend, wenn sie die Wäsche wieder reinholen würde, wäre der Geruch verflogen, und ihre Wäsche würde himmlisch nach Wald und Wiese riechen, als könne der Stoff eine Erinnerung des Tages einfangen. Wundervoll.

Eine Wolke schob sich vor die Sonne. Annette sah besorgt zum Himmel hinauf. Hoffentlich fing es nicht an zu regnen. Gestern Abend in den Nachrichten hatten sie gesagt, es solle zwar wolkig werden, aber trocken bleiben. In den meisten Fällen traf das auf das Bergische jedoch nicht zu. Sobald Wolken am Himmel aufzogen, gab es Regen. Da konnte man die Uhr nach stellen. Obwohl sich das in den letzten Jahren geändert hatte. Das käme von der Erderwärmung, sagten sie im Fernsehen. Der letzte Sommer war tatsächlich sehr trocken gewesen. Ob dieser genauso werden würde? Hoffentlich nicht. Schon im letzten Jahr hatten sie mit dem Wasser sparsam umgehen müssen, weil der ortseigene Brunnen auszutrocknen drohte. Da der Weiler zu abgelegen lag, waren sie weder an die öffentliche Wasserversorgung noch an den Kanal angeschlossen. *Dafür haben wir hier unsere Ruhe,* dachte Annette, schob den Wäschekorb unter die Wäschespinne und ging zum Haus zurück. Wenn da nicht das mit Herrn Wetzlar gewesen wäre. Seit sie von seiner Ermordung

(Ermordung! Das musste man sich mal vorstellen, und das hier bei ihnen im Ort!) erfahren hatte, schloss sie die Haustür immer zweimal ab und kontrollierte die Hintertür, bevor sie zu Bett ging. *Wer ist zu so etwas nur fähig?*, fragte sie sich schon zum hundertsten Male. Herr Wetzlar war kein übler Kerl, ruhig und unauffällig, in sich gekehrt. Ein wenig pedantisch, zugegeben, aber freundlich. Annette war immer gut mit ihm ausgekommen. Und jetzt war er tot.

Annette erreichte die Haustür, neben der der Rollator ihrer Mutter parkte. Dann war sie ausnahmsweise mal nicht auf Wanderschaft. Sie schmunzelte. Fast täglich musste sie hinter ihr herlaufen und sie wieder einfangen. *Wenn ihr Kopf noch mitspielen würde, wäre sie für ihr Alter recht rüstig,* dachte Annette. Ihre Mutter lebte meist in der Vergangenheit. Manchmal befand sie sich in der Zeit, als Annette und ihre Geschwister noch klein waren, ihr Mann noch lebte und ihre Freunde natürlich auch. Manchmal ging sie noch weiter zurück, wollte zu ihren Eltern oder sprach mit ihren Großeltern. Als Annette hierhin gezogen war, hatte sie zunächst versucht, Mechthild aus der Vergangenheit zurück in die Gegenwart zu holen. Aber mit der Zeit hatte sie es aufgegeben. Sie tat nun so, als wären Mechthilds Fantasien real. Eigentlich war es auch schön. Mechthild befand sich an ihrem Lebensabend, umgeben von den Menschen, die sie liebte. Warum sollte Annette ihr diese Illusion nehmen?

Sie streifte die Schuhe ab und ging ins Wohnzimmer. Vielleicht wollte Mutter vor dem Essen noch einen Spaziergang machen.

„Mutter?" Annette sah sich um. Mechthild war nicht da. Eigenartig. War sie zur Toilette gegangen, oder in die Küche? Sie kontrollierte beide Räume, fand ihre Mutter jedoch nicht. Plötzlich hatte sie das Gefühl, als schließe sich eine kalte Hand um ihren Magen.

Sie lief durchs ganze Haus, suchte sogar im ersten Stock, den Mechthild tagsüber normalerweise mied, weil ihr das Treppensteigen zunehmend schwerfiel, und im Keller. Doch von ihrer Mutter fehlte jede Spur.

Annette hastete in den Garten. Suchte bei der Gartenbank am Waldrand, von der aus man einen wunderschönen Blick über den Ort hatte, aber auch hier war ihre Mutter nicht.

Bisher hast du sie immer wiedergefunden, versuchte sie sich zu beruhigen. Bisher. In solchen Momenten ärgerte sich Annette, dass sie keinen Zaun mit verschließbarem Tor um das Grundstück hatte bauen lassen. Und wie jedes Mal schwor sie sich, sobald sie Mutter gefunden hatte, diesen in Auftrag zu geben. Aber erst musste sie sie finden. Mechthild war ohne ihren Rollator unterwegs. Vielleicht … Annette lief zur Haustür und sah, was sie befürchtet hatte. Ihre Mutter war mit den zwei Wanderstöcken losgelaufen. Damit bewegte sie sich sehr viel unsicherer. Was, wenn sie irgendwo im Wald gestürzt war? Wie sollte Annette sie dann finden? Wie sollte sie sie überhaupt finden? Panik stieg in ihr auf. Sollte sie die Polizei rufen? Die hatten doch Wärmebildkameras und könnten mit Hunden … Nein. Sie wollte vorläufig kein Großaufgebot der Polizei. Erst würde sie selbst alles absuchen.

Sie stellte sich gerade hin und atmete tief ein und

aus, so wie sie es bei ihrem Yogakurs, den sie vor etlichen Jahren einmal besucht hatte, gelernt hatte. Sie atmete ihre Panik weg, sozusagen. Es funktionierte. Annette wurde ruhiger. Noch zwei Atemzüge. Dann versuchte sie, sich daran zu erinnern, was ihre Mutter heute Morgen gesagt hatte. Welche Aufgaben auf dem Hof vermeintlich anstanden. Fische! Ach du liebe Güte … Mechthild hatte davon gesprochen, zum Teich zu gehen, um die Fische auszunehmen, die Alfred gefangen hatte. Mist! Annette lief los. Der Teich, von dem Mechthild gesprochen hatte, hatte einst ihrer Familie gehört und lag östlich von hier. Annette war schon ewig nicht mehr dort gewesen. Sie wusste weder, ob der Weg, der schon damals nicht mehr als ein Trampelpfad gewesen war, überhaupt noch existierte, noch ob der Teich Wasser führte. Mist. Hoffentlich war ihrer Mutter nichts zugestoßen. Annette lief schneller. An der Straße angekommen, bog sie nach links ab. Folgte der Straße bis hinter das Haus der Grönemanns und bog dann rechts in den Wald ein. Der Waldweg wurde von der Jagdgenossenschaft in Ordnung gehalten. Hier ging sie mit Mutter öfters spazieren.

Hektisch ließ Annette den Blick über das Unterholz zu beiden Seiten des Weges schweifen, aber von Mechthild war nichts zu sehen. Mist, so ein Mist! Die Panik kam wieder und mit ihr auch die Luftnot. Schließlich war sie keine zwanzig mehr. So ein Spurt forderte von ihrem Herzen und ihrer Lunge Höchstleistungen. Sie schnaufte. Seitenstechen setzte ein. Hier musste irgendwo der Pfad zum Teich abzweigen. Oder war sie bereits daran vorbeigelaufen? Es war so lange her! Sie wurde langsamer. In ihrem Kopf kramte sie nach Erinnerungen. Gab es irgendein Zeichen, einen Baum oder einen Stein, der den Anfang des Pfads markierte? Die Bilder vor ihrem inneren Auge waren verschwommen, dann aber fiel ihr ein, dass ihr Bruder in den Baum neben dem Pfad ein A für Anton eingeritzt hatte. Sollte der Baum noch stehen – selbst das wusste Annette nicht –, musste er mittlerweile einen mächtigen Stamm besitzen, und der Buchstabe wäre ein gutes Stück nach oben gewandert. Annette blickte sich um und entdeckte eine Buche, die die passenden Ausmaße besaß. Sie lief darauf zu, stoppte aber nach wenigen Metern. Sie hatte etwas entdeckt. Zu ihrer Linken waren Brombeerranken bis auf den Boden heruntergetreten worden. Als wäre jemand hindurchgegangen. Ihre Mutter?

Oder ein Tier, echote eine Stimme in Annettes Kopf. Es war ein Anhaltspunkt, den sie nutzen sollte, so unwahrscheinlich es auch schien. Aber wenn sie ehrlich war, konnte sie sich kaum vorstellen, wie ihre Mutter mit den Gehstöcken durch dieses Gestrüpp gestakst sein sollte.

„Mutter!", brüllte Annette und schüttelte über sich selbst den Kopf. Warum hatte sie nicht schon viel eher nach ihr gerufen? Zu blöd. Sie hastete weiter, eine Hand auf die rechte Seite gepresst, um die stechenden Schmerzen abzuschwächen.

„Mutter", schrie sie erneut. Glücklicherweise war der Wald hier sehr aufgeräumt. Es lagen kaum Äste oder Stämme herum, das Blätterdach der Buchen und Eichen war dicht, so dass sich das Unterholz auf vereinzelte Ilexsträucher und Farne beschränkte.

„Mutter!" Ihre Stimme überschlug sich, und sie musste husten. Was, wenn sie Mutter nicht fand? Dann musste sie doch die Polizei holen. Es war ihre Schuld. Sie hätte diesen verdammten Zaun bauen und besser auf Mutter aufpassen sollen. Wenn sie sie nicht finden würde …

„Annette?"

Mit diesem Wort fielen alle Sorgen von ihr ab. Sie fühlte sich, als wäre sie auf einmal etliche Kilo leichter. „Mutter? Wo bist du?"

„Ich bin hier", kam es von rechts. Annette hastete in die Richtung und hätte vor Erleichterung fast geweint. Ihre Mutter hockte auf einem Baumstumpf, die Wanderstöcke im Schoß und ruhte sich aus.

„Was schreist du denn so rum?", fragte sie erstaunt, was Annette ein Lächeln auf die Lippen zauberte.

„Ich hab dich gesucht", sagte sie wahrheitsgemäß und lehnte sich an einen Baumstamm. Das Seitenstechen ließ langsam nach.

„Aber Kindchen, ich hab doch gesagt, dass ich zu Alfred will, die Fische ausnehmen." Sie schüttelte den Kopf. „Hast du mir wieder nicht zugehört?" Das klang tadelnd. Doch glücklicherweise hatte Annette zugehört, aber das brauchte sie ihrer Mutter ja nicht zu verraten. Was sie aber brauchte, war ein Einfall, wie sie Mutter nach Hause lotsen konnte, ohne sie aus ihrer Welt herauszureißen. Annette erinnerte sich nur zu gut an die erste Zeit, als sie noch nicht wusste, wie man richtig mit einer Demenzkranken umging, und in der sie in solchen Situationen schrecklich aneinandergeraten waren, weil ihre Mutter sich nicht von ihren Plänen abbringen ließ.

„Ich bin gekommen, um dich nach Hause zu holen. Die Kuh kalbt. Du musst helfen."

„Ach du je, da hast du recht. Komm Kind, hilf mir auf. Wir müssen gehen."

Erleichtert lief Annette zu ihrer Mutter, ergriff ihren Arm und zog sie auf die Beine. Bis sie zu Hause waren, würde Mechthild so erschöpft sein, dass sie sich erst einmal hinlegen musste. Wenn sie wieder erwachte, wäre die Notlüge vergessen. So war es bisher immer gewesen.

Untergehakt gingen sie durch den Wald. Annette suchte eine Stelle, an der sie kein dichtes Brombeergestrüpp durchqueren mussten, um auf den Waldweg zu gelangen. Nach einer Weile wurde sie fündig. Allerdings versperrten zwei große Springkrautpflanzen vom letzten Jahr ihnen den Weg. Beherzt griff Annette danach, riss sie aus dem Boden und warf sie hinter sich. Dabei bemerkte sie aus den Augenwinkeln, wie ein Schwarm dicker schwarzer Fliegen aufstob. Etwas Weißes kam unter ihnen zum Vorschein.

Annette half Mechthild auf den ein paar Meter weiter gelegenen Feldweg Richtung Eulensiefen. Irgendwie ging ihr dieses weiße Etwas nicht aus dem Kopf.

„Kannst du ein Stück allein gehen?", erkundigte sie sich beiläufig.

„Natürlich kann ich das", erwiderte Mechthild fast schon beleidigt.

„Gut. Ich bin gleich wieder da. Ich muss nur schnell etwas nachsehen."

Hastig lief Annette zurück zu der Stelle, wo sie den Waldweg betreten hatten. Sie suchte die Springkrautpflanzen und fand sie dort, wo sie sie hingeworfen hatte. Als sie näher trat, schwärmten die Fliegen erneut aus. Das weiße Etwas kam wieder zum Vorschein. Annette schlug sich die Hand vor den Mund, als sie erkannte, worum es sich handelte. Galle schob sich ihren Hals hinauf. Sie schluckte einige Male, um sich nicht an Ort und Stelle übergeben zu müssen. Mit weit aufgerissenen Augen starrte sie auf das, was dort auf dem Boden lag.

Dreißigstes Kapitel

Inga hämmerte auf die Tastatur des PCs, der in ihrem provisorischen Büro im Gummersbacher Präsidium stand, und öffnete die Videokonferenz. Wenige Augenblicke später blickte ihre Chefin ihr aus dem Monitor entgegen.

„Prima, das klappt ja wie am Schnürchen", freute sich Berger. „Dann können wir ja direkt zur Sache kommen."

Inga schmunzelte. Diese Frau war nicht kleinzukriegen. Kunze, der schon vor einer halben Stunde in Gummersbach eingetroffen war, hatte berichtet, dass Berger von der Presse ganz schön in die Mangel genommen worden war. Zu allem Überfluss hatte der Landrat des Oberbergischen Kreises öffentlich bekanntgeben lassen, dass er persönlich für einen schnellen Fortgang und die baldige Aufklärung der Morde sorgen würde. Sogar der Innenminister des Landes NRW hatte sich eingeschaltet und forderte Ermittlungsergebnisse.

Doch Karla Berger schien unter dem Druck, der vergleichbar war mit einer Schrottpresse, die ein Auto in einen handlichen Würfel verwandelte, zur Höchstform aufzulaufen. Nur die Ringe unter ihren Augen verrieten, dass sie zu wenig Schlaf bekam.

„Sind alle anwesend?", fragte die Kriminalrätin.

„Kunze und Hartung sind hier", antwortete Inga und schob unauffällig den Bericht der Kriminaltechnik über die Akte, die Tom ihr mitgebracht hatte. Mit dem Brand des Hauses Raabe würde sie sich nach der Dienstbesprechung beschäftigen.

„Bestens. Kunze, Sie haben die beiden Kollegen bereits über die Pressekonferenz informiert?"

„Hmm." Kurz und knapp, wie immer. „Mir ging dieses 'Metzger hier – Metzger da'-Gefasel auf die Nerven. Ein Reporter meinte sogar, der Metzger wäre der Jekyll und Hyde des Bergischen. So 'n Quatsch!"

„Die Presse legt sich richtig ins Zeug. Wir müssen den Mörder fassen, dann hört das schlagartig auf", antwortete Berger trocken. „Was ist mit den beiden Verdächtigen? Kronenbecher, ist der noch im Krankenhaus?"

„Ja, leider ist er mit Dr. Konstantin Petzold gut befreundet."

„Na, prima." Berger verdrehte die Augen. Petzold war bekannt dafür, auch die ausweglosesten Fälle zu gewinnen. „Schlimm genug, dass mir der Staatsanwalt und die Presse auf den Füßen stehen, jetzt hab ich auch noch den Petzold an der Backe."

„Er hat erwirkt, dass wir Kronenbecher frühestens morgen vernehmen können."

„Was haben wir gegen ihn in der Hand? Wenn Petzold da mit drin hängt, muss alles wasserdicht sein", forderte Berger.

„Wir haben bislang nur das blutbeschmierte Hemd, das wir in der Mülltonne gefunden haben."

„Was sagt die KT zu dem Blut, können sie schon sagen, ob es von einem der Opfer stammt?"

„Die Ergebnisse werden heute Nachmittag, spätestens morgen da sein. Die sind in der KT hoffnungslos unterbesetzt", fügte Inga an.

„Wenn ich mehr Personal hätte, würde ich es einsetzen", konterte Berger. „Aber wo soll ich es hernehmen, bei den Stellenstreichungen? Wir müssen aus dem, was wir haben, das Beste machen. Weiter im Text."

„Nachdem wir jetzt wissen, dass Kronenbecher an einer, ich nenne es mal, sensiblen Nase leidet, ist es durchaus wahrscheinlich, dass es sein Blut auf dem Hemd ist", brachte sich Tom in das Gespräch ein.

„Ja, aber wir haben Zeugen, die gesehen haben, wie er sich mit Wetzlar gestritten hat. Vielleicht hat er das Nasenbluten bekommen, nachdem er Wetzlar getötet hat", warf Kunze ein.

„Dünn, sehr dünn", kommentierte Berger. „Aber Sie sollten ihn auf jeden Fall befragen, sobald es geht. Gibt es eine Verbindung zwischen ihm und Frau Berleburg?"

„Die Kollegen konnten bislang keine finden."

Berger rümpfte die Nase, als würde die Antwort nicht gut riechen. „Was ist mit Grönemann?"

„Seine Frau hatte vor Jahren ein Verhältnis mit Wetzlar, das könnte ein Motiv sein. Zudem scheint er cholerisch zu sein und neigt zu Gewaltausbrüchen. Wetzlar war für ihn ein rotes Tuch. Seine Frau hat ihn gestern als vermisst gemeldet. Wir vermuten, dass er auch Frau Berleburg ermordet hat und dann mit dem Geld aus der Urne abgehauen ist."

„Seine Frau hat ihn doch erst am Sonntag vermisst gemeldet, der Mord ist aber schon am Freitag verübt worden."

„Vielleicht wollte er zu Hause noch etwas erledigen oder packen, wer weiß."

„Hm", machte nun Berger. „Gibt es denn eine Verbindung zwischen Grönemann und Frau Berleburg?"

„Die hab ich", verkündete Tom stolz. Alle sahen ihn neugierig an.

„Ich habe gestern erfahren, dass Frau Berleburg genauestens Buch geführt hat über ihre Zeit als Lehrerin. Ich hab dann die halbe Nacht damit verbracht, die Unterlagen zu sichten. Ich hab nach Namen gesucht, die in beiden Fällen auftauchten. Und siehe da. Franz Grönemann war einer ihrer Schüler."

Stille. Alle sortierten die neue Information in Gedanken in den Fall ein.

„Müssten nicht fast alle aus Eulensiefen bei ihr in der Schule gewesen sein?", warf Berger ein.

„Zumindest waren neben Grönemann auch seine Frau Hannlore, geborene Raabe, sowie Norbert Wetzlar Schüler von ihr."

„Besser als nichts. Aber dünn, sehr dünn." Berger sortierte einige Papiere auf ihrem Schreibtisch. „Wir müssen diesen Grönemann schnellstmöglich finden. Dann wissen wir hoffentlich mehr. Gehen Sie noch mal zu seinem Haus und sehen sich dort um. Vielleicht hat er einen Hobbykeller oder etwas in der Art. Fragen Sie seine Frau, ob er Geld vom Konto abgehoben hat oder ob etwas von seinen Sachen fehlt. Sie wissen schon. Das Übliche eben. Und alles möglichst zügig und ohne Fehler, sonst gibt es Meckerei von oben." Sie zwinkerte, dann wurde der Bildschirm schwarz.

Dünn, sehr dünn, klangen Inga die Worte ihrer Chefin noch in den Ohren. Und das war es in der Tat. Alles passte nur so halb, wie bei zwei Puzzleteilen, die die gleiche Farbe aufwiesen, sich aber einfach nicht ineinanderfügen ließen. Irgendetwas fehlte. Sie wollte gerade den PC ausschalten, da blinkte ein Icon auf. Sie nahm den Anruf ihrer Chefin an. Hatte Berger etwas vergessen?

„Gut, dass Sie noch da sind. Sie müssen sofort zum Eulensiefen fahren."

Sie erreichten Eulensiefen als erste. Berger hatte die Kriminaltechnik informiert, die jedoch aus Köln anrücken musste, was etwa eine halbe Stunde dauern würde.

Sie hielten vor dem Haus der Mausbachs. Eine aufgelöste und hektische Annette Mausbach lief ihnen entgegen. Ihre Haare waren zerzaust, als hätte sie sie gerauft. Sie trug keine Jacke. Aber in ihrer Aufregung bemerkte sie die kühle Frühlingsluft wohl nicht.

„Kommen Sie, ich zeige Ihnen, wo er liegt. Ich bin total fertig. Was ist hier im Ort nur los? Kommen Sie, kommen Sie." Sie hastete an ihnen vorbei. Inga und Kunze blieb nichts anderes übrig, als ihr zu folgen.

Nach einigen Schritten holte Inga sie ein. „Wo ist denn Ihre Mutter?", erkundigte sie sich.

„Sie schläft. Nach der Anstrengung heute Morgen kein Wunder." Annette erzählte, was sich am Vormittag zugetragen hatte.

„Und dann das. Es ist so ...", sie suchte nach dem richtigen Wort, „... so verstörend."

Während sie auf einen Feldweg einbogen, brabbelte Frau Mausbach ununterbrochen vor sich hin, fragte nach dem Warum und wer und von wem, erwartete aber keine Antwort auf ihre mehr sich selbst gestellten Fragen. Erst der Mord, jetzt dieser Fund. Frau Mausbachs Sicherheitsempfinden war tief erschüttert worden. Inga konnte es ihr nachempfinden. Es war etwas anderes, ob man in Krimis über Gewaltverbrechen las, oder ob sie vor der eigenen Haustür geschahen.

„Da, da drüben ist es", keuchte Annette Mausbach atemlos und deutete mit dem ausgestreckten Arm in den Wald hinein. Sie wollte gerade durch die Lücke im Unterholz huschen, da hielt Kunze sie zurück.

„Danke, Frau Mausbach. Wir kommen nun allein zurecht. Bitte warten Sie hier, damit möglichst wenige Spuren verloren gehen."

„Ja natürlich, klar, ich verstehe." Sie ging zwei Schritte rückwärts, als wollte sie Kunzes Wunsch doppelt erfüllen.

„Dort drüben ist ein Baumstumpf", sagte Inga. „Setzen Sie sich einen Moment."

„Ich kann jetzt nicht sitzen. Dafür bin ich viel zu aufgeregt. Ich geh etwas auf und ab."

Das ist keine gute Idee, fand Inga. Sollten sich noch Spuren des Täters auf dem Feldweg befinden, würde eine hin und her huschende Frau Mausbach sie unweigerlich vernichten. „Frau Mausbach, warum gehen Sie nicht nach Hause? Wenn wir Fragen haben, kommen wir auf Sie zurück, ja?"

„Wenn Sie meinen", sagte sie, wenig überzeugt.

Erst als Kunze sagte: „Das wäre wirklich das Beste", verabschiedete sie sich und ging.

Inga vermutete, dass sich Frau Mausbach schnell wieder beruhigen würde. Das Adrenalin würde vom Körper abgebaut werden und Erschöpfung zurücklassen. Schwieriger würde es für sie werden, das Bild aus dem Kopf zu bekommen. Vielleicht half es, wenn sie erfuhr, wie es dazu kommen konnte.

Inga ließ den Waldboden nicht aus den Augen, während sie sich dem Unterholz näherte. Sie stieg über ein kleines Häufchen frischer Erde, das durch das Herausreißen des Springkrauts entstanden war. Ein Fußabdruck war darin deutlich zu erkennen. Stammte vermutlich von Annette oder Mechthild Mausbach, denn als der Täter hier gewesen war, hatte das Springkraut ja noch gestanden. Inga achtete darauf, wo sie hintrat.

„Er stinkt noch nicht", stellte Kunze fest. Er bückte sich und wedelte mit der Hand kurz über dem Boden durch die Luft. Schmeißfliegen flogen auf und ließen einen länglichen weißen Gegenstand zurück. Es handelte sich ohne Zweifel um einen menschlichen Finger. Die Schnittkante war gerade. Etwas sehr Scharfes musste ihn abgetrennt haben.

„Ein Hackmesser vielleicht", mutmaßte Kunze. Inga stimmte ihm zu. Das würde passen.

Die Fliegen kamen peu à peu zurück. Kunze scheuchte sie erneut auf. „Lästige Biester", fluchte er. „Es gibt kaum Blut. Hat es letzte Nacht hier geregnet, so dass es weggespült wurde? Der Finger wurde vollständig abgetrennt. Am untersten Glied erkennt man eine starke Behaarung. Er scheint von einem Mann zu stammen." Kunze richtete sich auf. Inga und er sahen sich an.

Ihnen gingen die gleichen Gedanken durch den Kopf. Hatte der Täter erneut zugeschlagen? Von wem stammte der Finger? War Franz Grönemann womöglich nicht Täter, sondern ein weiteres Opfer?

„Wir sollten die Suche nach Grönemann verstärken",

bestimmte Kunze. „Sobald die Kriminaltechniker hier sind, statten wir seiner Frau einen Besuch ab. Sie soll uns eine DNA-Probe von ihrem Mann geben."

„Ich rufe Michael an und teile ihm den genauen Fundort mit." Inga tippte auf dem Display ihres Handys herum, während Kunze sich in der näheren Umgebung umsah. „Kunze? Ich gehe zur Straße zurück. Ich hab hier keinen Empfang."

Ein „Jou" sowie ein hochgerissener Arm, der über einem Gebüsch auftauchte, signalisierte ihr, dass er sie gehört hatte. Sie ging den gleichen Weg zurück, den sie gekommen war, das Handy mal hierhin, mal dorthin schwenkend. Der Empfang in dieser Gegend war eine Katastrophe. Als endlich drei Balken aufleuchteten, wollte sie erneut auf Michaels Namen tippen, zögerte jedoch. Sollte sie Ole auch anrufen? Sie hatte den ganzen Tag nicht an ihn gedacht. Wann auch? Die Ereignisse hatten sich förmlich überschlagen, so dass ihr keine Zeit für einen anderen Gedanken geblieben war.

Du hattest keine Zeit, an deinen Sohn zu denken?, sagte eine vorwurfsvolle Stimme in ihrem Kopf. Inga wollte ihr ein paar gepfefferte Antworten zubrüllen, dass Ole ja wohl nicht mehr so klein war, als dass sie ihn ständig im Auge behalten musste, dass sie schließlich Geld verdienen musste, für seine Ausbildung, seine Kleidung und, nicht zu vergessen, den ganzen Technikschnickschnack, den die jungen Leute heute besaßen. Außerdem – und das hätte sie mit besonderer Deutlichkeit gesagt – war es seine Entscheidung gewesen zu gehen.

Doch sie kam nicht dazu. Ein gellender Schrei durchbrach die Stille des Waldes. Kunze! Inga wandte sich um und rannte in die Richtung, aus der der Schrei gekommen war. Noch im Laufen steckte sie ihr Handy ein und zog ihre Walther aus dem Holster. Nach wenigen Minuten hatte sie den Zugang zum Fundort erreicht, presste sich mit dem Rücken gegen eine Eiche und spähte an deren dickem Stamm vorbei in den Wald. Von Kunze war nichts zu sehen.

Inga hatte das Gefühl, dass sich ihre Sinne plötzlich schärften. Möglicherweise durch das Adrenalin, das durch ihre Adern schoss, oder aber durch die Ausbildung zur Polizistin.

Sie lauschte. Auf Schritte, auf knackende Äste, auf Kampflärm. Für einige Sekunden verharrte sie regungslos. Dann querte sie den Feldweg und lief in den Wald hinein. Von dort hatte sie leises Stöhnen wahrgenommen. Die Waffe vorgestreckt, tastete sie sich weiter vorwärts. Da die Bäume hier in größerem Abstand zueinander standen, wuchs das Unterholz üppiger und versperrte ihr die Sicht. Sie umrundete einen Weißdorn und zirkelte an einer Ansammlung von vertrockneten und faulenden Fingerhutpflanzen vorbei, die sich wie eine Wand um einen Ilex gelegt hatten. Sie betrat einen Wildpfad. Inga folgte dem Weg um eine von Efeu überwucherte Tanne herum.

„Ach du Scheiße", rief sie aus und steckte die Walther zurück ins Holster.

Kunze lag auf dem Boden. Er schien schwer verletzt. Zusammengekrümmt wand er sich und hielt sein linkes Bein unterhalb des Knies mit beiden Händen umklammert. Zwischen zusammengepressten Zähnen brachen drei Wörter hervor. Immer wieder. Ununterbrochen.

„Mach es ab. Mach es ab."

Inga hockte sich neben ihn. „Bleib ruhig liegen. Du machst es nur noch schlimmer."

„Mach es ab", stöhnte er, seine Kraft reichte nur noch für ein Flüstern.

Scheiße! Inga beugte sich über seinen Fuß. Ein Tellereisen hatte sich kurz oberhalb seines Knöchels durch Haut und Muskeln bis zum Knochen gegraben. Die spitzen Zacken trieften vor Blut. Die Jeanshose verfärbte sich zusehends dunkelrot.

„Mach es ab", schrie Kunze seinen Schmerz heraus.

Inga zögerte. Sie wusste, dass Fremdkörper nicht aus Wunden entfernt werden durften. Aber wenn sich die Falle noch weiter schloss? Es würde mehr Schaden verursachen, wenn sie nicht handelte.

„Bleib ruhig liegen, ich mach's ja", sagte sie.

Kunze, der kaum noch in der Lage war, sich zu rühren, lag still, sein Brustkorb hob und senkte sich ungleichmäßig. Inga wusste, jede Berührung würde seine Schmerzen vergrößern. Doch sie musste handeln. Und zwar schnell. Vorsichtig näherten sich ihre Hände den runden, mit spitzen Zacken bewehrten Metallbögen des Tellereisens. Ihre Hände zitterten leicht. Sie musste kein Skalpell halten, sondern nur diese verfluchte Falle öffnen. Lange atmete sie aus. Die Welt um sie herum schrumpfte, bis sie einzig aus dieser Falle und dem blutenden Bein bestand. Der Wind in den Ästen, das Vogelgezwitscher, ja, sogar Kunzes Stöhnen blendete sie vollkommen aus. Konzentrierte sich und atmete tief ein. Ihre Finger schlossen sich um das kalte Metall.

Kunzes Schrei, der die Vögel in den Bäumen aufflattern ließ, nahm sie nicht wahr. Sie bog die Schenkel der Falle auseinander. Ein schmatzendes Geräusch, verursacht von den Metallspitzen, die aus Kunzes Fleisch glitten, ließen ihre Hände zittern. Sie öffneten sich leicht, rutschten über das vom Blut glitschige Metall. Inga packte fester zu, hob die Falle um den Fuß herum und warf sie zur Seite. Geschafft! Sie zerrte ihre Jeansjacke vom Körper. Für einen Druckverband war der Stoff zu steif. Deshalb zog sie ihren Pullover aus und wickelte ihn stramm um das verletzte Bein. Zum Schluss schlang sie die Ärmel mehrfach drumherum und knotete sie fest zusammen. Sollte das nicht genügen, könnte sie noch ihr T-Shirt verwenden. Vorerst reichte es jedoch. Jetzt erst richtete sie ihren Blick wieder auf Kunzes Gesicht. Schweißtropfen standen auf seiner blassen Haut. Mit geschlossenen Augen lag er still da. Eine Ohnmacht hatte ihn vorerst von den Schmerzen erlöst.

Inga drehte ihn in die stabile Seitenlage. Dann stand sie auf und rannte den Feldweg entlang. Sie musste einen Rettungswagen rufen und Michael Bescheid geben.

Einunddreißigstes Kapitel

Eine Viertelstunde später stand Inga neben dem Rettungswagen, in den die Sanitäter ihren Kollegen, der noch nicht aus der Ohnmacht erwacht war, schoben. Der Notarzt informierte Inga, dass sie Kunzes Bein versorgt und ihm Medikamente verabreicht hatten. Es stand zu befürchten, dass das Schien- und Wadenbein Schaden genommen hatten. Genaueres würden die Röntgenaufnahmen zeigen. Sie würden den Verletzten nach Gummersbach in die Klinik für Unfallchirurgie bringen. Dann fuhren sie mit Blaulicht und Martinshorn davon. Inga wandte sich um. So ein Mist! Wie konnte so etwas passieren? Und wer um alles in der Welt stellte solche Fallen auf? Heutzutage? Das war doch Wahnsinn! Jeder hätte in diese Falle geraten können. Tiere, Wanderer oder spielende Kinder. Unfassbar. Was hatte sich derjenige nur dabei gedacht?

Hinter den beiden Streifenwagen, die mit Blaulicht den Feldweg säumten, hielt ein VW Passat. Tom sprang heraus und lief auf Inga zu.

„Was macht ihr denn für Sachen?", fragte er besorgt.

Inga zuckte nur die Schultern. Sie musste nichts erklären. Tom wusste bestimmt schon Bescheid. Ein im Dienst verletzter Kollege, das sprach sich herum wie ein Lauffeuer.

„Ich kann mir nicht erklären, wer eine solche Falle aufstellt", sagte sie und führte Tom zu dem rotweißen Absperrband, mit dem die Kollegen der Streife den Tatort markiert hatten. Sie blieben stehen und sahen auf das Tellereisen, das noch immer dort lag, wohin Inga es geschleudert hatte. Feuchtes Blut glitzerte an den Zacken, wenn ein Sonnenstrahl sich den Weg durch das Blätterdach bahnte und auf sie traf. Der größte Teil des Eisens war jedoch mit Laub bedeckt, das an dem roten Lebenssaft klebte.

„Unser Kollege, Michael Kaiser, ist auf dem Weg hierher. Er wird die Spuren aufnehmen, sollte es welche geben. Und wir", sie sah Tom an, „werden jetzt Frau Grönemann einen Besuch abstatten. Wir brauchen eine DNA-Probe von ihrem Mann. Wenn wir uns beeilen, können wir sie Michael noch mitgeben."

Tom nickte. „Ich fahre."

Wenn Inga nicht zu erschöpft gewesen wäre, wäre jetzt die Möglichkeit gewesen, um selbst fahren zu können.

Als sie vor dem Haus der Grönemanns eintrafen, fiel ihr als erstes die Gardine im oberen Stockwerk auf. Sie war ein wenig zur Seite geschoben und bewegte sich leicht. Ob Frau Grönemann von dort oben bis zum Tatort sehen konnte? Wohl kaum. Aber möglicherweise sah sie den Beginn des Feldwegs und hatte die ankommenden und abfahrenden Fahrzeuge beobachtet. Dann wusste sie also, dass sich etwas ereignet hatte.

Tom hatte kaum den Klingelknopf gedrückt, da riss Frau Grönemann die Tür auch schon auf. „Was ist passiert?"

Sie sah blass aus. Die Augen waren weit aufgerissen und rotgerändert. Ihre Hände zitterten. Sie befürchtete bestimmt, dass ihr Mann mit dem Rettungswagen abtransportiert worden war. Kein Wunder, dass sie aufgelöst war.

„Dürfen wir einen Moment reinkommen?", fragte Tom in einem so freundlichen Tonfall, dass niemand ihm die Bitte hätte abschlagen können.

Lore Grönemann nickte: „Gehen wir ins Wohnzimmer." Sie scheuchte sie in die Wohnstube, offenbar begierig darauf zu erfahren, was geschehen war. Inga und Tom setzten sich auf das grüne Sofa. Sie selbst blieb stehen. Sie könne jetzt nicht sitzen, erklärte sie und fragte erneut, was im Wald los gewesen sei.

Inga berichtete von Kunzes Unfall mit dem Tellereisen. Wenn das überhaupt möglich war, wurde die arme Frau noch blasser. Ihre Finger, die wie immer an einem Stofftaschentuch nestelten, hielten keine Sekunde inne.

„Der arme Mann, das tut mir aber leid", sagte sie. In ihren Worten schwang ein seltsamer Unterton mit. Inga konnte ihn nicht richtig deuten, vermutete aber, es war unterdrückte Erleichterung, dass es Kunze getroffen hatte und nicht ihren Mann.

„Kennen Sie den Wildpfad?", erkundigte sich Tom.

„Möglich, vielleicht habe ich ihn beim Spazierengehen schon mal gesehen. Ich sage Sophie und Max immer, sie sollen nicht in den Wald gehen. Dort ist es gefährlich."

„Frau Grönemann, ich habe Ihnen noch nicht gesagt, warum wir uns überhaupt dort aufgehalten haben", sagte Inga und blickte ihre Gastgeberin an.

„Ja?" Sie schien sich etwas gefasst zu haben.

„In dem Wald wurde ein abgetrennter Finger gefunden."

Das war zu viel für die Frau. Inga konnte sehen, wie ihr die restliche Farbe buchstäblich aus dem Gesicht floss. Mit schreckgeweiteten Augen starrte sie die Kommissarin an. Schnappte nach Luft. Ihre Finger rührten sich nicht mehr. Das Taschentuch fiel ihr in den Schoß.

„Sie meinen … Sie meinen …", stammelte sie.

„Frau Grönemann, wir meinen noch gar nichts. Aber wir würden gern ausschließen, dass Ihr Mann etwas damit zu tun hat", sagte Tom.

Sehr diplomatisch ausgedrückt, lobte Inga ihn in Gedanken.

„Deshalb möchten wir Sie bitten, uns eine DNA-Probe Ihres Mannes zu überlassen."

„Eine DNA-Probe? Ja, wo finde ich denn sowas?", fragte Frau Grönemann, deren Finger ihre Arbeit wieder aufgenommen hatten.

„Vielleicht benutzt er einen Kamm. Seine Zahnbürste wäre auch gut. Hat er sich kürzlich verletzt, und es liegt zufällig noch ein Pflaster im Müll?"

Frau Grönemann dachte nach.

„Oder trägt er Hüte oder Mützen?", half ihr Tom.

„Das Einzige, das ich Ihnen geben kann, ist seine Zahnbürste. Der Kamm ist sauber und den Rest …" Sie zuckte die Schultern und schwieg.

„Soll ich sie holen?", bot Tom an.

„Nein, nein, ich mach das schon."

Er reichte ihr ein Beweismitteltütchen, das er aus dem Auto mitgebracht hatte. Sie nahm es und ging die Treppe hinauf. Als sie zurückkam, erwarteten Inga und Tom sie im Flur. Inga nahm den Beutel mit der Zahnbürste entgegen.

„Vielen Dank, wir melden uns bei Ihnen, sobald wir mehr wissen."

Sie verabschiedeten sich.

„Diese Ungewissheit, ob einem geliebten Menschen etwas zugestoßen ist, oder nicht, stelle ich mir wirklich schrecklich vor", sagte Inga und stieg ins Auto.

Nachdem sie die DNA-Probe an Michael, der wegen der mageren Ausbeute wenig zufrieden war, übergeben hatten, fuhren sie zur Polizeiwache nach Gummersbach. Kaum hatten sie das Büro betreten, klingelte das Telefon. Inga nahm ab, als Tom eine Trinkbewegung mit der Hand andeutete. Sie nickte und hob einen Daumen. „Laudenbach?", meldete sie sich.

„Hier ist Berger. Bevor Sie fragen, es gibt noch keine Nachrichten über Kunzes Zustand. Verdammt, wie konnte das passieren? Hier brennt die Bude, und ein leitender Ermittler fällt aus, weil er in ein Tellereisen tritt. Ich dachte, die Dinger wären nur im Mittelalter verwendet worden."

Inga wollte den Bezug zum Bergischen nicht herstellen. Sie kam sowieso nicht zu Wort.

„Der Finger ist auf dem Weg in die Rechtsmedizin", redete Berger weiter. „Sie versuchen, anhand der Fliegeneier herauszufinden, seit wann er dort gelegen hat. Und, was für uns noch wichtiger ist, ob das Opfer gelebt hat oder nicht, als er abgetrennt wurde. Was ich nicht verstehe, warum liegt der Finger dort im Wald? Hat ihn jemand verloren ..." Sie stutzte. „Sorry, das war unglücklich ausgedrückt. Ich meinte natürlich, ob der Täter ihn verloren hat. Oder wurde er absichtlich dort deponiert? Den anderen Leichen fehlten keine Gliedmaßen. Handelt es sich um ein und denselben

Täter, der seinen Modus Operandi verändert hat, oder sind mittlerweile drei Täter in Gummersbach unterwegs? Haben Sie ein paar Antworten für mich? Die Presse sitzt mir fast wortwörtlich im Nacken, zumindest in der Kantine. Es hilft alles nichts, wir müssen Grönemann finden. Die Überprüfungen der Passagierlisten vom Flughafen, der Online-Buchungen bei der Bahn und die Kontrollen durch das Bahnhofspersonal haben nichts ergeben." Berger schnaufte, als könnte sie es nicht fassen, dass sie noch immer nicht weitergekommen waren.

„Gehen wir mal davon aus, dass er der alleinige Täter ist. Dann wäre es möglich, dass er sich noch im Ort versteckt. Berücksichtigt man den Fund des Fingers", sagte Inga.

Ihre Chefin reagierte schnell auf ihre Vermutung: „Okay, ich stelle zwei Beamte ab, die die Hütte am See überwachen."

„Und ich werde mir mit Hartung das abgebrannte Haus von Grönemanns Schwiegereltern genauer ansehen. Vielleicht finden wir in dem Keller ja ein Versteck."

„Gut, machen Sie das. Hartung wird den Kollegen Kunze ab sofort vertreten. Natürlich übernehmen Sie nun die Leitung der Ermittlungen. Sie werden die Berichte von heute schreiben und mir schicken. Ach, noch etwas. Der Kollege unten an der Info hat ein Einschreiben für Sie angenommen."

„Ein Einschreiben?", wunderte sich Inga.

„Vermutlich wusste der Absender, übrigens eine Anwaltskanzlei, dass Sie momentan wenig zu Hause sind und hat es ans Präsidium geschickt. Wollen Sie es abholen?"

Inga kroch ein ungutes Gefühl den Rücken hinauf und packte sie im Nacken. Wie wichtig war es wohl? Sollte sie jetzt nach Köln fahren? Oder …

„Könnten Sie es vielleicht für mich öffnen und per E-Mail schicken?"

Berger sog hörbar die Luft ein. Dann schien sie sich darauf zu besinnen, dass ihre Ermittler auch ein Privatleben hatten, und stimmte zu, natürlich nur unter der Bedingung, dass dies eine absolute Ausnahme sei, sie hätte schließlich noch andere Aufgaben. Sie legte auf.

Ingas PC gab einige Töne von sich, wie jedes Mal, wenn er erwachte. Tom kam zurück ins Büro, in der einen Hand zwei große Tassen Kaffee, in der anderen zwei Schokoriegel. „Ich wusste nicht, was du magst", sagte er, legte einen Riegel auf ihren Schreibtisch und stellte eine der beiden Tassen daneben ab. Aus seiner Hosentasche kramte er zwei Tütchen Zucker und eine Portionspackung Kondensmilch.

„Danke, ich trinke meinen Kaffee schwarz", sagte Inga und schnappte sich den Schokoriegel. Sie hatte Hunger bis unter die Arme. Seit dem Frühstück hatte sie nichts mehr gegessen.

„Du sollst für Kunze einspringen", informierte sie zwischen zwei Bissen. „Jetzt müssen die Berichte von heute geschrieben werden. Dann können wir Feierabend machen."

Tom sah auf seine Armbanduhr: „Bis wir damit fertig sind, dürfte es bestimmt neun Uhr sein. Wollen wir anschließend etwas essen gehen?"

Inga wollte ablehnen. Doch zwei Gedanken hielten sie davon ab. Zum einen hatte sie Kohldampf, der Schokoriegel war nur ein Tropfen auf dem heißen Stein, und zum anderen war ihr Sohn nicht zu Hause. Niemand erwartete sie. Wenn dieser verzwickte Fall endlich gelöst war, konnte sie sich um Ole kümmern. Ihn bei seinem Vater abholen, Besuchszeiten vereinbaren und vielleicht mit Paul absprechen, dass Ole bei ihm blieb, wenn sie an einem Fall wie dem jetzigen arbeitete. Es würde bestimmt eine Einigung geben.

Sie seufzte. „Gern. Wohin soll es gehen?"

„Ich finde schon was." Er lächelte sie an.

Es war wirklich kurios, wie ein einfaches Lächeln einem neue Kraft geben konnte, fand Inga, die sich, nachdem Tom den Raum verlassen hatte, mit neuem Elan an den PC setzte und die Berichte in die Tasten hämmerte.

Es war halb neun, als sie fertig war. *Nur noch schnell die E-Mails checken,* dachte sie und rief Outlook auf. Mails der KT befanden sich im Ordner der ungelesenen E-Mails sowie eine von Berger. Richtig, das Einschreiben. Inga öffnete die Nachricht. Es war ein mittelmäßig deutlicher Scan eines Briefes. Absender war eine Anwaltskanzlei mit dem Namen Schachtelbaum und Partner. Der Name sagte ihr nichts. Was wollten die von ihr? Hastig überflog sie die Seite. Dann las sie sie noch einmal, und zwar Wort für Wort. Das durfte nicht wahr sein, das konnte nicht wahr sein. Wieso …?

„Schlechte Nachrichten?" Tom hatte unbemerkt das Büro betreten.

Inga nickte stumm. Sie konnte es nicht glauben. Die

Anwaltskanzlei hatte ihr im Auftrag von Paul geschrieben. Er wollte ab sofort von seinem Sorgerecht Gebrauch machen und Ole zu sich holen. Dies geschehe auf ausdrücklichen Wunsch des Jungen. Sie solle sich zum Wohle ihres Kindes fügen, dann würde man kein gerichtliches Verfahren anstrengen. Mit freundlichem Gruß.

Sie war wie vor den Kopf gestoßen. Ole wollte nicht mehr bei ihr wohnen? Er wollte zu seinem Vater ziehen? Dabei kannte er ihn kaum. Und sie hatte sich abgerackert für das Kind, hatte sich krummgelegt, als er noch klein war, mit Kinderbetreuung, Job und Haushalt. Hatte alles für ihn getan. Ihr eigenes Privatleben hatte sie total vernachlässigt, ja quasi aufgegeben – für Ole. Und jetzt, wo er verstehen müsste, wie schwierig es war, alles unter einen Hut zu bekommen, jetzt, wo er selbstständiger war und ihr Aufgaben abnehmen konnte, jetzt verließ er sie und ging zu seinem Vater, der sich bis vor einer Woche einen Dreck um ihn geschert hatte? Sie konnte es nicht fassen. Sie war zutiefst enttäuscht und wütend. Vor allem wütend. Das war so ungerecht, eine solche Behandlung hatte sie nicht verdient. Wie konnte er nur? Inga sprang auf.

„Oha, geht's jetzt los? Soll ich jemanden für dich umhauen?", fragte Tom und krempelte die Ärmel hoch. Sie erschrak ein wenig, als er sich vor ihr aufbaute. Sie hatte ihn total vergessen. Todernst schlug er nun die Faust in die flache Hand.

„Kannst du Gedankenlesen?", erkundigte sie sich, wobei sich ein wenig ihrer Wut bei seinem Anblick verflüchtigte.

„Dein Gesicht sprach Bände, und das da auch." Er deutete auf ihre Hand.

Inga hob sie an. In ihrer Hand befand sich ein auf Tischtennisballgröße zerknülltes DIN-A4-Blatt an dem sie, ohne es zu bemerken, ihre Wut ausgelassen hatte. Entsetzt stellte sie fest, dass es sich dabei um einen Bogen aus Manuela Schimmelpfennigs Bericht handelte, der auf ihrem Schreibtisch gelegen hatte.

Sie brauchte eine Pause und zwar dringend. Sie strich den Papierbogen glatt und legte ihn auf den Stapel mit den Berichten. Es war ein erbärmlicher Anblick. Irgendwie passte es aber ganz gut. Sie fühlte sich im Moment so, wie dieser Zettel aussah.

„Komm, ich hab im ‚Kraut und Rüben' reserviert. Du siehst aus, als brauchst du was Deftiges zu futtern und ein Bier, wie wär's?"

„Bier reicht heute Abend nicht. Ich brauch was Stärkeres."

„Herrengedecke haben die dort auch." Er grinste.

Herrengedeck? War das nicht ein Bier und ein Korn? Inga schüttelte es. Nee, danke, dann blieb sie lieber beim Bier.

„Kennst du solche Tage, aus denen man eigentlich auch drei hätte machen können?", fragte Inga Tom, nachdem sie Platz genommen hatten. Das Kraut und Rüben war, entgegen seinem Namen, eher spartanisch eingerichtet. Der einzige Zierrat an den Wänden waren bodenlange Gardinenschals rechts und links der großen Fenster. Trotzdem verdiente das Restaurant seinen Namen, denn die Bestuhlung bestand aus zusammengewürfelten Exemplaren. Inga konnte weder zwei gleiche Stühle noch zwei identische Tische entdecken. Gemütlich war's.

„Ich weiß genau, was du meinst", erwiderte Tom auf ihre Frage. Er studierte die Karte. „Die haben hier auch Cocktails, wäre das was für dich?"

Inga lehnte sich in ihrem gepolsterten Barocksessel mit den samtig weichen Armlehnen zurück. „Nee, danke. Ich glaube, wenn ich einen Schluck Alkohol trinke, kippe ich aus den Latschen. Die letzten Tage waren echt anstrengend, und dann noch die Sache mit meinem Sohn ..."

„Willst du drüber reden? Oder ist das auch ein Familiengeheimnis?"

Inga schmunzelte. „Nein, ist es nicht. Aber ich brauche erst mal Zeit, um mir selbst darüber klar zu werden, was es für mich bedeutet."

Tom blickte auf und sah sie nachdenklich an. „Du weißt aber schon, dass sich Probleme leichter lösen lassen, wenn man sie mit jemandem teilt?"

Inga klappte den Mund auf, als wolle sie etwas sagen. Weil sie sich aber nicht entscheiden konnte, was, schloss sie ihn wieder.

Tom deutete ihre Unschlüssigkeit falsch: „Oh, tut mir leid. Ich wollte dir nicht zu nahe treten. Ich meinte nicht, dass du dich mir anvertrauen sollst. Es war nur ganz allgemein gesprochen."

Inga lachte und konnte nicht verhindern, dass ihr Tom immer besser gefiel.

„Ich glaube", sagte sie, „das Problem liegt darin, dass ich nicht perfekt bin. Weder im Job noch als Mutter.

Schon gar nicht als Mutter."

„Wer ist das schon?", fragte Tom, obwohl es wie eine Feststellung klang.

Wie machte er das nur? Manchmal reichte ein Lächeln, manchmal eine Geste, und jetzt gab ihr dieser dahingesagte Satz neue Zuversicht. Denn es stimmte. Wer war schon perfekt? Niemand. Jeder hatte Ecken und Macken, und jeder machte Fehler, und nicht gerade selten führten äußere Umstände dazu, dass Entscheidungen getroffen werden mussten, obwohl man sich eigentlich etwas anderes wünschte. Inga beschloss, die trüben Gedanken in die hinterste Ecke ihres Bewusstseins zu verbannen. Morgen würde sie sich damit beschäftigen. Für heute fehlte ihr die Kraft. Ein ruhiges Essen und dann nichts wie ab in die Falle. Allerdings musste sie noch zurück nach Köln fahren.

„Sagtest du nicht, ihr hättet hier ein Hotel in der Stadt?"

„Mehr als eins", grinste er, „Gummersbach ist manchmal ein Dorf und manchmal eine Großstadt. Ich fahr dich gleich zum Victors, wenn du magst, das ist hier gleich in der Nähe."

„Prima."

Während sie auf das Essen warteten, plätscherte die Unterhaltung dahin. Obwohl sie sich bemühten, die Arbeit nicht anzusprechen, ließ es sich nach dem Essen nicht mehr vermeiden.

„Ich hab das Gefühl, als rührten wir in dem Fall herum wie in einer sämigen Suppe", sagte Inga. „Es fehlt noch ein Teil oder eine Person oder ein Beweisstück, irgendetwas."

„Vielleicht sollten wir uns mit dem Team zusammensetzen und mal alle Fakten zusammentragen", schlug Tom vor.

„Oh nein, bloß das nicht", wehrte sie ab. „Das liegt mir gar nicht. Das ist eher Kunzes Art. Ich bin da anders. Ich möchte lieber etwas tun, muss rausgehen und suchen, statt im Büro zu sitzen und mir den Kopf zu zermartern, wie es weitergehen könnte."

„Dann seid ihr ein gutes Team, du und Kunze. Ihr ergänzt euch gut."

„Eigentlich schon", stellte Inga fest. Dies belegte auch ihre Aufklärungsrate. „Wenn Kunze nicht immer so wortkarg und grummelig wäre. Das macht den Umgang mit ihm etwas … speziell."

Tom nickte. „Was wollen wir morgen also tun?", fragte er, wobei er das Wort ‚tun' deutlich betonte und mit einem Lächeln versah.

„Kronenbecher muss vernommen werden. Und ich würde mich gern in der Ruine Raabe umsehen. Sie liegt irgendwie in der Mitte von allem. Vielleicht nicht nur geografisch, sondern auch in Bezug auf den Fall. Vielleicht aber auch nicht. Außerdem müssen wir Grönemann finden, wie auch immer wir das anstellen."

„Hältst du ihn eher für ein Opfer oder für den Täter?"

Das war eine gute Frage. Inga konnte sich nicht vorstellen, dass der Mann sein Haus und seine Frau, über die er so eifersüchtig wachte, aus freien Stücken verlassen hatte. Aber das war nur ein Gefühl und keine Basis, auf der man einen Fall lösen konnte.

„Ich weiß es nicht", gab sie zu. „Wir brauchen mehr Beweise, und wenn es nur Indizien sind."

Wie jetzt? Warst du nicht vor einigen Tagen genervt, weil Kunze ein Was-wäre-wenn-Gespräch abgeblockt hat? Und jetzt machst du dasselbe mit Tom? Kunze hatte ganz schön auf sie abgefärbt, oder es war einfach die Erschöpfung, die aus ihr sprach. Sie musste dringend ins Bett. Wie um es zu beweisen, schickte ihr Körper ihr ein ausgiebiges Gähnen.

„Sollen wir gehen?", erkundigte sich Tom.

„Ja, eigentlich schon. Ich bin nur fast zu müde, um aufzustehen", sagte Inga, holte aber ihr Portemonnaie und das Handy aus der Tasche, während Tom den Kellner heranwinkte.

Keine Nachricht von Ole, stellte sie mit einem bedauernden Blick aufs Display ihres Mobiltelefons fest. Morgen. Morgen würde sie sich auch darum kümmern.

Zweiunddreißigstes Kapitel

Schmerz! Sein Körper war ein einziger Schmerz. Er ließ Franz sogar den allgegenwärtigen Durst nur am Rande wahrnehmen. Mühsam öffnete er die Augen, die kleine batteriebetriebene Kerze stand an der ihm gegenüberliegenden Wand. Obwohl ihr Licht nur schwach leuchtete, stach es ihm in die Augen bis in den Kopf hinein, als habe man ihm einen Nagel durch die Augen getrieben. Er kniff die Lider fest zusammen, doch es half nichts. Als er sie wieder öffnete, verwehrte ein Tränenschleier ihm den klaren Blick. Er zwinkerte mehrmals. Wollte er überhaupt etwas sehen? Wenn er die Augen geschlossen hielt, konnte er sich wenigstens einbilden, das alles sei nur ein böser Traum. Ein absoluter Albtraum, in dem der Schmerz vorherrschte. Aber er musste wissen, was mit seiner Hand war. Neben den unerträglichen Kopfschmerzen schossen bei der kleinsten Bewegung seiner Hand Qualen durch seinen Körper, die kaum zu ertragen waren. Er blinzelte erneut. Zusammengekrümmt lag er auf dem lehmigen Boden. Die Kälte, die ihn vor kurzem geplagt hatte, nahm er nun dankbar hin, kühlte sie ihn und seinen geschundenen Körper ein wenig. Krämpfe plagten seine Extremitäten von der ungewohnten Haltung. Die Hand- und Fußgelenke waren wund gescheuert. Die Kabelbinder verschwanden in einem Rot aus Haut und Fleisch.

Dann fiel sein Blick auf seine linke Hand. Ein vor Blut triefender Lappen, womöglich ein Fetzen aus einem Bettlaken, war zwischen Daumen und Mittelfinger gewickelt und um das Handgelenk geknotet worden, wobei sein Peiniger sich beim Verbinden keine große Mühe gegeben hatte.

Franz schaffte es kaum, die Hand anzuheben. Ein unerträglicher Schmerz ließ schwarze Punkte vor seinen Augen tanzen. Er atmete schwer, als habe er einen Hundertmeterlauf hinter sich. Dabei war es nur eine Bewegung von wenigen Zentimetern gewesen.

Scheiße, scheiße, scheiße! Was sollte das Ganze? Warum hielt man ihn gefangen und verletzte, nein folterte ihn regelrecht? Wer tat ihm das an? Hatte er, bevor sein Peiniger das letzte Mal aufgetaucht war, noch geglaubt, er könnte aus eigenem Antrieb von hier entkommen, war es in seinem jetzigen Zustand unmöglich. Er brauchte dringend Hilfe. Vorsichtig, ohne die Hände vom Boden zu bewegen, drehte er den Kopf und schrie aus Leibeskräften. Zumindest versuchte er es. Doch nur ein heiseres Krächzen drang aus seiner trockenen Kehle. Trinken, er musste etwas trinken. Franz sah sich im Keller um. Ein Plastikbecher mit Wasser stand in der Nähe der Kerze. Aber wie sollte er dorthin gelangen? Wie machten das die Helden in den Filmen eigentlich? Schwer verletzt, mit Schuss- oder Schnittwunden, mal stark blutend, mal notdürftig verbunden, stürmten sie drauflos und besiegten den Bösewicht in einem erbitterten Kampf. Und er? Er lag am Boden, unfähig jeder Bewegung. Würde verhungern und verdursten oder verbluten, je nachdem, was schneller eintrat.

Ein Geräusch, das von draußen in sein Gefängnis drang, ließ ihm das Blut in den Adern gefrieren. Die ihm inzwischen allzu bekannten Schritte von schweren

Arbeitsschuhen polterten die Treppe runter. In einem Fluchtreflex rollte er sich zur Seite und bereute es bitterlich. Die Schmerzen trieben ihn an den Rand einer Ohnmacht.

Du darfst das Bewusstsein nicht verlieren, schrie eine Stimme in seinem Kopf. *Der nimmt dich auseinander. Bleib wach.* Irgendwie gelang es ihm, ruhiger zu atmen, den Schmerz zu ignorieren. Blöd nur, dass er jetzt mit dem Rücken zu Tür lag und nicht mehr sehen konnte, wer den Raum betrat. Mist! Beim letzten Mal war es zu dunkel gewesen, um seinen Peiniger zu erkennen. Doch jetzt, im Schein der kleinen Kerze hätte er ihn bestimmt sehen können.

Die Schritte kamen näher und stoppten in seinem Rücken. Jemand beugte sich zu ihm herunter. Franz brach der Schweiß aus. Sein Herz begann wieder zu rasen.

„Du Arsch", stieß er mühsam hervor. „Was soll der Scheiß? Lass mich frei!"

Für einen kurzen Moment herrschte Schweigen. Dann flüsterte eine Stimme in sein Ohr, leise, jede Silbe betonend: „Hast du mich vermisst?"

Oh, mein Gott! Er kannte diese Stimme. Nun wusste er, wer ihn seit Tagen quälte. Aber sein Verstand weigerte sich, es zu begreifen.

Die Stimme atmete in sein Ohr, als sie hauchte: „Du wirst dir jetzt ein Kreuz in die Haut ritzen."

Nein! Was sollte der Schwachsinn? Er würde es nicht machen, schon gar nicht jetzt, wo er wusste, wer das von ihm verlangte. Niemals!

„Du bist ja total übergeschnappt!", blaffte er und versuchte, so kraftvoll wie nur möglich zu klingen.

In der darauffolgenden Stille war nur das Rascheln von Kleidung zu hören, gefolgt von einem Brüllen, das nur dem Wahnsinn entsprungen sein konnte.

„Du machst was ich dir sage!"

Franz wusste, dass er zu viel riskiert hatte, dass er seinen Widerstand besser aufgeben sollte.

Fauchend durchschnitt das Geräusch eines herabsausenden Rohrstocks die Luft. Mit einem dumpfen Aufschlag traf er den Verband an seiner Hand.

Ein Schmerz, wie er ihn noch nie gespürt hatte, brannte sich förmlich einen Weg durch seinen Körper. Er wand sich, bemüht, nicht zu schreien. Dann schrie er doch. Er bettelte, flehte innerlich um eine Ohnmacht, die der Qual ein Ende bereiten würde. Seine Bitten wurden nicht erhört. Stattdessen fühlte er, wie der Griff eines Messers in seine gesunde Hand gelegt wurde. Ein Tritt in die Seite sagte ihm mehr, als Worte hätten ausdrücken können. Schwer atmend, schweißgebadet und zitternd zog Franz die Knie an. Vorsichtig drehte er die Hand so, dass die Klinge des Messers auf seinem Hosenbein zu liegen kam. Er drückte die Schneide gegen den Oberschenkel, durchtrennte den Stoff und schnitt sich mit dem Messer in die Haut. Ein Blutstropfen perlte über die Klinge und tropfte auf den Boden. Dann zog er das Messer nach oben. Langsam, ruhig. Die Schmerzen waren nichts im Vergleich zu dem, was der Entführer ihm zuvor angetan hatte.

Auch der zweite Schnitt, quer zum ersten, war zu ertragen, bis er die Kreuzung ritzen musste. Das Messer fuhr durch die frische Wunde, wobei sich die

Hautränder ein wenig nach oben zogen und er kräftiger drücken musste. Zudem war der Stoff seiner Hose mittlerweile durchnässt vom Blut und ließ sich schlechter schneiden. Er ruckelte einige Male am Messer. Dann war es vollbracht.

Das Messer wurde ihm aus der Hand genommen. Die Schritte entfernten sich. Er hörte, wie die Tür verriegelt wurde. Er war wieder allein.

Dreiunddreißigstes Kapitel

Um sechs Uhr war Inga wieder auf den Beinen. Das Hotelbett war bequem gewesen, trotzdem fühlte sie sich nicht annähernd ausgeruht, verspürte aber neuen Tatendrang. Sie setzte sich an ihren Laptop und videotelefonierte mit ihrer Chefin, die ab sechs im Büro war. Inga erfuhr, dass Kunzes Zustand so weit stabil war. Für die Suche nach Franz Grönemann hatte Berger vier weitere Beamte abgestellt. Sie sprachen das Vorgehen für den Tag ab und setzten eine Pressekonferenz für den morgigen Mittwoch an. Diesmal würde Inga als leitende Ermittlerin ihre Chefin begleiten müssen. Hoffentlich waren sie bis dahin dem Täter auf der Spur, und sie musste nicht ununterbrochen mit den Schultern zucken und „Das wissen wir noch nicht", sagen. Nach dem Telefonat rief sie ihren Ex-Mann Paul an und bat ihn um ein persönliches Gespräch. Sie vereinbarten einen Termin in der nächsten Woche. Inga wollte die Zukunft ihres Sohnes nicht per Telefon oder WhatsApp oder gar nur über Anwälte besprechen. Deshalb musste sie in den sauren Apfel beißen und sich mit Paul an einen Tisch setzten. Natürlich sollte auch Ole dabei sein. Ihm schrieb sie eine Nachricht, fragte, was er mache und ob es ihm gut ginge. Mehr nicht. Eigentlich hätte sie den beiden lieber ganz was anderes gesagt, riss sich aber zusammen. Vorhaltungen, gepaart mit gekränktem Stolz und verletzter Mutterliebe, würden ihr Ole nur noch weiter entfremden. Also würde sie all das hinunterschlucken und gute Miene zum bösen Spiel machen. Noch nie hatte dieser Spruch so sehr gestimmt wie in diesem Moment. Obwohl …

Schluss! Sie hatte genug um die Ohren. Da war kein Platz, ihr gesamtes Leben auf den Prüfstand zu stellen. Nach dem Fall …

Es klopfte zaghaft an der Tür des Hotelzimmers. Hatte sie den Zimmerservice bestellt, um sie zu wecken? Sie konnte sich nicht daran erinnern. Vielleicht hatte Tom das ja für sie … Sie öffnete die Tür. Davor stand Tom und lächelte sie verlegen an.

„Guten Morgen. Ich hab dir was mitgebracht." Er reichte ihr eine rosa Sporttasche.

„Guten Morgen", sagte Inga, nahm die Tasche entgegen, zog den Reißverschluss auf und sah hinein.

„Das sind ein paar Klamotten von meiner Schwester. Sie leiht sie dir, wenn du magst."

„Oh, das ist aber lieb", sagte sie, wobei sie nicht wusste, ob es ihr unangenehm war oder ob sie sich einfach darüber freuen sollte. Sie entschied sich für Letzteres, nicht zuletzt, weil sie froh war, die Kleidung von gestern, die mit Sprenkeln von Kunzes Blut übersät war, loszuwerden.

„Sie sind auch frisch gewaschen." Tom grinste.

„Da bin ich aber froh", lachte Inga. „Gib mir zwanzig Minuten. Ich komm dann zum Frühstück runter."

„Perfekt. Bis gleich."

Inga schloss die Tür. Verdutzt blickte sie auf die Tasche in ihrer Hand. Wie lange war es eigentlich her, dass sich jemand so um sie gekümmert hatte? *Schluss! Nach dem Fall!* Sie nahm die Sachen und verschwand ins Bad.

Frisch geduscht und angekleidet betrat sie den Frühstückssaal. Nur wenige Tische waren besetzt. An einem davon saß Tom vor einer Schale Cornflakes und einem Pott Kaffee. Inga bediente sich am reichhaltigen Buffet und gesellte sich zu ihm.

„Du solltest die Milch probieren", empfahl er. „Das Hotel bekommt sie frisch vom Bauernhof. Der Geschmack wird dich umhauen. Ist kein Vergleich zu haltbarer Milch."

„Ein anderes Mal gern. Heute reicht mir ein Croissant. Sag deiner Schwester ein dickes Dankeschön von mir. Die Sachen sind super. Wir scheinen die gleiche Größe zu haben." Zwar war die Jeans ein bisschen weit um die Taille, aber das T-Shirt und der Hoodie passten wie angegossen.

„Mach ich. Wie geht's jetzt weiter?", erkundigte sich Tom. „Eulensiefen, Köln oder Gummersbacher Polizeiwache?"

„Nicht oder, sondern und. Die Reihenfolge stimmt." Nach einem Schluck Kaffee fügte sie hinzu: „Das wird ein langer Tag."

Nieselregen begrüßte sie in Eulensiefen. Der Himmel war mit grauen Wolken verhangen, als wollte er verhindern, dass das Sonnenlicht den Tag erhellte. Sogar die Vögel, die sonst jeden Ankömmling lautstark begrüßten, schwiegen heute Morgen.

„Dort drüben ist es." Inga deutete auf die Ruine der Familie Raabe. „Ich war schon mal hier und hab nichts Besonderes gefunden. Aber ich war nicht im Keller."

„Das Gebäude sieht nicht gerade vertrauenerweckend

aus", bemerkte Tom, als sie näher kamen.

„Der Keller liegt unter dem Teil, der noch besser in Schuss ist," sagte Inga, was die Skepsis in Toms Gesicht nicht vertreiben konnte.

Inga zwängte sich an den Sträuchern vorbei, schritt über verkohlte Möbelstücke, bis sie die Kellerklappe erreichte. Tom folgte ihr dichtauf, den Blick prüfend auf die Wände und die Decke gerichtet.

„Hier ist es.", verkündete sie schließlich.

„Wir sollten so wenig wie möglich anfassen", meinte er, als Inga an einem Balken zog, der eine Ecke der in den Boden eingelassenen Kellerklappe blockierte.

„Wir räumen den hier …", sie schob den Balken zur Seite, wobei Tom ihr zur Hilfe kam, „… nur schnell aus dem Weg. Dann müssten wir die Luke öffnen können."

Die Kellerklappe war nicht mehr als ein mit PVC beklebter Holzdeckel, der ein quadratisches Loch im Boden verschloss. Die Dichtungsbänder, die vor dem Brand verhindert hatten, dass Zugluft hindurchdrang, klebten wie vertrocknete Regenwürmer am Holz, als Inga den Deckel anhob. Ein Schwall widerlich stinkender Luft quoll fast greifbar aus dem dunklen Loch nach oben. Sie wandte sich ab.

„Das stinkt ja, als wäre da unten etwas verendet."

Tom hatte es nur so dahingesagt, aber es war genau das, was auch Inga dachte. Sie sah ihn an. Sie verstanden sich ohne ein weiteres Wort. Inga lehnte die Klappe gegen die Wand und zog ihr Handy aus der Tasche. Tom tat es ihr nach. Gleichzeitig schalteten sie die Taschenlampenfunktion ein. Inga nickte ihrem Kollegen zu, dann betrat sie die oberste Stufe. Die von den Schu-

hen der letzten Jahrhunderte ausgetretenen Bruchsteinstufen waren feucht und schmierig. Hätte dieser
Gestank nach Verwesung nicht alles andere überlagert,
hätte es sicherlich nach Moder und Pilzbefall gerochen.

Mit jeder Stufe, die sie weiter nach unten kamen,
wurde es kühler. Inga fröstelte. Das Licht traf auf das
Rundgewölbe, das vormals weiß gekalkt gewesen war.
Jetzt bedeckte ein schwarzer Flaum aus Schimmelpil-
zen und Ausblühungen die Decke. Stoffähnliche Bah-
nen von Spinnweben hingen herab. Inga zog sich die
Kapuze ihres Hoodies über den Kopf, damit ihr keines
der unzähligen langbeinigen Viecher in den Nacken
fiel. Sie hasste Spinnen. Am liebsten hätte sie einen
Besen oder Ähnliches von oben geholt, um die Spin-
nenfäden, die ihr den Weg versperrten, herunterzurei-
ßen, doch sie wollte die Sache rasch hinter sich bringen. So blieb ihr nur, den Arm auszustrecken und mit
kreisenden Bewegungen die Fäden aufzunehmen.

Noch zwei Stufen, und sie würde in den Kellerraum
sehen können. Sie lauschte, doch bis auf das Platschen
von Tropfen in eine Pfütze war nichts zu hören. Kein
Atemzug, keine Bewegungen von Stoffen oder Schuhen.

Der Lichtkegel traf ein hölzernes Weinregal. Die Füße
waren so verfault, dass es an ein Wunder grenzte, dass
es nicht längst umgefallen war und die Flaschen sich
in einem Gemisch aus Scherben, Holz und Wein über
den Boden verteilen konnten. Neben dem Regal stand
eine Kiste auf Holzpfeilern, ebenfalls vermodert. Sie
hatte wohl dazu gedient, Gegenstände oder Lebensmit-
tel zu lagern, die nicht mit dem feuchten Boden in Berührung kommen sollten.

Sie betrat den lehmigen Boden. Ihre Schuhe verursachten ein schmatzendes Geräusch, als sie einige Zentimeter in den Lehmmatsch einsanken. Tom stand dicht hinter ihr. Sie spürte seinen Atem im Nacken, als sie den Raum einmal durchleuchtete.

„Da ist die Ursache des Gestanks", sagte sie und hielt das Handy ruhig, so dass auch Tom es sehen konnte. In einer Ecke des Kellers lag eine tote Katze. Sie musste durch das kaputte Kellerfenster hineingelangt sein und hatte nicht entkommen können. Inga beobachtete für einen Moment die Maden, die sich an dem toten Körper gütlich taten. Sie sollte erleichtert sein, dass es sich um ein Tier und nicht Grönemann handelte, trotzdem setzte ihr der Anblick der armen Katze zu. Außerdem standen sie mal wieder vor dem Nichts.

„Wir sollten zusehen, dass wir hier rauskommen", entschied sie. „Sonst lassen sie uns gleich nicht ins Krankenhaus. Wenn dieser Gestank an uns kleben bleibt."

Sie verließen den Keller und verschlossen die Luke gewissenhaft. Inga holte ein Stück Holz, mit dem sie das kaputte Kellerfenster abdeckte. Schließlich sollte kein weiteres Tier dort unten jämmerlich verenden.

Beim Wagen angekommen rief ihnen eine wohlbekannte Stimme zu: „Wo wollt ihr denn hin? Hier wird sich nicht vor der Arbeit gedrückt." Die unvermeidliche Mechthild Mausbach kam, auf ihren Rollator gestützt, die Straße entlang.

„Mutter", rief Annette Mausbach, die neben ihr ging, tadelnd. „das ist doch der Besuch aus der Stadt. Der muss nicht arbeiten."

Inga rechnete mit einer Standpauke Mechthilds, dass auch Menschen aus der Stadt sehr wohl arbeiten mussten, doch die alte Frau erkundigte sich nur neugierig: „So, so, die feinen Leute aus der Stadt. Was wollten die denn bei den Becks?"

„Mutter, die waren nicht bei den Becks, sondern bei den Raabes."

„Ach, die Raabes." Die Stimmung der Alten verdüsterte sich. „Die haben viel Pech gehabt, viel Pech. Sie sollten sich nicht mit denen abgeben. Nicht, dass es auf Sie abfärbt."

„Lass uns weitergehen, Mutter." Frau Mausbach, die unausgeschlafen und erschöpft wirkte, zuckte entschuldigend mit den Schultern und zog ihre Mutter weiter.

„Wer sind denn die Becks?", erkundigte sich Tom, als die beiden außer Hörweite waren. „Ich hab den Namen hier noch nie gehört."

„Mir kommt er irgendwie bekannt vor, aber ich weiß nicht mehr, woher", sagte Inga „Ich weiß aber, dass die Frau stark dement ist und einiges durcheinanderwirft. Wir sollten jetzt nach Köln fahren", wechselte sie das Thema. „Kronenbecher wartet."

Vierunddreißigstes Kapitel

Eine Scheibe trockenes Graubrot, dazu eine Scheibe hartes Schwarzbrot, Aufschnitt, der auch schon einmal bessere Tage gesehen hatte. Einzig die Portionspäckchen mit Marmelade und Butter waren genießbar. Mittlerweile schmeckte ihm der Krankenhausfraß nicht mehr. Achim wollte endlich hier raus. Aber Konstantin hatte ihm abgeraten. Es wäre klüger, die Vernehmung in einem Krankenhausbett hinter sich zu bringen, als in einem Verhörraum der Polizei. Wo blieb Konstantin überhaupt? Er wollte doch vor der Kripo hier sein. Achim hoffte, dass er etwas über den Unfall und die Beweise, die die Polizei gegen ihn in der Hand hatte, herausfinden konnte.

Es klopfte, und Konstantin Petzold betrat das Zimmer. Obwohl er ihn schon eine gefühlte Ewigkeit kannte, war Achim jedes Mal aufs Neue erstaunt über die Aura, die seinen Freund umgab. Man konnte einfach nicht anders, als auf ihn aufmerksam zu werden.

„Und?", fragte Achim wie ein kleines Kind, das seine Eltern fragt, ob das Christkind schon dagewesen war.

„Ich wünsche dir auch einen wunderschönen guten Morgen", strahlte Konstantin und setzte sich auf den Besucherstuhl neben dem Bett.

Achim winkte ab. „Jaja. Sag, hast du was herausgefunden?"

Konstantin schlug die Beine übereinander und lehnte sich im Stuhl zurück. „Das habe ich. Oder auch nicht."

Achims Augenbrauen zogen sich zusammen. Was sollte das denn heißen?

„Es gab keinen Unfall. Oder zumindest nicht so, wie du dachtest." Er lächelte verschmitzt, was Achim fast zur Weißglut brachte. Hätte er jetzt etwas gesagt, wäre es bestimmt nichts Freundliches gewesen, deshalb schwieg er lieber.

Konstantin fuhr fort: „Am Montag, den dreizehnten Mai, hat es einen Unfall mit Fahrerflucht in der Zollstraße gegeben. Dort wurde ein parkendes Auto von einem unbekannten Fahrzeug gerammt. Das Auto wurde von der Wucht des Aufpralls auf den Gehweg geschoben. Besonders die rechte Front des Wagens wurde dabei massiv beschädigt. Es entstand ein Sachschaden in fünfstelliger Höhe."

„Und das Kind? Das Mädchen?", drängte Achim. „Was ist mit ihm passiert?"

„Kein Kind, kein Mädchen."

Achim schaute so verständnislos drein, dass Konstantin laut auflachte.

„Mein Lieber", begann er, als er sich wieder beruhigt hatte, „in diesem Unfall war kein Kind verwickelt. Es gab weder einen Rettungseinsatz in der Straße, noch wurde ein Kind von seinen Eltern ins Krankenhaus gebracht, das von einem Unfall berichtet hätte. Du hast dich getäuscht."

Am liebsten hätte Achim Konstantin in sein süffisantes Grinsen geschlagen. Aber er brauchte ihn, und was Konstantin sagte, war ja zu seinem Vorteil. Allerdings konnte er es nicht wirklich glauben. Hatte er sich das tatsächlich nur eingebildet? Er hatte doch den Kopf eines Kindes hinter dem Auto verschwinden gesehen, oder nicht? Er rief sich die Situation noch einmal ins

Gedächtnis. Er war sich ganz sicher. Dort war ein Kind gewesen. Aber hatte das Auto es auch berührt?

„Ich stelle es mir so vor, dass das Kind hinter dem parkenden Auto herging, als du dagegen geprallt bist", sagte Konstantin, als hätte er seine Gedanken gelesen. „Mich würde mal interessieren, wie schnell du genau warst …"

„Weiß ich nicht mehr", sagte Achim, meinte aber, die Tachonadel bei 85 gesehen zu haben.

„Wie dem auch sei. Das Kind geht also über den Bürgersteig. Es kracht. Das Kind erschrickt und duckt sich reflexartig. Es hat Glück gehabt, und der Wagen berührt es nicht. Sollte es nach der Schule seinen Eltern davon berichtet haben, sind die nicht zur Polizei gegangen. Dem Kind war ja nichts passiert."

„Nichts passiert? Nichts passiert?", brüllte Achim außer sich. „Wegen diesem Scheißbalg hab ich meinen Auftrag verloren, hab mich umsonst zum Deppen gemacht, und das alles wegen nichts? Wegen eines popeligen Blechschadens?"

„Eines popeligen Blechschadens mit Fahrerflucht. Könnte dich ein Monatsgehalt kosten und den Führerschein für bestimmt ein Jahr. Punkte in Flensburg gibt es obendrauf."

„Mein beruflicher Schaden ist viel größer. Ich fasse es nicht. Ich fasse es einfach nicht." Achim schlug sich mit der Hand gegen die Stirn.

„Hättest du …"

„Jaja, ich weiß." Hätte er nach dem Unfall angehalten und sich um das Kind und den Wagen gekümmert, hätte er die Polizei gerufen, die den Unfall aufgenommen hätte, dann wäre er zwar zu spät zu dem Termin erschienen, aber noch rechtzeitig genug, um das Ruder herumzureißen. Vermutlich. *So eine Sch...* In Achims Kopf drängte sich ein Schimpfwort an das andere. Dabei überhörte er fast, was Konstantin sagte. „Wie bitte?", hakte er nach.

„Ich sagte, dass die Polizei dich nicht wegen des Unfalls sprechen will."

Das wurde ja immer schöner. „Wie, die wollen nicht?"

„Als dein Anwalt habe ich heute Morgen bei der Polizei um Auskunft gebeten. Sie wollen dich befragen, wegen ..."

Es klopfte, und ins Zimmer traten eine Frau um die Vierzig und ein jüngerer Mann. Beide in Jeans und Turnschuhen. Den Hoodie, den die Frau trug, fand Achim unpassend für eine Beamtin der Kriminalpolizei.

„Guten Morgen", grüßte sie. „Herr Kronenbecher, schön, dass Sie endlich Zeit für uns haben." Sie nickte Konstantin zu. Der nickte zurück und sah dem Treiben in dem kleinen Zimmer amüsiert zu.

„Wir versuchen Sie schon seit mehreren Tagen zu erreichen", sagte die Frau, die sich als Kriminaloberkommissarin Laudenbach vorstellte.

„Ich wusste nicht, dass man für die Polizei rund um die Uhr erreichbar sein muss", knurrte Achim.

„Wir haben auf Ihren Anrufbeantworter gesprochen, Ihnen E-Mails geschrieben und Ihnen eine Vorladung in den Briefkasten geworfen."

„Ich war nicht zu Hause. Ich hatte zu tun."

„Sie waren so beschäftigt, dass sie nicht mal auf Ihr Handy schauen konnten?"

„Ja", antwortete Achim knapp, was der Wahrheit entsprach. An seinem Wanderwochenende hatte er das Handy ausgeschaltet, wollte sich ausschließlich auf seine Mission konzentrieren. Was gut funktioniert hatte. Falk hätte ihm den Auftrag übergeben. Wären nicht die Bullen gekommen und hätten ihn aus dem Dom geschleift. Achim spürte, wie heiße Wut in ihm aufstieg.

„Was wollen Sie denn von mir?", fragte er. Es klang patzig und sollte es auch.

„Wir ermitteln im Mordfall Norbert Wetzlar. Sagt Ihnen der Name etwas?"

„Natürlich, das ist mein Nachbar. Er wurde ermordet?" Das hatte er nicht gewusst. Noch weniger verstand er, was das mit ihm zu tun hatte.

„Ja, er wurde am Montag, den dreizehnten Mai, in seinem Haus getötet. Haben Sie ihn an dem Tag gesehen?"

Dieser beschissene Montag schon wieder. Natürlich hatte er, und wie. Aber sollte er das der Polizei mitteilen? Er warf Konstantin einen fragenden Blick zu. Als dieser nickte, begann er zu berichten: „Dieser Pedant hat mir aufgelauert. Als ich morgens früh zur Arbeit fahren wollte, stand er plötzlich auf seinem Hof und sprang mir vors Auto. Ich fuhr das Fenster runter und brüllte, er solle von meinem Wagen weggehen. Da keifte er los, ich würde seinen Platz zerstören. Das wäre Sachbeschädigung. Er würde mich anzeigen und, und, und. Es hat etwas gedauert, bis ich verstand, was er überhaupt wollte. Ich weiche immer auf sein Grundstück aus, um ein Schlagloch auf der Straße zu umfahren. Das hat er wohl gemeint." Achim wedelte mit der Hand vor seinem Gesicht auf und ab. Als Zeichen, was er von Wetzlar hielt.

„Was ist dann geschehen? Sind Sie ausgestiegen?"

„Warum sollte ich aussteigen?", erkundigte sich Achim. Doch dann fiel der Groschen. „Sie glauben, ich habe den Alten umgebracht?" Er lachte. „Ganz ehrlich, ich hätte es gerne getan. Aber ich musste nach Köln. Ich hatte einen wichtigen Termin im Büro. Es war schlimm genug, dass der Alte nicht von dem Auto weggehen wollte. Das hat mich wertvolle Zeit gekostet." Zeit, die er durch zu schnelles Fahren wieder wettmachen wollte, was zu diesem vermaledeiten Unfall geführt hatte.

„Was haben Sie dann getan?", mischte sich Laudenbachs Kollege ins Gespräch ein. Er wirkte entspannter als sie, obwohl seine ganze Aufmerksamkeit auf Achim ruhte.

„Ich habe ein Stück zurückgesetzt, und dann bin ich um den Alten herumgefahren."

„Das war das letzte Mal, dass Sie ihn gesehen haben?"

„Ja." Er ließ sich doch keinen Mord anhängen. „Wie kommen Sie darauf, dass ich etwas mit dem Mord zu tun hätte?"

„Wir haben in Ihrer Mülltonne ein blutbeflecktes Hemd gefunden."

„Oh, oh,", sagte Konstantin lächelnd, „Sie hatten bestimmt einen Durchsuchungsbeschluss?"

„Nein, hatten wir nicht. Es war Gefahr im Verzug, dann ist das nicht nötig. Außerdem stand die Tonne am Straßenrand"

Konstantin lachte. „Das werden wir ja sehen. Aber fahren Sie fort."

Wie kann er so ruhig bleiben?, fragte sich Achim. Aber das war nun mal sein Job, und er verstand langsam, warum Konstantin so gut darin war.

„Woher stammt das Blut auf Ihrem Hemd?", fragte Laudenbach.

„Sie haben mich aber nicht wegen diesem verkackten Hemd aus dem Dom gezerrt, oder?", brüllte Achim. „Wissen Sie eigentlich, was Sie damit angerichtet haben? Das war ein äußerst wichtiges geschäftliches Gespräch, das Sie mir ruiniert haben." Achim fühlte, wie sein Kopf rot anlief. Er schwang die Beine aus dem Bett. „Was glauben Sie denn, woher das Blut stammt? Von mir natürlich! Ich hatte Nasenbluten. Ganz einfach. Wie gestern. Mehr nicht." Er atmete schwer. Baute sich vor der Kommissarin auf. Sie blickte ihn unbeeindruckt an und wich keinen Schritt zurück. „Wissen Sie eigentlich, was Sie angerichtet haben?", wiederholte er. Am liebsten hätte er sie gepackt und geschüttelt. „Ich werde Sie verklagen, auf Schadenersatz." Er schnaufte. „Ich hatte nur ein blutiges Hemd in meiner Mülltonne. Die laufen auf dem Land doch ständig blutüberströmt rum. Aber nein, bei mir finden Sie ein paar Spritzer auf einem Hemd und ruinieren meine berufliche Zukunft. Ich fasse es nicht. Das ist das Letzte."

„Was meinen Sie damit, dass alle dort blutüberströmt rumlaufen?", fragte die Kripobeamtin. In ihrem Blick lag etwas Lauerndes.

„Na, weil die doch ständig irgendwelche Viecher schlachten. Noch an dem Montag habe ich das gesehen. Voller Blut und mit 'nem toten Huhn in der Hand."

„Wann war das genau?"

„Weiß ich nicht. So gegen Mittag." Achim hatte es nur am Rande wahrgenommen. Das war, als er aus Köln zurückgekommen war. Er hatte noch gedacht, *die sind doch alle verrückt hier,* aber dann verdrängten seine eigenen Probleme das Bild. Erst in diesem Moment war es ihm wieder eingefallen.

Die Kommissarin warf ihrem Kollegen einen vielsagenden Blick zu, dann blickte sie Achim tief in die Augen, als versuchte sie, seine Gedanken zu lesen, und fragte: „Und wer stand dort blutig und mit einem toten Huhn in der Hand?"

Fünfunddreißigstes Kapitel

Gedankenversunken strich Lore Grönemann über den Sims des Kamins. Staub- und Putzteilchen rieselten zu Boden und klackerten leise, als sie sich mit dem Schmutz des Bodens vermischten. Der Wind blies durch die Ruine, ließ die Sträucher erzittern, als durchliefe sie ein Schauer der Furcht. Einen Fuß vor den anderen setzend, ging Lore an der offenen Feuerstelle vorbei, wobei ihre Finger eine Spur auf dem Sims hinterließen. Wen kümmerte es schon? Seit das Haus abgebrannt war, hatte sich niemand dafür interessiert. Zumindest nicht, nachdem die Brandermittler mit ihrer Arbeit fertig waren. Niemand außer ihr. Wie oft hatte sie mit Franz darüber gesprochen? Wie oft hatte sie ihn gebeten, sie sollten das Haus wieder aufbauen? Es ließe sich bestimmt gut vermieten. Sie hätten es auch barrierefrei herrichten können, um es selbst zu bewohnen, wenn sie mal keine Treppen mehr steigen konnten. Aber er hatte sich geweigert. Lore konnte es nicht verstehen. Sie hatten immer sparsam gelebt, waren, abgesehen von einer Reise an die Mosel und einmal an die Nordsee, nie in den Urlaub gefahren, hatten weder teure Autos besessen noch sonstige Anschaffungen getätigt. Das Einzige, das sie sich gönnten, war der Teich, und das war allein Franz' Entscheidung gewesen. Wie eigentlich alles in ihrem gemeinsamen Leben. Es war stets nur nach seinem Willen gegangen. Zu Anfang hatte sie das attraktiv gefunden. Er war jemand, der nicht viel herumredete, sondern handelte. Er wusste, was er wollte, und setzte es durch. Er war so anders gewesen als der ängstliche, zögerliche Norbert. Mit dem sie zwar nächtelang reden konnte, der aber alles hundertmal durchdenken musste, ehe er eine Entscheidung traf. Das war ihr irgendwann auf die Nerven gegangen. Hinzu kam sein Putz- und Ordnungswahn, den sie nicht ertragen hatte. So wollte sie ihr restliches Leben nicht verbringen. Deshalb hatte sie sich für Franz entschieden. Er war für sie ein Fels in der Brandung gewesen. Nicht zuletzt, weil er ihrer Mutter die Stirn geboten hatte. Norbert wäre so etwas nie in den Sinn gekommen. Er war jeder Auseinandersetzung aus dem Weg gegangen.

Später hatte sie sich oft gefragt, ob sie nicht die falsche Entscheidung getroffen hatte. Sie hatte sich für *Gegensätze ziehen sich an* entschieden. Vielleicht wäre ein *Gleich und gleich gesellt sich gern* besser gewesen. Denn im Grunde war sie Norbert vom Wesen her ähnlich. Bevor sie einschlief, ließ sie den Tag Revue passieren, ging jedes Gespräch, jede Handlung noch einmal durch. Wenn nichts Außergewöhnliches geschehen war, ging das relativ schnell. Aber wenn es eine Auseinandersetzung gegeben hatte, lag sie die ganze Nacht wach. Meistens fielen ihr erst dann gute Erwiderungen oder Argumente ein, die sie hätte einbringen können. Manchmal nahm sie sich vor, das Thema am nächsten Tag erneut anzusprechen. Doch sie tat es nie. Es hatte ja doch keinen Sinn.

Lore stieß mit dem Fuß gegen eine alte Truhe, deren verkohlte Überreste an der Wand lehnten. In dieser Truhe hatte das Holz für das Kaminfeuer gelagert. Bevor ihre Mutter diese Truhe besorgt hatte, hatten sie einen dunkelbraunen Weidenkorb benutzt. Aber Schmutz und Sägemehl rieselten aus seinen Ritzen. Um den Dreck im Haus zu vermeiden, wurde die Truhe angeschafft und ein Eimer gekauft, was zur Folge hatte, dass man mehrmals zum Schuppen laufen musste, um Holzscheite zu holen, weil der Eimer zu klein war. Aber das störte ihre Mutter nicht. Sie musste ja nicht laufen. Das tat Lore. So wie sie eigentlich alle Arbeiten im Haus ihrer Mutter verrichtete, seit diese im Rollstuhl saß. Wie oft hatte sie sagen wollen: „Nein, Mutter, ich habe jetzt keine Zeit", oder „Mutter, ich mache das auf meine Art." Aber sie hatte es nie getan. Stattdessen hatte sie sich herumkommandieren lassen. Jeden und jeden verdammten Tag. Wenn ihre Mutter Hilfe benötigte, rief sie Lore an. Einige Male hatte sie so getan, als würde sie das Klingeln nicht hören, was sie aber nicht durchgehalten hatte. Beim zweiten Anruf, der unweigerlich wenige Minuten später erfolgt war, war sie ans Telefon gegangen. Egal, ob Tag oder Nacht.

Das war jedoch nicht das Schlimmste. Das Schlimmste war, dass sie es ihrer Mutter nie recht machen konnte. Lore war immer zu faul, zu langsam, zu ungeschickt, zu dumm, zu hektisch, zu ernst. Ja, Mutter warf ihr sogar vor, dass sie ihre Arbeit nicht mit einem Lächeln auf den Lippen verrichtete.

„Der Franz geht dir noch laufen", behauptete sie gehässig, obwohl sie ihren Schwiegersohn nicht ausstehen konnte. „Und dann stehst du allein da."

Lore trat gegen die Truhe, die mit einem Krachen unter einer Aschewolke verschwand. Etwas schimmerte im Schmutz. Lore beugte sich herab und zog unter den

Trümmern eine Blechdose hervor. Sie öffnete den De- ckel und sah hinein. Unversehrt von Feuer und Zeit, befanden sich lange Streichhölzer und einige Feuer- zeuge darin. Sie nahm eines heraus. So wie früher. Das Haus ihrer Eltern wurde eigentlich mit einer Ölheizung gewärmt. Aber ihre Mutter war geizig, und so feuerte Lore jeden Morgen den Kamin an. Mutter saß in ihrem Rollstuhl daneben und kommentierte jeden Handgriff.

„Mach schneller, oder willst du, dass ich erfriere?"

„Ich musste in meinem ganzen Leben nicht zweimal ziehen, um ein Streichholz anzuzünden."

„Nimm gefälligst Zeitungspapier und nicht diese An- zünder, oder willst du mich vergiften?"

An jenem Tag war es Lore zu viel geworden. Am Abend zuvor hatte sie sich mit Franz gestritten. Na ja, nicht wirklich gestritten. Sie hatte ihn gefragt, ob sie nicht gemeinsam einen Urlaub machen könnten, um mal rauszukommen, mal etwas anderes zu sehen. Franz hatte gesagt, dass er zu Hause sehr zufrieden sei und mehr nicht brauche. Außerdem würde er sein Geld nicht für so einen Schnickschnack zum Fenster rauswerfen. Lore hatte erwähnt, dass ihre Cousine und ihr Mann jedes Jahr in Urlaub fahren würden. Da war Franz ausgeflippt, hatte gebrüllt, sie müssten nicht das Gleiche machen, wie ihre dusselige Cousine und de- ren unfähiger Mann. Überhaupt wäre er der Meinung, Lore solle sich besser nicht mehr mit ihr treffen, wenn sie ihr solche Flöhe ins Ohr setzen würde. Lore hat- te geschwiegen. In der darauffolgenden Nacht hatte sie bis in den frühen Morgen eine lautstarke Debatte mit Franz geführt, allerdings nur in ihrem Kopf. Am nächsten Tag bereitete sie ihrer Mutter das Frühstück, zog die Bettwäsche ab, während der Pflegedienst die alte Frau wusch und ankleidete. Dann half sie, ihre Mutter ins Erdgeschoss zu tragen. Als sie sie in den Rollstuhl setzten, schlug ihr Mutter auf die Finger, weil sie sie angeblich gekniffen hatte.

„Nehmen Sie es sich nicht zu Herzen", hatte die Pflegerin tröstend zu ihr gesagt, als sie sich verabschiedete. „Ihre Mutter ist mit der Situation unzufrieden und weiß nicht, damit umzugehen."

Es war nett gemeint, aber Lore brachte es noch mehr auf die Palme. Sie betrat das Wohnzimmer, in dem Mutter immer noch zeterte und schimpfte. Lore hockte sich neben den Kamin, öffnete die Truhe und nahm einige Zeitungsseiten heraus, die sie zu kleinen Kugeln knüllte. Diese legte sie mittig in die Feuerstelle. Dann schichtete sie die Anzündhölzer wie ein Zelt darüber. Sie nahm die Blechdose zur Hand, zündete ein Streichholz an, das sie unter die Zeitungspapierbälle schob.

„Bist du zu blöd, um ein Feuer zu machen?", kläffte ihre Mutter. „Du hast die Asche nicht rausgekehrt."

Mit einem Mal legte sich eine Stille um Lore. Sie hörte weder das Gezeter ihrer Mutter noch das Knistern des stetig anschwellenden Feuers, roch nicht den Rauch, der von dem brennenden Zeitungspapier aufstieg. Als wäre sie nicht mehr Teil dieser Welt, als gäbe es nur noch sie allein und ihre Hände. Hände, die wie selbstverständlich mehrere Holzscheite auf das Feuer legten, um dann für einige Minuten ihn ihrem Schoß zu ruhen, darauf wartend, dass die Scheite Feuer fingen. Dann griff Lore nach dem obersten Scheit, das an einem Ende lichterloh brannte, dessen anderes Ende aber noch vom Feuer verschont geblieben war. Es war nur eine Frage der Zeit, bis es ganz in Flammen stehen würde. Lore hielt es senkrecht vor sich und betrachtete die Flammen, wie sie in stetiger Veränderung an dem Holz leckten, Rauch ausstoßend und ihren Schein zuckend über Lores Hand legten, als wollten sie ihr sagen, dass sie die nächste wäre. Die nächste, die das Feuer erreichen würde. Doch dazu würde es nicht kommen.

Sie beugte sich herunter und legte das brennende Holzscheit vor dem Kamin ab. Dorthin, wo das Zeitungspapier lagerte. Dorthin, wo die Fliesen, die den Bereich unmittelbar um die Feuerstelle begrenzten, in den Teppich übergingen. Dann richtete sie sich auf und verließ das Haus, begleitet vom Gezeter und Geschrei ihrer Mutter.

Lore erwachte aus ihren Erinnerungen und warf die Dose achtlos beiseite, die klappernd im Schutt verschwand. Das war Jahre her, und noch immer verspürte sie keine Reue. Das Einzige, was sie fühlte, war Erleichterung. Sie hatte sich gewehrt, vielleicht zum ersten Mal in ihrem Leben, sie hatte sich durchgesetzt und ein Problem gelöst, ein für alle Male und endgültig. War sie stolz auf sich? Nein, stolz nicht, aber erleichtert.

Während sie die Ruine ihres Elternhauses verließ, dachte sie, dass sie doch nicht so viel mit Norbert gemeinsam hatte. Anscheinend war auch sie jemand, der eher handelte, als nur darüber zu sprechen.

Sechsunddreißigstes Kapitel

Von Achim Kronenbechers Krankenbett aus waren Inga und Tom zum nächsten Krankenbesuch ins Klinikum Oberberg nach Gummersbach aufgebrochen. Sie gingen einen weiteren Krankenhausflur entlang, vorbei an einem Rollstuhlfahrer, der sein Gipsbein vor sich herschob, vorbei am Schwesternzimmer und weiter zur Privatstation, bis zum Zimmer 375. Inga klopfte, wartete auf ein gebelltes „Herein" und betrat vor Tom den Raum, der vor Krankenhausidylle nur so strotzte. Ein Krankenbett, nebst Nachtschrank, ein Tisch, ein Stuhl, graue Vorhänge. Handdesinfektionsspender an der Wand. Allerdings wirkte es durch die hochwertigere Ausstattung der ersten Klasse schon beinahe gemütlich. Unter dem dünnen Laken schaute ein missgelaunter Kunze hervor.

„Guten Morgen, Kunze, wie geht's?", grüßte Inga ihren Kollegen.

„Beschissen geht's." Kunze hielt nichts von Beschönigung. „Den ganzen Tag liege ich hier rum und kann nichts machen. Mein Fuß schmerzt höllisch. Wenn ich das den Schwestern sage, werde ich mit Medikamenten vollgepumpt, dann weiß ich nicht mehr, ob ich Männlein oder Weiblein bin. Ich will hier raus."

„Was sagen denn die Ärzte? Wie lange musst du bleiben?", erkundigte sich Inga.

„Keine Ahnung. Der eine sagt so, der andere so. Habt ihr schon was herausgefunden? Wer die Falle dort aufgestellt hat?"

„Nein, leider nicht", sagte Tom. „Vermutlich wollte jemand verhindern, dass Unbefugte die Raabe-Ruine betreten.“

„Das habe ich mir selbst schon zusammengereimt“, blaffte Kunze. „Oder jemand wollte sich einen Hasen fangen für den Sonntagsbraten. Wir brauchen Beweise und einen Täter. Verdammt, wenn ich doch bloß hier rauskönnte …“

Er richtete sich auf, als wollte er aus dem Bett springen. Doch kaum hob er das verbundene Bein an, stöhnte er auf und ließ sich wieder in die Kissen fallen. Nach einigen tiefen Atemzügen sah er Inga und Tom an, als wären sie aus dem Nichts erschienen. „Ihr seid ja immer noch da. Habt ihr nichts zu tun?“

„Der hatte ja gute Laune“, stellte Tom fest, als sie auf dem Krankenhausparkplatz standen. „Die armen Schwestern.“

Bevor Inga ihm zustimmen konnte, klingelte ihr Handy. Sie zog es aus der Hosentasche und nahm den Anruf an. Es war Berger.

„Ja?“, sagte Inga knapp und hoffte, dass es keine schlechten Neuigkeiten gab.

„Hier ist Berger“, sagte Berger. „Die Kriminaltechnik hat das Blut von Kronenbechers Hemd ausgewertet. Es stammt von ihm selbst. Alles. Sie hatten genug Vergleichsmaterial aus dem Wagen von Konni und Jannis. Das ist eine Sackgasse. Grönemanns DNA und die des Fingers stimmen überein.“

„Das bedeutet, unserem vermeintlichen Mörder wurde der Finger abgeschnitten. Aber warum?“

„Nach meinem Dafürhalten ist er ein Opfer, kein Täter“, erwiderte Berger.

Eine andere Möglichkeit fiel Inga im Moment auch nicht ein. Sie sollte sich mit Tom besprechen und das weitere Vorgehen festlegen.

„Leider musste die KT die Untersuchung der Spuren des Tatorts Berleburg nach hinten schieben", führte Berger ihren Bericht fort. „Aber sie sind dran. Gibt es bei Ihnen was Neues?"

Inga sah zu Tom hinüber, doch der hatte sich abgewandt, das Handy am Ohr. „Wir haben einen Hinweis bekommen. Dem wollen wir nachgehen."

„Das klingt so, als wollten Sie mir was verschweigen. Aber egal. Tun Sie, was Sie tun müssen. Wie war's bei Kronenbecher?"

„Er tobt fast genauso wie Kunze. Allerdings ist sein Anwalt, Konstantin Petzold, bei ihm." Inga hörte, wie ihre Vorgesetzte den Atem einzog. „Er sinnt auf Rache. Wir hätten ihm irgendeinen Job versaut."

„Das fehlte gerade noch." Berger stöhnte. „Wie gesagt, ich würde mich freuen, wenn wir diesen Fall bald abschließen könnten."

„Ich denke schon", sagte Inga, war sich aber ganz und gar nicht sicher. Die Information, die sie von Kronenbecher erhalten hatten, war so ... merkwürdig.

„Prima. Dann will ich Sie nicht länger aufhalten. Ich habe noch einige Telefonate zu führen. Unter anderem mit Kunze. Aber am besten warte ich damit, bis er zu Mittag gegessen hat. Dann ist er meistens etwas besser gelaunt."

Inga bezweifelte, dass ein Krankenhausmittagessen Kunzes Laune merklich heben würde. Dann fiel ihr etwas ein. „Moment noch. Wäre es nicht sinnvoll, wenn wir den Wald nach weiteren Fallen absuchen lassen würden?"

„Was meinen Sie damit?"

„Möglicherweise hat jemand die Falle dort aufgestellt, um etwas zu schützen, ein Versteck, zum Beispiel."

„Das klingt mir sehr weit hergeholt. Eine Tierfalle in einem Wald zu finden, ist zwar recht selten, aber nicht ausgeschlossen. Ist das ein Bauchgefühl, oder haben Sie stichhaltige Anhaltspunkte für Ihre These?"

Inga wusste, dass ihre Chefin ihr Anliegen ablehnen würde, noch bevor sie antwortete: „Nur so ein Gefühl."

„Wissen Sie, wie viele Leute ich dafür abstellen müsste? Leute, die mit der Aufklärung der Morde beschäftigt sind. Nee, meine Liebe, da brauche ich mehr. Außerdem arbeitet ein Kollege daran, den Förster und den Besitzer des Waldes ausfindig zu machen. Möglicherweise wissen die mehr. Und jetzt wieder ran an die Arbeit. Ciao."

„Tschüs", sagte Inga.

Während Tom noch telefonierte, versuchte sie, ihre Gedanken zu sortieren. Konnte es wirklich sein? Kronenbecher hatte nicht mehr genau gewusst, wann er am letzten Montag nach Eulensiefen zurückgekehrt war. Aber so ungefähr stimmte seine Beobachtung mit der Tatzeit des ersten Mordes überein. Würde jemand im Schuppen Hühner schlachten, während im Haus ein Mord geschah? War es nicht wahrscheinlicher, dass das geschlachtete Huhn nur der Tarnung diente? Damit man unauffällig blutbeschmiert durch den Ort laufen konnte? Zufälle gab es, sicher. Aber Inga glaubte in diesem Fall nicht daran. Sie mussten …

„Ich hab telefoniert", unterbrach Tom ihre Gedanken.

„Und?", fragte sie.

„Ich hab dir doch von dem Kurator des Heimatmuseums in Bergneustadt erzählt. Wasserfuhr. Der die Unterlagen von Frau Berleburg geerbt hat."

Inga nickte.

„Ich hab ihn gefragt, ob es im Museum auch Karten von Gummersbach und Umgebung aus dem letzten Jahrhundert gibt. Er meinte, ja, und wollte nachschauen. Er ruft mich wieder an."

Inga wollte nachfragen, wofür Tom die Karten benötigte, da klingelte sein Handy. War das schon der Kurator?

„Hartung", meldete sich ihr Kollege, und sie fragte sich, wie er es hinbekam, nur ein einzelnes Wort zu sagen, und dabei so freundlich zu klingen. Von dieser Fähigkeit hätte Kunze mal etwas gebrauchen können.

„Okay. Warum, meinst du? … So früh am Tag? … Okay, wir kommen." Er legte auf und steckte sein Handy in die Tasche. „Das war ein Kollege der Streife. Sie sind zu einer Kneipe in der Gummersbacher Innenstadt gerufen worden, weil dort ein betrunkener junger Mann randaliert. Als sie dort ankamen, stellte sich heraus, dass der Mann den Wirt als Geisel genommen hat. Er droht, ihn umzubringen, wenn die Polizisten die Gaststube betreten würden."

„Was verlangt er?", fragte Inga, die sich insgeheim über die Störung ärgerte. Sie hatten zwei Morde aufzuklären. Für eine Geiselnahme waren andere zuständig.

„Er verlangt, mich zu sehen."

„Dich?" Ingas Augen wurden groß. „Warum?"

„Das konnte mir mein Kollege nicht sagen. Aber ich muss jetzt dorthin. Kommst du mit? Oder soll ich dich zu deinem Wagen fahren?"

Inga überschlug ihre Möglichkeiten. Bei allem, was sie im Fall Wetzlar/Berleburg machen konnte, besonders seit der neue Hinweis aufgetaucht war, brauchte sie einen Partner. Alles andere wäre zu gefährlich.

„Ich komme mit. Aber wir halten uns nur so kurz wie eben nötig dort auf. Wir müssen unsere Ermittlungen in Eulensiefen weiterführen."

Siebenunddreißigstes Kapitel

Sie sahen das Blaulicht der Polizeiwagen schon von weitem. Tom hielt vor dem rot-weißen Absperrband, das eine kleine Gasse in der Gummersbacher Innenstadt abriegelte, und sprach kurz mit einem Polizeibeamten, der daraufhin den Weg für sie freigab.

Ein in Zivil gekleideter Polizist, ausgerüstet mit Headset und Tablet, kam zielstrebig auf sie zu. Er überragte Tom um mindestens einen Kopf und wirkte ernst und befehlsgewohnt.

„Hartung?", fragte er knapp. Tom nickte.

„Kriminalhauptkommissar Tauber. Kommen Sie mit."

Tom wollte eine übertrieben höfliche Begrüßung loswerden, unterließ es jedoch. Der Kerl schien keinen Wert auf freundlichen Umgang zu legen. Der konnte glatt mit Kunze verwandt sein. Daher begnügte er sich mit einem Augenrollen in Ingas Richtung. Tauber hatte sie keines Blickes gewürdigt, geschweige denn begrüßt.

Jetzt fiel es Tom wieder ein. Tauber, der Name sagte ihm was. Der Mann war spezialisiert auf Geiselnahmen und ein Ass auf dem Gebiet. Sein Ruf war legendär. Ebenso sein ernstes Gemüt. Damals, während des Studiums, wurde gemunkelt, dass er sich einige Gesichtsmuskeln hatte lahmlegen lassen, damit er nur ja nicht versehentlich lächelte. Tom fand ihn unsympathisch und wenn er hundertmal eine Koryphäe auf seinem Gebiet war.

Tauber führte sie an mehreren Polizeiwagen vorbei, die die Gasse absperrten. Polizisten der Spezialeinheit, zu erkennen an ihren dunklen Overalls, der Hightech Ausrüstung und den Sturmgewehren, mit denen sie auf die Tür der kleinen Kneipe zielten, nutzten die Fahrzeuge als Deckung.

„Das ist hier ja fast wie in einem Hollywoodfilm", raunte Tom Inga zu.

„Scheint mir auch etwas übertrieben, besonders hier in Gummersbach", gab sie zurück. Leider etwas zu laut.

„Auch in Gummersbach ist eine Geiselnahme eine Geiselnahme und wird so behandelt wie überall in Deutschland", belehrte Tauber sie streng und nahm somit zum ersten Mal Kenntnis von ihr. Damit keine Zweifel aufkamen, fügte er hinzu: „Ich leite den Einsatz. Und ich werde nicht zulassen, dass es zu Verlusten kommt."

Er winkte einem Kollegen zu, der eiligst zu ihnen kam.

„Wir werden Sie jetzt verkabeln." Als er Toms überraschten Gesichtsausdruck bemerkte, fügte er hinzu: „Keine Sorge, es ist nicht mehr wie früher, dass ein Gewirr von Kabeln, Sendern und Empfängern und Batterien an ihnen festgeklebt werden muss."

Der Techniker holte ein kleines schwarzes Plastikdöschen hervor. Es sah so aus wie Toms Ladebox für seine kabellosen In-Ear-Kopfhörer. Der Techniker klappte es auf.

„Das sind Kopfhörer und Mikrofone in einem. Sie sind so klein, dass sie in den Gehörgang eingeführt werden und nicht zu sehen sind." In Taubers Stimme klang so etwas wie Stolz mit. Er war also doch zu Gefühlsregungen fähig, dachte Tom und musste ein Schmunzeln unterdrücken. Obwohl ihm im Moment eigentlich nicht zum Lachen zumute war. Das hier schien größere Ausmaße anzunehmen, als vermutet.

„Wer ist eigentlich der Geiselnehmer?", erkundigte sich Inga.

„Wissen wir nicht. Das sollen Sie herausbekommen", sagte er zu Tom. „Und damit wir uns richtig verstehen. Ich halte überhaupt nichts davon, einen unerfahrenen Beamten da reinzuschicken."

Unerfahrener Beamter. Tom mochte Tauber immer weniger.

„Wir haben gut ausgebildete Spezialisten im Umgang und in der Gesprächsführung mit Geiselnehmern. Denen würde es gelingen, ihn zur Aufgabe zu überreden. Aber Sie ...?" Er musterte ihn abschätzig.

Das war's. Er war bei Tom endgültig untendurch. „Warum schicken Sie dann nicht einen Ihrer Spezialisten da rein?", fragte er, seine Geringschätzung nicht verbergend.

„Weil er nur mit Ihnen sprechen will", räumte Tauber widerwillig ein. „Er droht, die Geisel zu erschießen, wenn jemand anderes den Kopf zur Tür hereinsteckt. Wenigstens sind Sie kein Zivilist, das hätte das Ganze noch schwieriger gemacht."

Na bravo, dachte Tom. Während sich der eine Teil seines Gehirns fragte, wie er da hineingeraten war, rätselte der andere Teil, wer wohl der Geiselnehmer sein mochte. Auf beide Fragen fand er keine Antwort. Also konzentrierte er sich auf Tauber und die bevorstehende Aufgabe.

Der Techniker steckte ihm die Kopfhörer ins Ohr. Sofort hörten sich die Umgebungsgeräusche dumpf an, als würde er sie durch Watte oder eine schlimme Mittelohrentzündung wahrnehmen.

„Sie gehen jetzt da rein", erklärte Tauber das weitere Vorgehen. „Wir geben Ihnen Deckung."

Der Techniker hielt Tom einen Pullover hin, einen Hoodie. Auf der Brust prangte diagonal das Logo eines berühmten Sportartikelherstellers. Tom zog seine Jacke aus, legte seine Walther und das Holster ab und zog den Pullover an.

„In den I-Punkt ist eine Kamera eingelassen. Wir sehen also alles, was Sie sehen. Ach, und noch etwas, sollten sie den Befehl Zugriff hören, werfen Sie sich augenblicklich zu Boden. Haben wir uns verstanden?"

Tom fragte nicht weiter nach. Er wollte es lieber nicht wissen.

Ingas Blick war mehr als skeptisch. Aber sie mussten sich fügen und hoffen, dass Tauber wusste, was er tat.

Auf Taubers Tablet leuchtete ein Licht auf. Er tippte mehrmals auf das Display. „Hören Sie mich?", fragte er.

Tom zuckte zusammen. „Ja, aber zu laut." Bei der Lautstärke mussten die Dinger in seinen Ohren regelrecht vibrieren.

„So besser?", erkundigte sich Tauber.

Tom nickte.

„Dann los. Die Zeit drängt. Geiselnehmer sind normalerweise nicht die Geduldigsten."

Ob man nach Verhandlungen mit Geiselnehmern Sonderurlaub bekam? Tom liebte seinen Job, aber gerade hatte er das dringende Bedürfnis nach ein paar Tagen Strand und Sonne und Meer. Nach dem Fall …

Falls er das hier überlebte.

Kam es ihm nur so vor, oder wurde es in dem Moment, als er vor die Kneipentür trat, mucksmäuschenstill hinter ihm? Die massive Tür aus dunklem Eichenholz, verziert mit allerlei Schnitzereien, stand offen, jedoch wurde der Blick ins Innere durch einen teppichähnlichen Vorhang hinter der Eingangstür, der die bergische Kälte draußen halten sollte, verwehrt.

„Worauf warten Sie?", dröhnte Taubers Stimme aus den Kopfhörern in Toms Ohr. Am liebsten hätte er sich die Dinger aus den Ohren gerissen und weggeworfen. Dieser Typ besaß so viel Taktgefühl wie ein aus großer Höhe herabfallendes Klavier.

Aber es half nichts. Tom atmete tief durch, zu gleichen Teilen neugierig und besorgt. Dann setzte er einen Fuß über die Schwelle, schob den Vorhang zur Seite und trat ein.

Drinnen war es düster. Und beengt. Vier Holztische, umstellt von je vier Stühlen, schartig und verbraucht von dem vielen Bier, das sie trinken, und den Karten- und Würfelspielen, die sie ertragen mussten.

„Ah, auch schon da?", fragte der Wirt, ohne den Blick zu heben oder in seiner Tätigkeit innezuhalten. Er stand hinter der Theke, die von ähnlich schlechtem Zustand wie das restliche Mobiliar war, und polierte ein Weißbierglas mit einem Küchentuch. „Jungchen, dein Kumpel ist da", sagte er dann zu der einzigen anderen Person im Raum. Ein muskulöser Mann saß tief nach vorn gebeugt, als müssten seine Schultern zu viel Last tragen oder als wäre er betrunken, vor einem Glas Bier auf einem Barhocker.

Hatte Tauber nicht gesagt, ein Mann hätte den Wirt

als Geisel genommen? Tom hatte während seiner beruflichen Laufbahn bisher keine Geiselnahme miterlebt, jedoch hatte er in der Ausbildung einiges darüber gehört. Ein biertrinkender Geiselnehmer, der von seiner Geisel bedient wird, war darin nicht vorgekommen. Einzig das zugeschwollene Auge des Wirtes kündete davon, dass es hier nicht so friedlich zugegangen war, wie es den Anschein hatte.

Der Mann richtete sich auf. Langsam wandte er sich um.

Tom blieb fast das Herz stehen. „Till, was machst du denn hier?"

„Möchten Se 'n Bier?", fragte der Wirt, „das hier scheint länger zu dauern."

Tom schüttelte den Kopf.

„Dann nicht." Der Wirt hängte das Bierglas kopfüber in die Halterung über der Theke. Ging zum Zapfhahn und zapfte ein Kölsch. „Sie haben doch nichts dagegen?" Er trank es mit einem Zug aus, nahm ein weiteres Weißbierglas von der Spüle. Das Handtuch quietschte leise, als er mit dem Polieren begann.

In der ganzen Zeit hatte Till Wummert nur dagesessen und Tom angestarrt. Er sah erschöpft aus. Aber in seinen Augen glühte ein Funke. Wut, Entschlossenheit oder Rachedurst? Was um alles in der Welt hatte der junge Gärtner, den Tom erst gestern auf dem Anwesen von Frau Berleburg getroffen hatte, vor?

„Sie kennen den?", fragte Tauber in Toms Ohr.

„Till Wummert, nicht wahr?", tat Tom, als müsse er sich vergewissern. „Sie haben Frau Berleburg gefunden."

Bei der Erwähnung des Namens seiner ermordeten Chefin ging ein Ruck durch den jungen Mann. Er riss die rechte Hand hoch. Im nächsten Moment blickte Tom in den zitternden Lauf eines Revolvers.

„Ich geh nicht wieder in den Knast!", schrie er. Speicheltröpfchen sprühten aus seinem Mund. Obwohl Tom bestimmt vier Schritte entfernt stand, erreichte ihn eine Bierfahne, die ihn schlucken ließ.

„Jungchen, nun mal mit der Ruhe", sagte der Wirt gleichmütig, als ginge ihn das alles nichts an.

Damit zog er Tills Aufmerksamkeit auf sich. Der schwenkte herum und richtete die Waffe auf den Wirt.

„Ich geh nicht wieder in den Knast!", brüllte er wieder.

„Ist ja gut", versuchte Tom, ihn zu beruhigen. „Was ist hier überhaupt los?"

„Der Kalle … der Kalle ist schuld", stotterte Till.

„Jungchen, nimm die Waffe runter, dann krisste noch 'n Bier, und ich erzähl deinem Kumpel hier", der Wirt deutete mit dem Kopf in Richtung Tom, „was der Kalle gesagt hat. Dann klärt sich alles."

„Ich geh nicht in den Knast." Tills Stimme war leiser als zuvor.

„Was hat der Kalle denn gesagt?", wollte Tom wissen.

„Kalle, Kalle. Du gehst mir total auf den Nerv", schrie Till. „Der Kalle hat gesagt, die stecken mich in den Bau. Weil ich die Frau Madam umgebracht hab."

„War das ein Geständnis?", quäkte Tauber in Toms Ohr.

„Dabei hab ich nix getan." Mit einem Satz sprang Till hinter die Theke. Mit beiden Armen wischte er durch das Regal mit den Spirituosen, die in einem ohrenbetäubenden Krachen splitternden Glases auf dem Boden zerschellten. Eine Lache aus Wodka, Whisky und klebrigem Likör breitete sich hinter der Theke aus, lief unter ihr hindurch, bis in den Schankraum. Der Alkoholgeruch ließ Tom die Tränen in die Augen steigen.

„Scheiße, der dreht durch!" Tauber hörte sich an, als wäre er auch nicht weit entfernt davon.

„Till, nicht", sagte Tom beschwichtigend.

Doch der junge Gärtner ignorierte ihn. Er hatte den Wirt erreicht, griff nach dessen spärlichen Haaren und zog ihm den Kopf in den Nacken. Den Lauf der Waffe drückte er in den wabbeligen Hals des Mannes.

„Nana, wat soll denn dat?", fragte der Wirt krächzend.

„Wir machen uns für den Sturm bereit", sagte der Leiter der Ermittlungen. „Sie müssen ihn von der Geisel weglocken. Den Rest erledigen wir."

Oh, Gott, bloß das nicht, dachte Tom. „Till, warum solltest du in den Knast gehen?"

„Siehst du Junge, hab ich dir doch gesagt. Die suchen dich nicht. Wenn du nicht so 'n Aufstand …"

„Halt die Schnauze", brüllte Till. Mit einem heftigen Ruck zerrte er den Kopf des Wirtes weiter in den Nacken. „Der Kalle hat gesagt, die kriegen mich. Die wären schon hinter mir her. Dann käme ich in den Bau."

„Das hat der nur gesagt, um dich zu ärgern", gab der Wirt zurück. „Du hast aber auch so angegeben mit der Kohle."

Während der Mann sprach, hatte sich Tom, so unauffällig wie möglich, ein kleines Stück vorgeschoben.

Till war viel zu sehr in Rage und nicht in der Lage, sich gleichzeitig auf seine Geisel und ihn zu konzentrieren. Tom hatte noch nicht genau verstanden, worum es hier ging. Er wusste aber, dass er durchaus in der Lage wäre, den Jungen zu überwältigen, wenn er denn hinter dem Tresen hervorkäme.

„Halt die Fresse, Alter", blaffte Till den Wirt an, der beschwichtigend die Hände hob und schwieg.

„Die Scheißkohle! Ich hab nur die Scheißkohle genommen. Die stand mir zu. Ich hab für die Frau Madam gearbeitet. Das war mein Lohn. Die hat den immer da rausgenommen. Aber sie war tot. Da hab ich es mir eben selber genommen."

Allmählich dämmerte Tom, was sich am Samstagmorgen abgespielt haben musste. Till hatte das Geld von Frau Berleburg aus der Urne gestohlen. Als er hier eine Runde nach der anderen ausgab, wurden seine Saufkumpane misstrauisch. Sie bezichtigten ihn, seine Chefin umgebracht und ihr das Geld geklaut zu haben. So kam eins zum anderen, wobei der Alkoholkonsum eine nicht unerhebliche Rolle gespielt haben dürfte.

„Till, wie kann ich dir helfen?", fragte er, um die Aufmerksamkeit auf sich zu lenken, aber auch, weil er dem Burschen wirklich helfen wollte. Die Geiselnahme allein würde ihm einige Jahre Knast einbringen. Wenn er zusätzlich den Wirt tötete …

„Ich hab Frau Madam nicht getötet", fauchte der Gärtner Tom an.

„Wie kommst du darauf, dass wir dich verdächtigen?"

„Der Kalle hat das gesagt." Nun klang seine Stimme fast wie die eines kleinen Jungen. In seinen Augen lagen Wut und eine gehörige Portion Trotz. „Du sollst mich aus den Akten streichen, sonst knall ich den hier ab."

„Wir wollen aber jetzt nicht überreagieren", sagte der Wirt, in dessen Stimme noch immer keine Angst mitschwang. „Ich sag den Bullen, das wär nur ein Missverständnis, du hättest einen über'n Durst getrunken. Dann ziehen die wieder ab, und wir trinken noch 'n Bier, okay?"

„Scheiße, nix ist okay." Till wirkte überfordert. Dass sein Verhalten absolut widersinnig war, schien ihm nicht aufzufallen. Seine Unschuld mit einer Geiselnahme beweisen zu wollen … Der Junge hatte sich in etwas hineinmanövriert, dessen Ausmaße er nicht überschauen konnte. Jetzt kam er aus der Sache nicht mehr heraus.

„Till, hör mal", versuchte es Tom erneut. Der Junge wandte sich ihm zu. Der Schweiß stand ihm auf der Stirn. Er machte den Eindruck eines in die Enge getriebenen Tiers. Irgendwie tat der Bursche ihm leid. „Sollen wir den Herrn hier nicht seine Arbeit machen lassen? Er zapft uns ein Bier, und wir setzten uns hin und sprechen über alles, ja?"

„Sie wollen jetzt doch nicht etwa mit dem Geiselnehmer ein Bierchen trinken?" Taubers Empörung dröhnte förmlich in Toms Ohr. Ihm war es egal. Vielleicht gab es so eine Chance, heil aus dem Schlamassel zu rauszukommen, am besten ohne gewaltsamen Zugriff.

Tills Blick wanderte vom Wirt zum Zapfhahn und dann zu Tom. „Scheißbulle, ich glaub dir kein Wort. Du willst mich nur reinlegen."

„Warum sollte ich?" Tom kam eine Idee. Waghalsig, zugegeben, und Tauber würde mitspielen müssen, aber es konnte funktionieren. Er sagte, so bestimmt wie möglich, darauf hoffend, dass seine schauspielerischen Fähigkeiten ausreichten, damit Till die Lüge nicht bemerkte: „Wir haben den Täter."

„Wa... Wa...?", stammelte der Junge.

Der Wirt wollte sich aufrichten. „Siehste Jungchen, alles jut."

Da packte Till fester zu und drückte ihm den Lauf der Waffe noch tiefer in den Hals. Tom sah, wie der Adamsapfel des Mannes auf und ab hüpfte.

„Schnauze! Das ist doch nur ein Trick."

Tom schüttelte den Kopf. „Nein. Hast du nicht von dem anderen Mord gehört? Dem in Eulensiefen? Die Zeitungen nennen ihn den Metzger."

Till wirkte unschlüssig. Als Tom schwieg, fragte er: „Der hat auch Frau Madam getötet?"

Nun war es Tom, der nickte.

„Wer ist es?" Die Pistole entfernte sich etwas vom Hals des Wirts, der Griff, mit dem Till dessen Kopf hielt, lockerte sich jedoch nicht.

„Es war ein Freund des Toten. Hast du denn die Zeitungen nicht gelesen?"

„Ich les doch keine Zeitung", sagte der Junge entrüstet, als wäre es etwas Schändliches.

Tom tippte auf seine Brust, auf den I-Punkt, als Zeichen, dass die folgenden Sätze für Tauber gedacht waren.

„Sprechen Sie", brummte es auch augenblicklich in Toms Ohr. Er hatte verstanden.

„Wenn du den Zeitungsartikel liest, glaubst du mir dann? Können wir dann endlich unser Bier trinken?"

„Sind Sie irre? Ich lasse doch keine Zeitung drucken!", protestierte Tauber draußen.

„Ich könnte mir ein Foto auf mein Handy schicken lassen", bot Tom an.

„Einen fingierten Bericht, meinen Sie?" Tauber klang nicht sonderlich erfreut.

Na, toll, jetzt musste er zwei Personen überzeugen. „Das ist doch nicht zu viel verlangt, oder?" Der Satz war für Tauber bestimmt, aber Till reagierte.

„Ich weiß nicht …"

„Während wir warten, kannst du mir ja erzählen, wie es wirklich gewesen ist." Er sah die Wut wieder in Tills Augen aufflackern, deshalb fügte er schnell hinzu: „Das mit Kalle meine ich."

„Das hab ich doch schon erzählt. Sie sind ganz schön schwer von Begriff. Dass so jemand bei der Polizei arbeitet." Der Junge entspannte sich sichtlich. Der Wirt gab zu bedenken: „Mal ganz ehrlich, ich kann auch nicht bis zum Sankt-Nimmerleins-Tag so stehenbleiben."

Till sah ihn an, als würde er ihn zum ersten Mal bemerken. Hastig ließ er die Haare des Wirtes los. Der drehte den Kopf hin und her, rieb sich mit einer Hand den Nacken. „Also, zwei Helle?" Er nahm zwei Kölschstangen von der Spüle und schob sich an Till vorbei. „Setz dich, Jungchen. Sonst kostet dich das 'ne Lokalrunde."

Als wäre dies eine Sprache, die er verstand, verließ der Junge den Bereich hinter der Theke und setzte sich auf den Barhocker, auf dem er bei Toms Eintreffen schon gesessen hatte. Tom wollte zu ihm gehen, da dröhnte ein „Zugriff" in sein Ohr. Augenblicklich warf er sich auf den Boden. Seine Hände berührten kaum die schmutzigen Dielen, da stürmten bewaffnete SEK-Beamte in den Raum. Sekunden später lag Till mit Handschellen gefesselt auf dem Boden. Es war vorbei.

„Das war nicht nötig", beschwerte sich Tom bei Tauber. „Der wäre bestimmt mit mir nach draußen gekommen."

„Wir entwickeln jetzt aber kein Stockholm-Syndrom, oder?", fragte Tauber und ließ Tom stehen. Über die Schulter rief er ihm zu: „Ich erwarte Ihren Bericht, Herr Oberkommissar."

„Erst mal brauche ich was zu futtern", stellte Tom fest. „Mein Magen hängt auf dem Boden." Außerdem benötigte er eine Pause. Der Nachmittag war schon fortgeschritten und nach der Aktion gerade hatte er sich ein bisschen Erholung verdient. „Kraut und Rüben? Wie wär's?", fragte er an Inga gewandt. „Ich nehm dich auch mit."

„Das ist zu gnädig von dir." Sie konnte wieder lächeln. „Haben die da auch Kaffee? Ich könnte 'ne Ladung vertragen."

Achtunddreißigstes Kapitel

Mein Gott war er froh, hier rauszukommen. Achim stopfte seine Sachen in die Sporttasche, die Konstantin ihm gestern mitgebracht hatte. Nachdem die Polizei gegangen war, hatte er sich noch lange mit seinem Freund und Anwalt beraten. Die dämlichen Bullen hatten nichts von dem Unfall gewusst. Es ging ihnen nur um diesen Wetzlar. Wie lange war der Streit jetzt her? Montag, vor acht Tagen? Es kam ihm viel länger vor. Total bekloppt. Die hatten sich voll in etwas verrannt. Verschwendung von Steuergeldern. Man schnüffelte nicht in fremden Mülltonnen herum. Er würde zu gern wissen, was die alles in Bewegung gesetzt hatten, um ihn zu erreichen. Sein Handy war die meiste Zeit ausgeschaltet gewesen, weil er ja mit Falk wandern musste. Noch so eine blöde Idee. Diesmal musste er sich leider an die eigene Nase fassen. Nach dem geplatzten Deal hätte er es gut sein lassen sollen. *Mal gewinnt man, mal verliert man, und solange das Gewinnen überwiegt …*

Er zog den Reißverschluss der Tasche zu. Nahm sein Portemonnaie und sein Handy und verstaute beides im Jackett. Dann ging er zum Fenster und schaute hinaus, über die Häuser von Köln.

Alles war in die Wege geleitet. Er würde seine Zelte im Bergischen abbrechen und zurück nach Köln ziehen. Sein Freund und Immobilienmakler Oliver war schon auf der Suche nach einem Haus, in Marienburg oder Müngersdorf. Das Landleben war nichts für ihn. Das wusste Achim jetzt. Was er ebenfalls wusste, war, dass ihn das schlechte Gewissen wegen des Unfalls sein Leben lang begleiten würde, wenn er nicht etwas unternahm. Zwar war kein Kind verletzt worden (was er immer noch nicht begriff), aber trotzdem ... Konstantin hatte etwas von einer Selbstanzeige gefaselt, aber das kam dann doch nicht in Frage. Deshalb hatten sie vereinbart, dass Konstantin den Halter des gerammten Wagens ausfindig machte. Achim würde die Summe des Schadens begleichen, anonym natürlich. Damit dürfte die Sache aus der Welt geschafft sein.

Achim griff nach der Reisetasche. Er musste sich beeilen. Sein Flieger ging in drei Stunden. Er hatte sich zwei Wochen Urlaub genommen und würde es sich an der Côte d'Azur gut gehen lassen, sich von dieser beschissenen Woche erholen. Anschließend würde er das nächste Projekt starten und abschließen. Davon war er überzeugt. Ohne sich umzudrehen, verließ er das Krankenzimmer. Die Tür fiel leise hinter ihm ins Schloss.

Neununddreißigstes Kapitel

Tom hatte, nachdem er ein Schnitzel mit Pommes und Salat vertilgt hatte, nach Baguette gefragt. Um den Teller sauber zu essen, sagte er. Er sah müde und abgekämpft aus, fand Inga.

Du willst gar nicht wissen, wie du aussiehst, gab sie sich selbst zu bedenken. Sie trank einen Schluck Kaffee. Essen konnte sie nichts, obwohl sie eigentlich dringend etwas hätte zu sich nehmen müssen. Es waren anstrengende Tage gewesen, und es war noch nicht vorbei. Allerdings wollte die neue Beweislage noch besprochen werden. Wäre Kunze hier, hätte er das weitere Vorgehen festgelegt. Da er im Krankenhaus lag, hatte Inga die Leitung und somit freie Hand. Sie wollte mit Tom die Lage besprechen und gemeinsam mit ihm entscheiden, wie es weiterging. Vier Augen sehen mehr als zwei, und zwei Köpfe denken mehr als einer, hatte ihr Professor im Studium immer gesagt.

Als der Teller abgeräumt war und nur noch zwei heiß dampfende Tassen Kaffee vor ihnen standen, fühlte Inga sich bereit, die Planung in Angriff zu nehmen.

„Was ist denn nur in unseren Gärtner gefahren?", begann sie das Gespräch.

Tom zuckte die Achseln: „Da kam wohl eins zum anderen. Ich hab mich nach Tills Verhaftung noch kurz mit dem Wirt unterhalten. Till hatte eine Lokalrunde nach der anderen geschmissen. So früh am Tag hätte ich ja keine Lust, mir einen hinter die Binde zu kippen." Abermals zuckte er die Achseln. „Jedem das Seine. Wie dem auch sei. Seine Kumpel wurden misstrauisch, woher das Geld stammte. Sie wussten natürlich, dass Till bei Frau Berleburg gearbeitet hat, da lag der Verdacht nahe, dass das Geld von ihr stammt. Sie haben ihn damit aufgezogen. Da sind Till die Sicherungen durchgebrannt. Er hat die Pistole aus dem Hosenbund gerissen und die anderen bedroht, dann hat er den Wirt in den Schwitzkasten genommen und verlangt, mich zu sehen. Ich bin anscheinend der einzige Polizist, den er kennt. Ich sollte verhindern, dass er wegen Mordes in den Knast wandert." Tom grinste schief. „Was mir ja auch gelungen ist. Zumindest was eine Verurteilung wegen Mordes angeht."

Inga war davon nicht vollends überzeugt. Konnten sie Till Wummert wirklich von der Liste der Verdächtigen streichen? Eigentlich hatte er sich mit dieser Aktion erst als Täter ins Gespräch gebracht. Wäre es möglich, dass er etwas mit dem Tod von Frau Berleburg zu tun hatte? Dass er nicht nur das Geld genommen hatte, wie er behauptete? Woher hatte er die Waffe? War die Geiselnahme nur eine Farce, um die Polizei zu beeinflussen? Wohl kaum. Zum einen traute sie Till so viel Weitsicht nicht zu, zum anderen wanderte er nun wegen Geiselnahme in den Knast. Nicht sehr vorausschauend gehandelt von ihm.

„Was ich weiß, ist", fuhr Tom fort, „dass er, nachdem er Frau Berleburg gefunden hat, an die Urne gegangen ist und das Geld genommen hat. Es war für ihn die Gelegenheit. Also nutzte er die Gunst der Stunde." Nach einem Augenblick des Schweigens fügte er hinzu: „Im Grunde ist er kein schlechter Kerl."

Inga antwortete nicht. Das war vielleicht so, aber um

Till Wummert kümmerten sich nun andere. *Wir haben schließlich zwei Morde zu lösen,* erinnerte sie sich an Kunzes Worte.

„Wir sollten die neuen Hinweise zusammentragen", schlug sie schließlich vor, um sich auf die wesentlichen Ermittlungen zu konzentrieren. „Grönemann ist immer noch verschwunden. Da es sein Finger ist, der abgetrennt wurde, scheint er ein Opfer zu sein, das wir schnellstmöglich finden sollten. Wenn es nicht schon zu spät ist."

„Falls es nicht zwei Mörder sind …"

„Du meinst Mörder Nummer zwei schnappt sich Mörder Nummer eins und hackt ihm einen Finger ab?"

Tom hob unschlüssig die Schultern.

„Möglich, aber nicht sehr wahrscheinlich", entschied Inga. „Aber wir können es ja im Hinterkopf behalten." Sie wollte nicht wie Kunze alle Ideen der Kollegen als Unsinn abtun. „Dann ist da Kronenbecher. Ich hatte im Krankenhaus das Gefühl, dass er Dreck am Stecken hat. Der verschweigt uns etwas, ich konnte es aber nicht festmachen."

„Den Eindruck hatte ich auch", stimmte ihr Tom zu, der den Keks, der auf der Untertasse gelegen hatte, aus dem Papier fummelte. „Aber wir hatten ihn nur wegen dem blutigen Hemd in Verdacht. Doch da das Blut von ihm stammt …"

„Und wegen dem Streit mit Wetzlar. Den er zugegeben hat."

„Wäre tragisch, wenn jeder Streit mit Mord endet", sagte Tom lakonisch.

Dem stimmte Inga zu. „Viel wichtiger ist sowieso der Hinweis, den er uns gegeben hat."

„Die Person, die blutbefleckt und mit einem toten Huhn in der Hand durch den Ort rennt, und das auch noch ungefähr zur Tatzeit?"

„Genau. Lore Grönemann."

Eigentlich konnte Inga es sich nicht vorstellen, dass die Frau zu einem, geschweige denn zwei Morden fähig war. *Man kann den Leuten nur vor den Kopf gucken,* fiel ihr ein weiser Spruch ihres Vaters ein. Wie immer, wenn sie an ihren Vater dachte, versetzte es ihr einen Stich. Wie gern hätte sie sich mit ihm unterhalten, seine Ratschläge angehört, auch wenn sie diese garantiert nicht alle befolgt hätte. Aber sie hatten immer ein gutes Verhältnis gehabt bis ... bis zu jenem verhängnisvollen Tag.

„Erinnerst du dich, dass ich mit dem Leiter des Heimatmuseums gesprochen und mir die Klassenlisten von Frau Berleburg angesehen habe?"

Inga nickte und kehrte aus ihren trüben Gedanken zurück.

„Auf der Liste standen nicht nur die Namen Franz Grönemann und Norbert Wetzlar, sondern auch Hannelore Raabe ..." Er ließ den Satz unvollendet, sah sie an.

„Stimmt, das hattest du erwähnt. Was bedeutet, dass auch sie von Frau Berleburg unterrichtet wurde. Aber warum sollte sie ihre Lehrerin nach so vielen Jahren umbringen?"

„Vielleicht will sie reinen Tisch machen, sich an all denen rächen, die ihr, was auch immer, angetan haben. Manche Senioren verkaufen ihr ganzes Hab und Gut, kaufen sich ein Wohnmobil und ziehen durch die Welt."

„Und andere bringen ihre Mitmenschen um?", fragte Inga ungläubig.

„Nur die, die ihnen etwas angetan haben."

„Was sollte Wetzlar ihr denn angetan haben? Sie waren ineinander verliebt. Hatten sogar eine Affäre."

Tom zuckte abermals die Schultern. „Das verstehe ich auch nicht. Aber die Geschichte ist Jahre her. Wer weiß, was seither zwischen ihnen vorgefallen ist. Und ihr Mann hat sie auch nicht wirklich …", er suchte nach einem Wort, „… zuvorkommend behandelt. Sie könnte ihn durchaus gefangen halten."

Derselbe Gedanke war Inga auch gerade gekommen. „Es scheint alles zu passen." Sie dachte einen Moment nach, dann sagte sie: „Das Tellereisen, in das Kunzes Fuß geraten ist, könnte dazu gedient haben, alle vom Versteck fernzuhalten, wo sie ihren Mann festhält. Die Ruine Raabe liegt in der Nähe, aber dort haben wir nichts gefunden. Verdammt, ich wusste, dass wir den Wald nach weiteren Fallen hätten absuchen sollen."

„Ich hab da was", Tom grinste wie ein Schuljunge, der ein Geschenk überreicht, und holte sein Handy heraus. „Wir haben doch mit Mechthild Mausbach gesprochen, erinnerst du dich?"

Inga trank einen Schluck und gab ein „Hm", von sich. Sie war sich nicht sicher, welches der vielen Gespräche er meinte.

„Mechthild hat uns gefragt, ob wir bei den Raabes oder den Becks gewesen wären."

Jetzt fiel es Inga wieder ein: „Richtig. Und?"

„Ich hab mich mit Herrn Wasserfuhr in Verbindung gesetzt, dem Kurator des Heimatmuseums. Er hat mir eine Karte von Eulensiefen herausgesucht, aus dem Jahr 1900."

Er tippte und wischte auf dem Display seines Handys herum. Dann lächelte er und vergrößerte ein Bild. „Und jetzt guck mal." Er beugte sich über den Tisch und hielt das Handy so, dass sie beide darauf schauen konnten. Es zeigte eine Karte. Handgezeichnet und augenscheinlich vergilbt, aber gut zu lesen. „Hier ist der Hof von Herrn Wetzlar. Dann kommt das Anwesen von Kronenbecher, ehemals Offermann. Daneben ist das Elternhaus von Mechthild Mausbach und dort wohnten Raabes. Das Haus von Grönemanns ist nicht darauf. Sie haben erst gebaut, als sie geheiratet haben."

„Und was ist das?", fragte Inga und deutete auf ein Quadrat, das etwas weiter östlich der ihnen bekannten Gebäude lag.

„Das …", Tom legte eine Kunstpause ein, „… ist das Haus der Becks. Wasserfuhr wusste nicht, was mit der Familie oder dem Haus geschehen ist. Aber er sagte, dass so alte Häuser, wenn sich niemand drum kümmert, irgendwann einstürzen. Der Schutt wird meistens weggeräumt, aber …"

„Aber manchmal existieren die Keller noch?", vollendete Inga den Satz.

„Genau das sagte er."

Inga schaute auf die Karte und tippte auf eine Stelle. „Die Falle war hier."

„Genau. Auf einem Wildpfad zwischen der Ruine Raabe und dem ehemaligen Grundstück der Familie Beck. Taktisch klug positioniert."

„Zahlen", rief Inga dem Kellner zu. Sie hatten es ei-

317

lig. Vielleicht konnten sie ein Menschenleben retten.

Die letzten Sonnenstrahlen blitzten durch das Blättergewirr des Eulensiefener Waldes, bevor die Sonne hinter den Hügeln des Bergischen verschwinden würde. Wind raschelte in den Ästen. Die Vögel zwitscherten ihr Abendlied. Ansonsten war alles still.

Inga und Tom standen auf dem Feldweg. Seit der Kühlerventilator des Passats verstummt war – Tom hatte die Strecke von Gummersbach nach Eulensiefen in Rekordzeit zurückgelegt –, lauschten sie in den Wald hinein. Nichts. Kein Rufen um Hilfe, kein Jammern, kein Wimmern.

Tom stellte die Frage, die auch Inga beschäftigte: „Sollen wir Verstärkung anfordern?"

Sie dachte kurz nach, dann schüttelte sie den Kopf. „Später. Wir wissen nicht mal, ob überhaupt ein Keller existiert. Vielleicht ist er schon vor Jahren eingestürzt. Sollten wir ihn finden, und er ist begehbar, rufen wir Berger an."

Tom zückte die Karte, richtete sie aus und zeigte in den Wald zu ihrer Linken. „Irgendwo dort müsste das Haus gestanden haben."

„Dann los." Inga tat einen Schritt vorwärts. Ihre Schuhe versanken im Laub, so dass nur noch die weißen Schnürsenkel ihrer Converses herausschauten. Das war nicht gut. „Warte", sagte sie und folgte dem Weg, im Graben nach etwas suchend. Kurze Zeit später kam sie mit zwei langen Stöcken zurück. „Wir sollten kein Risiko eingehen."

Tom nickte. Wie Blinde, die mit ihren Blindenstöcken

318

den Weg ertasteten, führten sie die Stäbe über den Boden durch das Laub, das ihnen den Blick auf eventuelle Fallen verwehrte. Sie kamen nur langsam voran. Am liebsten wäre Inga einfach drauflos gerannt, hätte hier und dort gesucht, wäre über umgestürzte Baumstämme gesprungen und durchs Unterholz gekrochen. Alles besser, als so ausgebremst zu werden. Sie versuchte, sich zu beruhigen, atmete bewusst die Waldluft ein und aus, konzentrierte sich auf das raschelnde Laub und versuchte, sich für das Folgende zu wappnen, sollten sie den Keller finden.

Sie sah zu Tom hinüber. Acht, vielleicht zehn Meter lagen zwischen ihnen. Er wirkte ebenso angespannt und konzentriert wie sie. Er machte sich gut. Wenn man es genau nahm, hatte er die entscheidenden Hinweise ermitteln können. Er war ein guter Polizist und würde eine Bereicherung für ihr Team darstellen, sollte er sich für eine Versetzung nach Köln zur Kriminalinspektion Eins entscheiden. Außerdem wäre seine fröhliche, ungezwungene Art ein Ausgleich für Kunzes ewiges Gegrummel.

Klong!

Tom hob den Kopf und sah Inga an. Er hob seinen Stab leicht und ließ ihn auf den Boden herabsausen. Das gleiche Geräusch war zu hören.

„Was ist das?", fragte sie.

„Steine." Tom tastete mit einer Hand im Laub vor seinen Füßen herum. Bruchsteine waren im Bergischen nicht selten, auch Grauwacke oder anderes Felsgestein ließ sich mühelos finden. „Ziegelsteine", rief er und hielt einen quaderförmigen Gegenstand empor. An einigen Stellen war die Moospanade abgekratzt. Die Oberfläche eines roten, großporigen Steins kam zum Vorschein. „Sie haben früher gern Ziegelsteine verwendet, um die Fächer der Fachwerkhäuser auszumauern, wenn der Lehm entfernt wurde."

Inga musste sich zusammenreißen, um nicht direkt auf ihn loszustürmen. Dieser blöde Stock ging ihr auf die Nerven und das Gestocher damit ebenso. Heute wurde ihre Geduld auf eine harte Probe gestellt.

Als sie Tom erreichte, sah sie, dass er weitere Steine freigelegt hatte. Sie lagen verstreut auf dem Boden, folgten keinem Muster. Eifrig machte sie sich ebenfalls an die Arbeit. Es war ein Fortschritt: Noch kein Keller, aber ein kleiner Hoffnungsschimmer.

Peng. Inga zuckte zusammen. Ihr Kopf ruckte zu Tom herum. Ihr Kollege hob seinen Stock langsam an. Am unteren Ende fehlte ein Stück. Ein Tellereisen, dessen geschlossene Fangbügel aus dem Laub ragten, hatte es regelrecht abgebissen.

„Ich hab da was gefunden", sagte er.

„Wir sind nah dran", behauptete Inga, und hoffte es mehr, als dass sie es glaubte.

„Das sollten wir auch", meinte Tom mit einem skeptischen Blick gen Himmel. „Es wird langsam dunkel."

Sie arbeiteten sich weiter durchs Laub. Inga fand mehrere Ziegel, dann einen Bruchstein, dann noch einen und noch einen. Sie lagen in einer Reihe, waren ein wenig verschoben, die Fugen zwischen ihnen herausgebröselt, jedoch füllte Moos die Lücken zur Gänze aus.

„Hier ist etwas", sagte sie.

Tom kam zu ihr. „Wenn wir Glück haben, ist das die Grundmauer."

Ein Hochgefühl, als hätten sie einen Schatz gefunden, durchflutete Inga. Sie nutzte ihren Stab wie einen Besen und legte Stück für Stück der Mauer frei. Tom tat es ihr in der anderen Richtung gleich.

Das schwindende Tageslicht ließ Inga gebückt gehen, um die Bodenbeschaffenheit besser erkennen zu können. So bemerkte sie den Ilex erst, als sie quasi mit ihm zusammenstieß. Die Bruchsteinmauer lief unter ihm hindurch. Inga umrundete ihn und blieb wie angewurzelt stehen.

„Tom, komm her", rief sie leise, verharrte ansonsten regungslos. Tom nutzte die freigelegte Mauer als Weg und erreichte sie nur wenige Herzschläge später. Vor ihnen auf dem Boden lag eine Holzplatte, die über und über mit Laub bedeckt war. Inga hätte sie gar nicht wahrgenommen, wenn nicht an den Kanten das vertrocknete Laub abgeblättert wäre. Wie ein heller Bilderrahmen, der so gar nicht in die Landschaft passte, lag sie auf dem Boden. Sie hatten den Kellereingang gefunden.

Das Holz war hell, es leuchtete förmlich in der Dämmerung, und noch nicht verwittert. Inga ging in die Knie. Vorsichtig berührte sie das Laub. Es war festgeklebt. Warum sollte sich jemand die Mühe machen, eine Holzplatte zu tarnen, und sie auf den Kellereingang eines seit ewigen Zeiten verfallenen Hauses zu legen, den Zugang dann noch mit Tellereisen zu sichern, wenn er darin nicht etwas verbergen wollte? Etwas oder jemanden …

„Es wird Zeit für die Verstärkung", sagte Inga, den Blick auf das Viereck vor sich gerichtet.

Vierzigstes Kapitel

Mitleid. Müsste sie nicht Mitleid verspüren? Mitleid mit dem zusammengekauerten Etwas, das blutend und verschmutzt, pestilenzartig stinkend, undeutlich brabbelnd vor ihr auf dem lehmigen Boden lag? Früher hatte sie jeden verletzten Vogel gerettet, war einmal beinahe ertrunken, als sie versucht hatte, ein Kätzchen, das sich verzweifelt an ein Stück Holz krallte, aus dem Teich zu bergen.

Lore horchte in sich hinein.

Nichts.

Gar nichts. Kein Gefühl. In ihr herrschte eine große Leere. Nicht unangenehm, oh nein. Diese Leere war ihr willkommen.

All die Jahre, all die vielen Jahre. Im letzten Juli hatten sie ihren siebenunddreißigsten Hochzeitstag gefeiert. Den achtunddreißigsten würde es nicht geben.

Und das war gut so.

Franz war selbst schuld. Alle waren selbst schuld. Die, die sie schon bestraft hatte, und die, die sie noch bestrafen würde.

Siebenunddreißig Jahre. Anfangs war es ganz okay gewesen, aber nach ihrer Affäre mit Norbert war es damit vorbei. Tägliche Anfeindungen, Beschimpfungen, erst versteckt, später offen, Drohungen, und ab und an rutschte Franz die Hand aus. Sie hatte es als gerechte Strafe für ihr Fehlverhalten hingenommen. Irgendwann merkte sie es kaum noch. Es war halt so.

Doch dann passierte die Sache mit ihrer Mutter. Es war wie ein Befreiungsschlag – wie eine Neugeburt.

Sie erkannte, dass sie etwas verändern konnte. Ein Hochgefühl erfasste sie, und versteckt hinter ihrer Trauermiene, die sie nach dem Tod ihrer Mutter aufsetzte, wuchs die Hoffnung. Hoffnung auf Entkommen.

Die darauffolgende Zeit war entspannt gewesen. Franz' Sticheleien waren an ihr abgeprallt. So hatte sie weitere Jahre an seiner Seite ertragen können.

Und ihre wöchentlichen Besuche bei Norbert hatten ihr Leben versüßt. Nicht dass sie sich jemals nahegekommen waren, oh nein. Aber als Norbert vor einigen Jahren eine Putzfrau suchte, hatte Lore Franz gefragt, ob sie das nicht machen könne. Zuerst war er total dagegen gewesen. Doch sie konnten das Geld gut gebrauchen, also hatte er zähneknirschend nachgegeben. In der ersten Zeit war er immer mitgegangen, als Aufpasser. Nach der aus dem Ruder gelaufenen Auseinandersetzung ließ er es lieber bleiben. Franz konnte von Glück sagen, dass Norbert die Anzeige um des lieben Friedens willen zurückzog. Lore war froh um die Stelle, war es neben ihrer Tätigkeit in der Gemeinde und dem Babysitten eine weitere Möglichkeit, das Haus und Franz zu verlassen. Wenigstens für eine kleine Weile.

Außerdem konnte sie so Norbert nahe sein. Niemandem hatte sie jemals davon erzählt. Auch Norbert nicht. Sie hatte ihre Liebe, die nie ganz erloschen war, wie ihren größten Schatz in ihrem Herzen bewahrt.

Bis zu jenem Montag. Lore hatte in Norberts Arbeitszimmer Staub gewischt, wie sie es häufig tat. Doch dieses Mal hatte eine Bodendiele ungewöhnlich geknarzt und ein wenig unter ihren Schuhen nachgegeben.

Neugierig geworden, kniete sie sich hin, tastete die Diele ab und entdeckte das Geheimfach darunter – und darin die Liebesbriefe. Ihre Liebesbriefe. Norbert hatte sie all die Jahre aufbewahrt, versteckt in einem Geheimfach, so wie sie ihre Liebe in ihrem Herzen.

Nachdem sie die Briefe zurückgelegt hatte – schließlich wollte sie nicht, dass er dachte, sie würde herumschnüffeln –, war sie in die Küche gegangen, hatte all ihren Mut zusammengerafft und Norbert ihre Liebe gestanden.

Ihr Blick verdüsterte sich, als sie daran zurückdachte. Als würde er in diesem Augenblick neben ihr stehen, hörte sie sein hämisches Lachen. Er hatte sie ausgelacht! Hatte sie beschimpft, sie wäre eine dumme Kuh. Damals hätte sie ihn haben können, aber jetzt wäre sie alt und verbraucht. Er würde sich niemals ein solch altes Mütterchen ans Bein binden. Sie taugte allenfalls noch zum Putzen, und er hätte ihr den Job nur aus Mitleid gegeben.

„Aber ... aber, die Briefe", hatte sie gestammelt. „Meine Liebesbriefe, du hast sie behalten."

Zuerst schien er nicht zu wissen, wovon sie sprach, dann lachte er erneut laut auf.

„Ach, die meinst du. Die habe ich total vergessen. Liegen die immer noch oben unter der Diele?" Er stutzte. Dann brüllte er: „Was fällt dir ein, deine Nase in Angelegenheiten zu stecken, die dich nichts angehen? Raus aus meinem Haus! Auf der Stelle! Und komm bloß nicht wieder!"

Sie stand in der Küche, erstarrt, geschockt und tief verletzt. So hatte sie Norbert – ihren ruhigen, zögerlichen Norbert – noch nie erlebt.

Er hatte sich an den Küchentisch gesetzt und kopfschüttelnd seinen Kaffee getrunken, hatte getan, als wäre sie nicht vorhanden. Wie fremdgesteuert hatte ihre Hand nach dem Fleischermesser gegriffen und es ihm von hinten in den Kopf gerammt.

Danach ging es ihr besser, es war wie ein Befreiungsschlag. Wie damals bei ihrer Mutter. Dasselbe Gefühl. Sie wollte mehr davon. In ihrem Kopf reifte ein Plan. Wenn sie all diejenigen tötete, die sie gepeinigt hatten, wäre sie frei. Endlich frei.

Aber erst musste sie ungesehen nach Hause kommen, schließlich waren ihre Schürze, die Bluse und sogar die Hose übersät mit Blutspritzern. Ihr war ein Spruch in den Sinn gekommen, den ihre Mutter immer gesagt hatte. Verstecke es so, dass es jeder sieht. Und das hatte sie gemacht. Statt sich nach Hause zu schleichen, hatte sie sich aus dem Kühlhaus von Norbert ein totes Huhn geholt. Ganz demonstrativ war sie mit dem Tier in der Hand nach Hause gegangen. Natürlich musste der Kölner gerade in dem Moment mit seinem dicken Porsche vorbeifahren, aber er hatte nichts gesagt. Ein Gefühl der Hochstimmung hatte Lore ergriffen. Sie stellte noch am gleichen Abend eine Liste aller Personen zusammen, die sie in ihrem Leben verletzt hatten.

Der Name ihrer alten Lehrerin, Frau Berleburg, stand ganz oben. Bereits fünf Tage später setzte Lore ihren Plan in die Tat um. Dass es so leicht sein würde, hätte sie sich nicht träumen lassen. Der blöde Gärtner schnitt mit einer elektrischen Heckenschere und Gehörschutz auf den Ohren die Hecke im hinteren Teil des Grundstücks. So konnte sie ungehindert durch die Hintertür in die Villa gelangen. Dort durchquerte sie den Wintergarten. Im Eingang blieb sie stehen. Lauschte. Hörte das Klappern der Tasse auf die Untertasse. Frau Berleburg war in einem Zimmer in der Nähe der Haustür. Sie wusste, dass die alte Kuh um fünf immer Tee trank, damit hatte sie sie schon in der Schule genervt. Lore schlich in die Küche. Dort zog sie ihren langen Mantel aus, nahm das Hackmesser aus dem Messerblock. Prüfte die Klinge. Es war scharf. Auf dem Weg zu ihrer ehemaligen Lehrerin überlegte Lore, ob sie ihr sagen sollte, wie sehr sie die Schläge mit dem Rohrstock gehasst hatte, die gerechtfertigten, die ungerechten noch mehr. Wie sehr sie es gehasst hatte, von ihr als dumme Gans bezeichnet zu werden. Wie sehr sie es gehasst hatte, Stunde um Stunde in der Ecke stehen zu müssen, weil sie mit Renate gequatscht hatte. Renate wurde nie bestraft.

Doch das hatte keinen Sinn. Die Berleburg hatte ihr noch nie zugehört.

Lore ging ins Zimmer, trat seitlich neben den hochlehnigen Sessel, in dem Frau Berleburg saß, und hieb ihr das Messer in den Hals. Der ungläubige Blick ihrer alten Lehrerin im Augenblick ihres Todes war Balsam für Lores geschundene Seele. Das Blut spritzte. Das Messer war nicht so scharf, wie sie angenommen hatte, es blieb auf der Hälfte stecken. Der Kopf der alten Frau kippte auf die Schulter.

Lore lief zurück in die Küche, zog ihren Mantel wieder an, den es gar nicht bedurft hätte. Sie hatte diesmal kaum Blutspritzer abbekommen, die es zu verbergen galt. Dann verließ sie das Haus, wie sie gekommen war – nur frei. Freier.

Es gab noch einige, die auf ihrer Liste standen.

Den krönenden Abschluss sollte Franz bilden. So hatte sie es sich vorgenommen. Aber als er ihr zum tausendsten Male zeigen wollte, wie man ein Messer richtig säubert, hatte es das Fass zum Überlaufen gebracht. Sie änderte ihren Plan. Franz wäre der Nächste. Aber es sollte nicht so schnell gehen, wie bei den anderen. Er sollte am eigenen Leib spüren, wie es war, gequält zu werden.

Sie hatte im Internet recherchiert (und dabei in Gedanken ihrer toten Lehrerin zugerufen: „Sehen Sie, ich bin doch nicht so dumm!"). Dort stand, dass ein gezielter Schlag gegen die Schläfe zur Ohnmacht führt. Und es hatte hervorragend funktioniert.

Mit dem Fahrrad war sie zum Teich gefahren und hatte ihn dort schlafend vorgefunden. Das tat er immer nach einigen Bieren. Sie hatte mit dem Holzknüppel einmal zugeschlagen. Zuerst befürchtete sie, er wäre tot. Doch er war nur bewusstlos.

Sie hievte ihn auf die Kiepe des Traktors, deckte eine Plane darüber und fuhr in den Wald, bis zum verfallenen Haus der Becks. Ihn in den Keller hinunter zu schleifen, war ein Stück Arbeit gewesen. Sie hatte ihm schon vor Jahren gesagt, er solle abnehmen, aber er wollte davon ja nichts hören. Unten fesselte und knebelte sie ihn. Mit einem Rechen waren die Schleifspuren schnell beseitigt. Anschließend fuhr sie den Traktor zurück zum Teich und mit dem Fahrrad nach Hause.

Das Einzige, was sie wirklich störte, war der Gestank.

Sie hatte schon immer eine feine Nase gehabt. Sein allabendlicher Bieratem – wie hatte sie den gehasst – verfolgte sie bis in ihre Träume. Jetzt stank Franz nach allen Ausscheidungen des Körpers, er hatte sogar gekotzt. Widerlich.

Tatsächlich hatte sie einige Fehler gemacht. Dafür, dass sie den Finger achtlos in den Wald geworfen hatte, würde sie sich am liebsten ohrfeigen. Die blöden Viecher. Normalerweise fraßen die Waldtiere über Nacht sämtliche Schlachtabfälle, aber diesen einen Finger, den rührten sie nicht an. Auch die Sache mit den Tellereisen war nicht ihre beste Idee gewesen. Zwar wollte sie Fremde vom Keller fernhalten, jedoch hatte sie nicht bedacht, dass ein Polizist in ihre Falle treten könnte. Es war bestimmt nur eine Frage der Zeit, bis sie den ganzen Wald durchsuchten und dabei auf das Versteck stießen. Sie musste es jetzt zu Ende bringen.

Franz lag auf der Seite, zusammengekrümmt, stoßweise atmend. Lore ließ den Schein der batteriebetriebenen Arbeitsleuchte über seinen geschundenen Körper wandern. Dann stieß sie ihn mit dem Fuß an. Erschrocken zuckte er zusammen. Sein Brabbeln wurde zu einem Winseln. Lange würde er nicht mehr durchhalten, ob er schon fieberte? Der Blutverlust, nachdem sie ihm den Finger abgehackt hatte, war enorm gewesen, deshalb hatte sie sich entschlossen, die Blutung mit einem Druckverband zu stillen, so gut es ging. Das Stück Stoff war durchtränkt von Blut. Wenn sie sich nicht sehr täuschte, trug das geronnene Blut ebenfalls zu dem Gestank bei. Aber es würde nicht mehr lange dauern, dann hatte sie ihr Werk vollendet. Sie konnte den Keller verlassen und ihn mit der Klappe endgültig verschließen. Der Stein würde verhindern, dass hungrige Tiere, angelockt vom Verwesungsgeruch, die Platte bewegten. Äste und Zweige würde sie darüberlegen, und niemand würde Franz finden. Niemand. Niemals.

Plötzlich hörte sie ein Geräusch. Ein Schaben. Oben, an der Holzklappe.

Müsste sie nicht in Panik geraten, dass man sie und Franz entdeckte? Dass sie womöglich ins Gefängnis wanderte? Dass sie ihr bisheriges Leben aufgeben musste? Aber sie fühlte nichts dergleichen. In ihr brodelte nur ein Gedanke. Was, wenn sie es nicht zu Ende bringen konnte? Was, wenn Franz überleben würde? Das durfte nicht geschehen.

Sie wusste genau, was jetzt zu tun war, stellte die Lampe auf dem Boden ab und griff nach dem Messer.

Einundvierzigstes Kapitel

Tom war gegangen. Der Empfang war hier so schlecht, dass er noch nicht einmal einen Notruf absetzen konnte.

Unruhig wartete Inga vor der getarnten Bodenplatte. Ein großer Stein erregte ihre Aufmerksamkeit. Mit ihm könnte man die Platte beschweren und verschlossen halten. Aber warum lag er neben der Platte und nicht darauf? Bedeutete das nicht, dass sich in genau diesem Moment jemand im Keller aufhielt?

Verdammt, sie musste da rein!

Du musst auf die Verstärkung warten, hämmerte es in ihrem Kopf. Die Vorschriften waren eindeutig.

Inga hockte sich auf die Knie und beugte sich vor. Lauschend verharrte sie in dieser Position.

Da!

War das nicht ein Stöhnen gewesen? Ganz leise? Sie kroch ein wenig zurück, und legte ihr Ohr auf eine Stelle zwischen Holz und Waldboden. Hier war die beste Stelle zum Horchen.

Da, wieder. Ein Jammern oder Jaulen.

Sie benötigte keine weiteren Beweise. Alle Vorsicht und sämtliche Vorschriften waren ihr egal. Jetzt war Gefahr im Verzug.

Mit beiden Händen griff sie unter den Rand der Platte. Dabei verrutschte diese, was ein knarzendes Geräusch verursachte. Egal. Jetzt zählte jede Sekunde.

Sie warf die Platte um. Mit einem durch das Laub gedämpften Geräusch landete sie auf dem Boden. Darunter kam ein quadratisches Loch zum Vorschein. Inga zog die Walther aus dem Holster und stieg vorsichtig die schmierigen, ausgetretenen Bruchsteinstufen hinunter, die Waffe mit beiden Händen vor sich gestreckt haltend. Eine Taschenlampe oder das Handy wären jetzt hilfreich, aber zu spät.

Stufe für Stufe tastete sie sich weiter nach unten. Durch die geöffnete Kellertür beleuchtete ein matter Schein den Fuß der Treppe. Bestialischer Gestank wehte zu ihr hinauf. Sie schluckte. Noch einen Schritt, und sie würde in das Innere des Kellers schauen können.

Ach du ... Unten angekommen, offenbarte sich ihr ein grauenvoller Anblick. Ein Mann, der nur aus Wunden und Blutkrusten zu bestehen schien, lag auf dem Boden. Vor ihm stand Lore Grönemann, ein Hackmesser über den Kopf erhoben.

„Gehen Sie", sagte die Frau ruhig. „Ich muss meine Arbeit vollenden." Sie hätte genauso gut über eine Häkelarbeit sprechen können, so unbeteiligt war ihr Tonfall.

„Legen Sie das Messer weg!", rief Inga, etwas zu laut. Obwohl sie ihren Herzschlag bis zum Hals spürte und der Gestank sie einhüllte und ihr die Luft abschnürte, zitterten ihre Hände nicht, als sie mit der Walther auf Lore Grönemann zielte.

„Nein", sagte die Frau entschieden. Im nächsten Moment sauste das Messer herab.

Inga schoss.

Der Körper von Frau Grönemann wurde herumgerissen und prallte gegen die hintere Wand. Wie in Zeitlupe rutschte sie daran herunter und blieb sitzen, den Blick starr auf Inga gerichtet. So als könne sie nicht begreifen, was gerade passiert war, als habe die Möglichkeit, dass sie verletzt werden könnte, in ihrer Vorstellung nicht existiert. Ein stetig größer werdender roter Fleck breitete sich vor ihrer Schulter auf der Bluse aus.

Inga spurtete los, riss ihr das Messer aus der Hand.

„Inga!" Tom erschien auf der Treppe, seine Waffe im Anschlag. „Was ist hier …?" Mit einem Blick hatte er die Situation erfasst.

„Wir brauchen zwei Rettungswagen", keuchte Inga, während sie die reglos dasitzende Lore Grönemann in Schach hielt. „Die Verstärkung kannst du abbestellen, aber die Kriminaltechnik sollte sich auf den Weg hierher machen."

„Okay. Kommst du klar? Soll ich ihr Handschellen anlegen?"

„Nein, das geht schon", sagte Inga mit einem Blick auf die Frau vor sich, die teilnahmslos vor sich hinstarrte, als habe man sie ausgeschaltet oder all ihrer Kraft beraubt.

Tom verließ widerstrebend den Keller.

Unglaublich, dass es vorbei ist, dachte Inga. Sie hatten die Täterin gefasst. Niemals wäre sie auf die Idee gekommen, dass diese hilfsbereite, freundliche Frau eine skrupellose Mörderin sein könnte. Wie hatte es so weit kommen können? War ihr alles zu viel geworden? Hatte sie keinen anderen Ausweg gesehen? Eine Scheidung hätte ihr weitaus weniger Ärger eingebracht.

Inga hockte sich neben Franz Grönemann auf den Boden. Mit einer Hand hielt sie die Waffe weiterhin auf dessen Frau gerichtet, mit der anderen tastete sie am Hals nach dem Puls des Mannes. Im nächsten Augenblick stürzte sich Lore Grönemann mit einem animalischen Schrei auf sie. In ihren Augen funkelte der Wahnsinn.

„Fassen Sie ihn nicht an! Er gehört mir!"

Inga wurde von den Füßen gerissen. Hart schlug sie auf dem Boden auf. Lore Grönemann sprang über sie, versuchte, an das Messer zu gelangen. Inga tropfte warmes Blut von der verletzten Schulter der Frau ins Gesicht.

Sie ließ die Waffe fallen, griff nach Lore Grönemanns Taille und riss sie zur Seite. Mit einem Sprung war Inga auf den Füßen und über der Frau, die, auf allen vieren kriechend, die Treppe zu erreichen versuchte, weil dort das Messer im Schein der Lampe glänzte. Inga setzte ihr einen Fuß auf die Stelle zwischen den Schulterblättern, griff nach ihrem Arm und bog ihn auf den Rücken. Lore Grönemann schrie und wand sich, während Inga ihr die Handschellen anlegte. Nur wenige Augenblicke später wurden die Schreie von den lauter werdenden Martinshörnern übertönt.

Zweiundvierzigstes Kapitel

Zwei Wochen später.

Schon wieder Post vom Anwalt. Inga öffnete den Brief. Paul zog den Antrag auf das alleinige Sorgerecht für Ole zurück. Aber nicht einfach so. Stunden hatten sie zusammengesessen. Inga hatte mit Ole gesprochen und mit Paul sowie mit beiden zusammen und mit ihrem Anwalt und Paul mit seinem Anwalt. Dabei herausgekommen war, dass Ole lieber bei seinem Vater leben wollte. Ihr verletztes Mutterherz hatte um ihren Sohn kämpfen wollen, hatte die Beziehung wieder kitten wollen, notfalls mit einer Familientherapie. Sie wäre sogar dazu bereit gewesen, auf einige seiner Wünsche – die meisten betrafen sein abendliches Ausgangsrecht – einzugehen. Aber schließlich und endlich musste sie sich eingestehen, dass sie ihren Sohn nicht mit Kraft und Gewalt würde halten können. Also schluckte sie ihren Unmut, ihren verletzten Stolz und vor allem die Kränkung hinunter und ließ ihn gewähren. Paul war sein Vater. Sie hatte sich fünfzehn Jahre um Ole gekümmert. Wenn Paul endlich seinen Teil beitragen wollte, war es nur gut. Außerdem hoffte Inga, dass durch die räumliche Trennung das Konfliktpotenzial zwischen ihr und Ole sinken und sich ihre Beziehung entspannen würde. Wie schön wäre es, wenn sie ohne Streit oder auch nur ohne die Sorge, es könnte wieder Streit geben, mit ihrem Sohn zusammen sein konnte. Vielleicht war es besser so. Leider fühlte es sich nicht so an.

Im Gegenzug war Paul damit einverstanden, den Antrag auf das alleinige Sorgerecht fallen zu lassen. Auf einen Rechtsstreit hatten sie beide keine Lust.

Inga legte den Brief zur Seite. Sie drückte den Power-knopf ihres PCs. Als habe sie damit nicht nur ihren PC eingeschaltet, sondern gleichzeitig die nicht vorhandene elektronische Türöffnung betätigt, schwang die Bürotür auf.

„Hallo Inga."

Tom betrat ihr Büro, ein längliches Paket unter den Arm geklemmt.

„Hi, das ist ja eine Überraschung Was machst du denn hier?"

„Ich hatte einen Termin bei deiner Chefin. Weißt du, an wen sie mich erinnert?" Inga wusste es, doch sie ließ ihn weiterreden. „An Judi Dench als M in den Bond-Filmen. Nur die Haarfarbe ist anders."

Sie schmunzelte. „Was wolltest du von ihr? Hast du dir eine Belobigung abgeholt, wegen deiner tatkräftigen Unterstützung im Fall ‚Metzger'?"

„Stimmt, jetzt wo du es sagst. Ich sollte sie gleich noch darum bitten." Er lachte.

Da ist es wieder, dieses Batterie aufladende Lachen, dachte Inga und fragte sich, wie er das zustande brachte.

„Nein, ich habe mich ihr vorgestellt", sagte er dann. „Ich werde meine Versetzung beantragen. Ich brauche eine neue Herausforderung."

„Und die Kripo Köln ist da das Richtige?", erkundigte sie sich, obwohl sie wusste, dass sie ihn hier gut gebrauchen konnten, nicht nur wegen seines Lachens. Er war mit seiner frischen Art und seinen Ideen eine große Hilfe im letzten Fall gewesen.

„Ja. Natürlich ist nicht klar, wo ich eingesetzt werde.

Aber vielleicht arbeiten wir noch mal zusammen."

Inga nickte. *Hoffentlich ...*

„Wie geht es Kunze?", erkundigte er sich.

„Besser. Er ist mittlerweile zu Hause und macht seiner Frau das Leben schwer. Untätig auf dem Sofa zu sitzen und sich bedienen lassen zu müssen, ist nicht sein Ding."

„Die Ärmste. Ich meine natürlich, der Ärmste. Hoffentlich wird das nicht unser nächster Fall. Die Metzgerin von Köln, oder so."

Inga wurde ernst. „Wohl kaum. Bei Lore Grönemann haben sich seit ihrer Kindheit die Aggressionen aufgestaut. Was ich nur nicht verstehe, ist, warum sie nicht einfach gegangen ist? Sie hätte Eulensiefen verlassen können. Irgendwo ein neues Leben anfangen."

„Keine Ahnung. Vielleicht war diese Lösung zu einfach?"

Inga zuckte die Schultern. „Möglicherweise werden wir es bei der Verhandlung erfahren. Aber wenn ich das richtig mitbekommen habe, will ihr Anwalt auf Unzurechnungsfähigkeit plädieren."

„Du meinst, sie kommt ohne Strafe davon?"

Sie wiegte unschlüssig den Kopf hin und her. „Ich glaube nicht. Sie wird in die geschlossene Psychiatrie eingewiesen werden, vermute ich. Aber das liegt nicht in unserer Hand. Wir haben die Morde aufgeklärt und die Täterin gefasst. Jetzt sind andere dran. Aber wo du schon mal hier bist", Inga kramte in den Akten auf ihrem Schreibtisch und zog eine heraus, „kannst du die hier wieder mitnehmen? Ich habe gestern hineingeschaut, während des Falls bin ich nicht mehr dazu gekommen."

„Stand denn etwas Hilfreiches drin?"

„Na ja, die Brandermittler haben den Ursprung des Feuers neben dem Kamin ausgemacht. Ob nun ein Funke ein Holzscheit, das vor dem Kamin lag, entzündet hat oder ob das Scheit bereits brannte, ließ sich nicht feststellen. Da Ersteres wahrscheinlicher erschien, wurden die Ermittlungen eingestellt", sagte Inga, die eher geneigt war zu glauben, dass jemand bei dem Brand nachgeholfen hatte.

„Dann werden wir wohl nie erfahren, wie es wirklich gewesen ist?"

„Nein, außer Frau Grönemann sagt während des Prozesses etwas darüber aus. Hast du eigentlich was von Till Wummert gehört?"

„Wenn er ganz viel Glück hat, bekommt er Bewährung. Aber sein Prozess beginnt frühestens in einem halben Jahr." Tom drehte gedankenverloren das Paket in den Händen. „Die Kriminaltechnik hat seine Schuhe, mit denen er in das Blut am Tatort getreten ist, sichergestellt. Er hat in einem Verhör ausgesagt, dass Frau Berleburg nicht wollte, dass er ihr Haus mit den schmutzigen Gummistiefeln betrat. Deshalb hatte er immer ein Paar Turnschuhe im Gartenschuppen stehen. Das Profil der Sohlen passt zum Abdruck am Tatort. Er muss sich wegen Diebstahls und der Geiselnahme verantworten. Aber nicht wegen Mordes." Nach einer kurzen Pause erkundigte sich Tom: „Und Franz Grönemann?"

Inga lachte. „Er erholt sich im Krankenhaus von seinen Verletzungen. Ich habe gehört, dass er dort die Schwestern und Pfleger so drangsaliert, dass sie Pinnchen ziehen, wer sein Krankenzimmer betreten muss. Ihm geht es also den Umständen entsprechend gut."

Sie schwiegen eine Weile, jeder vertieft in seinen persönlichen Rückblick auf den Fall.

„Damit wären die Ermittlungen abgeschlossen", sagte Inga und betrachtete das Paket, das Tom immer noch in Händen hielt. „Oder bringst du neue Beweismittel?"

Tom sprang auf und hielt Inga das Paket hin. „Das hätte ich fast vergessen. Ich hab dir was mitgebracht, pack es aus."

Nun musste Inga lachen. Tom stand so erwartungsvoll vor ihr, als wäre Weihnachten und er fünf Jahre alt.

„Na gut." Sie riss das braune Packpapier auf. Heraus kam eine silberne Kanne, mit drei Füßen, die in Holzkugeln ausliefen und an deren rundem Bauch ein kleiner Hahn befestigt war. Fragend sah sie Tom an.

„Ist das nicht irre? Ein Geschenk von mir für dich aus dem Bergischen. Das ist der letzte Schrei – eine Dröppelminna 2.0. Damit kann man Kaffee kochen und ihn warmhalten. Komm, wir probieren sie aus."

Kaffee war immer gut, befand Inga und folgte Tom in die Kaffeeküche.

ENDE